田園閨事 2

文創風 166

莞爾 著

目錄

第二十一章

崔世福、楊氏二人回來時，就看到崔薇面無表情的坐在屋中地上的情景，兩夫妻相互望了一眼，都覺得心裡有些忐忑不安。

楊氏面對女兒時還從來沒有過這樣的感覺，看到崔薇的模樣，連忙小心翼翼坐在一旁的石頭上，輕聲說道：「妳大哥已經去王家了，估計午時就能回來，也、也說不準那布不是王氏拿的。」楊氏一向看不起女兒，認為女兒就是個賠錢貨，還是頭一回與崔薇說話這樣沒底氣，一邊說著一邊就看了看她臉色，說到最後時，自個兒也有些不相信，聲音便停了下來。

「是不是她幹的，她回來不就知道了嗎？」崔薇抿了抿嘴唇，心裡火氣一股股地湧了上來，煩躁得要命，想了想便道：「若這回真是大嫂幹的，我往後自己多掙錢，只盼爹能讓我早日掙了錢先將房子修整一下住進去。」

女兒的話像是一耳光狠狠搧到了崔世福臉上，使得他頭一下子低垂了下來，捂著腦袋，沈默了半晌才道：「家裡有錢，先拿來墊上，把房子修整了，妳先住過去就是。」

原本楊氏心裡還有些歉疚，這會兒一聽到崔世福說的話，頓時忍不住就嗷地一聲叫了起來。「又是花錢跟大伯家買房子，又是賠那緞子錢，如今還要花錢修整房子，崔世福，你當家裡是挖金礦的不成？」

家裡日子過得緊巴巴的，如今聽崔世福的意思竟然還要支錢出去，楊氏哪裡受得了，忍不住就揪了揪頭髮，心裡急得上火，不只是恨崔薇，連王氏也恨上了。想來這段時間家裡的事情幾乎都與王氏鬧騰有關，這個女兒也不是省油的燈，以前瞧著老實，最近卻是越來越不聽話，連半點兒虧都吃不得，哪裡與人打得成一堆，往後嫁了人還不知道要怎麼鬧騰，若是這樣下去，豈不是讓以後的親家指著自己脊梁骨罵？

崔世福見楊氏激動，他心裡原本就有火氣，這會兒也跟著一下子就爆發了出來。家裡的事平日是楊氏作主，不過不代表他就不清楚家裡的景況，本來心裡就悶著，此時一下子全部爆發了出來。崔薇還沒有開口說話，這成婚幾十年還從未紅過臉的兩口子頓時站在院子裡吵了起來。

一家人心情都不大好，家裡自然就沒了煮飯的人，眼見著快到午時了，住在隔壁的崔世財一家人趕集回來聽到了這邊的動靜，連忙都過來了，楊氏二人吵得這樣凶，院門關著都擋不住那聲音，就差沒有真正動手了。

林氏帶著大兒子兒媳過來時，就正好看到這兩夫妻吵得面紅耳赤的模樣，頓時便腦中嗡了一下，見兩人越說越激動，楊氏那樣一個潑辣人兒，這會兒已經抓了衣襟擦眼淚珠子了。林氏進來便先讓大兒媳劉氏將院門關上了，大聲喝道：「你們這二人是幹什麼？一把年紀了還在小輩面前吵嘴，連臉皮都不要了？」

若是沒見著旁人還好，一看到林氏過來，楊氏越發覺得委屈，一邊抹著眼睛，一邊卻又不肯服輸，她一輩子好強，還從沒有過這樣丟臉的時候，崔世福脾氣好，從不對她說重話，因此她大嫂劉氏羨慕她得很。今日在劉氏面前出了這樣一個大醜，楊氏哪裡受得了，這會兒拉著林氏便道：「娘，您說說，孩子他爹因為四丫頭的事今兒非要與我鬧。」她一邊說著，一邊就將今日的事情和盤托出說了一遍。

楊氏嘴皮子利索，不像崔世福平日並不多言多語的，三兩下便將情況說了個完，卻是將自己搶崔薇點心那一節給隱了去，她就是有臉說，恐怕林氏還沒臉聽，少不得要訓上她一頓，這又不是什麼光采的事，自然就不提了，只是卻將崔薇私自接活兒的事情提了，且聽得出來她為這事火氣還不小。

林氏聽了半天才明白過來，頓時沈默了片刻，接著又看了看屋裡站著的孫女兒，嘆了口氣。「妳這丫頭也是，哪有妳私自去接活兒的道理，也不怕被人誆騙了，也要妳娘幫著瞧瞧才是，再者小孩子不懂事，三十多文錢，哪裡就買一隻麅子了？往後啊，這有錢還是給大人說上一聲。」林氏摸了摸崔薇的頭，溫和說了幾句，她其實也心疼那幾十文，老二家日子不好過，剛娶了一個王氏沒幾年，如今日子過得緊巴巴的，之前又給了老大家一百文，看得出來楊氏至今對這個事還有怨氣在，可惜林氏就算是想幫老二一家也是有心無力。上次爆出自己有銀子的事後，劉氏心裡便一直不大痛快，認為自己偏心，雖然表面礙於崔世財不大敢說出來，不過話裡行間與語氣裡聽得出來就是了。

崔薇嘴角彎了彎，雖然知道林氏不見得有什麼私心，也可能沒想過要自己那幾十文，不過林氏以自己立場來講覺得為崔薇好的話，卻令她心中有些不舒服，但崔薇也知道自己若要出去住，往後少受些楊氏的氣，還少不得要靠這位祖母幫忙，因此心裡雖然對林氏這話有些不以為然，面上卻並沒有說什麼。

楊氏聽到婆婆這話，頓時便如同找到了知己一般，連忙拿衣裳擦了擦眼淚，一邊就附和道：「是啊，這丫頭年紀小，又不懂事，沒有我幫著把著怎麼成？那三十多文啊，可買多少肉吃了，買了一頭不頂事的麑子，能吃得到幾口肉？如今膽子更大了，竟然敢私自出去接活兒，現在惹了這樣大的禍事，她爹淨想著幫她善後。」楊氏說到這兒，滿身的怨氣。「剛剛才為了她那破房子花了一百文，家裡過得緊巴巴的，賣了不少蛋與一隻雞才湊了七十多文錢，這下倒好，一下子又要全倒出去了，這日子沒法兒過了！」

聽到這兒，一旁站著有些幸災樂禍的劉氏頓時有些不自在了，尤其是那一句破房子更令她臉上火辣辣的，連忙就乾咳了一聲，別過頭去，心裡其實也有怨言，這給錢的事是崔世福自己一個人說出來的，又不是自己這個當大嫂的逼了他，回頭卻引得眾人都埋怨，連婆婆林氏最近都對她有意見，更別提崔世財了，看她橫挑鼻子豎挑眼（注一）的。不過收進口袋裡的錢要她拿出來劉氏又不甘心，這會兒聽到楊氏哭窮，就算是有些尷尬，也只有捏著鼻子裝沒聽到了。

罵了一陣子，見眾人都不出聲，楊氏心裡是既火大又是無奈，那頭崔世福冷靜了下來，看楊氏哭得雙眼通紅的樣子，臉龐上已經有皺紋出來，心裡頓時也不好受，嘆了口氣。「薇兒是我女兒，她有事，我這當爹的不幫著，難不成看她出事不成？」

聽得出來崔世福語氣已經軟了下來，楊氏雖然還有些不甘心，但也知道丈夫性子，若是一句她願意不管女兒的話說出口，恐怕不只崔薇要寒心，連崔世福跟林氏等人都得罵她。明明她是為了一家大小的前程著想，可偏偏一旦出了事就誰都是好人，她一個來當惡人了。

幾人正都發著愁，林氏喚了崔薇過來問了經過，崔薇半真半假的將自己今日上街賣東西去了林府的事說了出來，一旁劉氏目光不住地閃動，聽她說完了，半晌之後才嘆息道：「這林家可是大戶人家，據說那位林老爺可還是做過官的。他若是真要捉著二叔一家不放，恐怕這回倒是麻煩了。」

民不與官鬥，這是自古以來就有的不成文規矩。崔家人聽到村裡的里正（注二）都得陪著笑臉討著好，更何況是知縣那樣的大人物了，以往更是連作夢都沒有想過自己會惹著這樣的大人，劉氏這話一說出口，眾人都沈默了起來。

雖然對於嚇著了崔世福，崔薇心裡感到有些抱歉，不過那緞子若真是王氏拿的，這回絕不能輕易就便宜了她！而王氏到這會兒還沒回來，八成就是她幹的。這崔家裡頭就算一天到晚的招賊，可隔壁就有人的情況下，旁人絕對不敢跑屋裡來找，而且還找得這樣準，一下子就衝自己床上去了。

注一：橫挑鼻子豎挑眼，比喻百般挑剔。
注二：里正，古代鄉官，即里長。

幾人正長吁短嘆著，楊氏被劉氏一句話嚇得夠嗆，那頭林氏年紀大些，總算能撐得住事一些，連忙道：「這事先甭提了，妳先將午飯煮了，大人餓得，二郎如今還在學堂裡頭呢，他可餓不得！」

一聽到自己的兒子在挨餓，果然楊氏也顧不得再扯著這事，連忙去柴房抱了一大捆曬乾的玉米稈出來，沒一會兒廚房裡就冒出了炊煙，楊氏拍著手站出來，臉色還有些難看，卻是勉強擠了個笑容出來，一邊道：「家裡今兒這死丫頭不懂事，買了那頭畜牲，娘跟大嫂今兒都在這邊吃飯吧？」

一聽這話，劉氏自然是千肯萬肯的，他們好久都沒沾過葷腥了，可惜林氏卻是搖了搖頭。「你們家裡也不大富裕，難得吃回肉，自個兒吃就是，有餘的，端一碗過去就是了。」端一碗過去哪裡有坐桌子吃得痛快？崔大一家人口也不少，劉氏心中嘀咕了兩句，可當著眾人的面，到底沒敢將這事說出來，別開了頭去只當沒聽到了。

崔薇在一旁聽著幾人作主將自己的麅子拿來請了客，心裡對楊氏這樣的做法越發覺得煩悶。

眾人正坐在院子裡愁眉苦臉時，楊氏匆匆燒了些飯菜，這會兒時間耽擱得久了，她怕二兒子在學堂裡挨餓久了，一咬牙，又進屋裡頭摸了一個雞剛下不久的蛋，切了一把蔥炒了一併端上，給兒子送飯去了。那頭林氏正想著是不是要將自己的棺材本拿出來給老二一家度過難關，另一頭崔敬懷背上揹著兒子，一手拖著滿臉惶恐頭髮散亂的王氏回來了，後頭還遠遠的跟著王家的人，一路尾隨了不少看好戲的，讓崔敬懷面色更加鐵青。

楊氏送了飯回來時，正好就看到自己家門口圍了一群人的情景，頓時眉頭就豎了起來，三兩下跑到門口邊，扯開嗓門就大聲吆喝。「看什麼看什麼，誰家裡沒點破事，要是誰再留下來，往後哪家要是有什麼事，老娘拿個鑼鼓跑他家門前敲去！」

楊氏性情一向潑辣，眾人聽她這話，倒有不少人心中打起了退堂鼓，人群漸漸就退了去，崔敬懷拖著王氏的手臂一下子將她扯著進屋。

看到這樣的陣仗，王氏身子抖得如同秋風中落葉一般，見到崔薇時目光躲閃，嘴中哀求道：「夫君、夫君，你先放開我，我的手要斷了……」

一旁跟著來的董氏便也跟著道：「是啊大郎，我家花兒可從小嬌生慣養的，沒遭過這樣的罪，你趕緊將她放開吧！」雖然是求情的話，但董氏也不敢真過來拉人。

王氏今兒難得抱著孩子回娘家，上次董氏與羅氏兩婆媳在楊氏手下吃過大虧，這回見到這王氏母子倆自然是沒了好臉色，誰料王氏倒精靈，說是來請母親與嫂子等人去崔家吃飯賠罪的。一聽到有麠子吃，上回董氏婆媳被打了回來，還真沒嚐到肉滋味，心裡也不甘，這才留了她進屋，誰料她剛進門，崔敬懷就跟著來了，也不像平日一般看到她就面帶笑容，反倒凶神惡煞的樣子，倒跟他那娘楊氏有幾分相像。

看到崔敬懷腰圓臂粗的模樣，董氏上回才吃過楊氏的虧，這會兒哪裡敢上前去，若是不小心挨了崔敬懷一拳頭，恐怕老命也要去半條了！崔家人不講理的，尤其是有楊氏那樣一個母親，哪裡教得出個懂禮的兒子！董氏一下子將女婿貶低得厲害。不過到底這些話也只敢在心裡想想，嘴上卻不敢說出來，小心翼翼地站得遠了，靠兒子兒媳們近了，心裡才安心了些。王家人見到崔家這樣的情景都有些害怕，不過想到王氏說的晚飯，頓時個個又都留了下來。

楊氏一看到王氏回來，頓時氣便不打一處來，卻是強忍著沒發火，先是進了門讓崔敬懷將門閂推上了，這才將崔敬忠吃過的空碗放到一旁，回頭目光便四處望了望。

王氏眼皮跳了跳，她是挨過幾回打的，若是這會兒還看不出來楊氏的動作，她便真是白活了！楊氏這副模樣，分明就是要關門打狗的意思了，雖然她不是狗，但可以想像她的下場不會比狗好到哪兒去，若楊氏真養了狗，恐怕還真捨不得打的。一想到這兒，王氏頓時嚇得手腳冰涼，連忙張嘴就嗷道：「爹、娘、大哥，救我！」

喊了半天，卻沒有哪個理睬王氏的，董氏看到女兒目光移了過來，連忙就道：「花兒，妳命中該有這一劫的，也是妳命苦了。」她要留在崔家吃晚飯，哪裡敢得罪了楊氏，若是真被她又趕了出去，今兒不只討不到好白跑一趟不說，還得受些皮肉之苦，崔家人今兒都在這院子裡頭，王家今天來的人還真幹不過他們，楊氏強悍，一個頂倆，上次她可就領教過了，哪裡敢去救王氏。

聽到母親這樣一說，王氏頓時欲哭無淚，半晌說不出話來。

楊氏冷笑了一聲，衝王氏道：「我今兒給妳一個機會，妳老實說那緞子妳藏哪兒了？」

王氏原本還有些青白的臉聽到楊氏這話頓時愣了一下，面上露出不自在的神色來，目光游移，半晌之後才結巴乾笑。「娘說的是什麼？緞子，我可不明白。」

一看她的神情，眾人哪裡還有不明白的，董氏頓時捶胸頓足。「妳這傻閨女，有好東西不知道拿回娘家，果然嫁出去的女兒潑出去的水，老娘白養妳了！」

楊氏冷冷望了這個親家母一眼，這會兒也顧不上與她計較，順手抄起一根洗衣棒，狠狠就在王氏面前揮了揮。「妳不說也好，要是我自個兒找出來了，我今兒要了妳的命！」楊氏說完，就看到王氏身體一個激靈的抖了一下，連忙就讓崔敬懷從王氏身上摸出一串鑰匙過來，自個兒接了要往屋裡去。

王氏見到這情景，知道躲不過去，頓時張嘴便大哭了起來。「娘偏心，有好東西給姑娘藏著，崔佑祖如今這樣大了，身上還連件像樣的肚兜也沒有，我只是想替他做件好衣裳，怎麼又錯了？娘心疼女兒，難不成還要虧待了孫子？這可是您頭一個孫子！」

王氏一邊說著，一邊嚎得倒是大聲，像是有人已經打在了她身上一般，聽到王氏這樣一說，在場人哪裡還有不明白的。崔敬懷臉上難看得緊，見王氏還在嚎哭，蒲扇似的大手頓時重重一耳光便刮在了她臉上，王氏身子被打得一偏，耳朵嗡嗡作響，臉上火辣辣的，嘴裡嚐到一股血腥味，竟然感覺不到疼，一下子人就懵住了，半晌爬不起身來。

「閉嘴！」崔敬懷喝了一句，接著又看了沈默不語的崔薇一眼，只覺得腦門處像被人狠狠擊了一拳，嘴唇囁嚅動了動，半晌之後才捶了捶腦袋，嗡聲道：「小妹，是大哥對不住妳，那緞子還妳了，妳就撿好，我……」後頭的話崔敬懷再也說不下去，生平頭一刻，崔敬懷覺得自己難堪得恨不能有條地縫好鑽下去。

王家人一見王氏挨了打，頓時也不敢開口去多嘴，個個縮在一旁，當作沒看到一般。

楊氏從屋裡果然抱了一大疋疊得整齊的緞子出來，手都不知道該往哪兒擺了，深怕將這薄薄的絲綢給掛花了般，看著王氏惡狠狠道：「果然在她房裡，這不要臉不要皮的東西，有娘生沒爹教，幹出這等不要臉的事來！」一邊罵著，一邊她忍不住就看了這絲綢一眼，那顏色紅得鮮豔，可不是王氏之前那條粗布紅裙可以相比的，難怪王氏這賤人動了心，連楊氏瞧著都忍不住怦然心動。

劉氏看得入了迷，嘴裡咂舌道：「乖乖，這樣的好東西，我瞧著都眼饞，也不愧是那大戶人家，才敢用這樣的好東西。」

聽劉氏這樣說了，楊氏更沒有懷疑，這樣的好東西她不信自己的女兒能買得上，唯有她去大戶人家接了活兒做，才有可能抱回來這樣好的布。

崔薇見找到了自己的布，頓時鬆了口氣，要從依依不捨的楊氏手上將那緞子接過來。

楊氏還有些捨不得，哪裡肯一下子便給了她，轉了轉身子，避開了崔薇遞過來的手，如被割了心肝一般叮囑。「妳小心些，放妳那兒恐怕被割花了。不如放我那兒吧。」

「反正都不是自己的，放哪兒不一樣了？」崔薇看得出來楊氏的意思，卻不肯如她願，故意堵了她一句。

楊氏滯了滯，果然回過神來，便不說話了。

王氏挨了一耳光，現在耳朵還「嗡嗡嗡」的響，眼見到嘴邊的鴨子飛了，她心絞痛得難受，那緞子都入了她的手，就如同她的東西一般，再讓她交出去，簡直是讓王氏心疼得直滴血，想了想到底有些不甘心，哀求道：「娘、娘，剪一些給我吧。」

「又不是自己的東西，沒聽到是林大老爺的？剪給妳，呸，作夢呢！」楊氏愛惜地撫了撫懷裡的紅緞子，動作輕柔得跟摸崔敬平似的。

王氏卻不肯死心，連忙又道：「娘，只剪一些，給小郎做個肚兜，他還小，還沒用過這樣的稀罕物呢，他身子嬌嫩，時常穿粗布都不舒坦了，娘，一點點兒，林老爺是貴人，一定瞧不出來的！」

一說到崔佑祖，楊氏頓時動了心，猶豫了一下，咬了咬牙便點了點頭，轉身進屋裡去了，不多時手上拿了把剪子。

崔薇看得直咬牙，這東西給誰她都罷，就不想便宜了王氏，連忙沈了臉道：「這可不是咱們自己的東西，娘真要剪？剪了不怕到時林老爺拿我說嘴？」

一看楊氏動作，王氏心裡就知道有門兒，哪裡容得了崔薇給她將好事破壞了，連忙就啐了一口。「林老爺是什麼樣的大人物，怎麼會來管咱們家的閒事，這東西他多得是，少一塊他察覺不到的！娘，您剪一些下來，反正他們肯請四丫頭做事，最多發現了大不了讓四丫頭幫他們多做些事情就罷了，一定不會有事的！」

話已經說到這個分兒上，楊氏已經動了心，聽王氏說得又有道理，也不敢去看女兒的臉色，一下子拿了剪刀便將那紅布剪了一段下來，也沒敢剪太多，就約有兩個巴掌寬而已，可崔薇這心裡卻跟吃了蒼蠅一樣的噁心。

楊氏剪了一段下來，估計也覺得對不住女兒，也沒再說要替她保管的話了，將剩餘的布交還給了崔薇。

崔世福父子估計也覺得有些對不住她，吃了午飯後便起身給崔薇院子幹活去了。崔薇下午將自己關在屋裡好一陣，連崔敬平過來時她也沒有搭理，快到傍晚時，她才面無表情的出來洗了臉準備做麅子。今兒答應了要親自下廚請聶二幾個吃飯，旁人她不管，可聶二幾人她卻是要請的，更何況心裡再不舒服，也不能在屋裡關一輩子，做錯事情的人又不是她，有什麼好不敢見人的！

崔敬平表情有些擔憂的看著她，一邊亦步亦趨跟在崔薇身後，一副討好的模樣。

王氏陪著自己的娘家人坐在院子裡，劉氏正幫著在這邊做事，拿了刀正宰著麅子肉，看到崔薇過來時面色有一瞬間的不自在，這些人倒也是自覺，崔薇不出來個個已經將她的麅子當作自己的東西處理了，恐怕她不出門，今兒晚上連她的飯都不會留。

林氏多少也有些尷尬，衝崔薇招了招手道：「四丫頭，來坐會兒，讓妳伯娘做事就行了。」

「不用了。」崔薇搖了搖頭，看到剩下的小半個麅子，剩餘的已經被劉氏切好放進一旁洗好的缸缽裡了。

劉氏見到她的目光，有些尷尬的將刀遞了過來，一邊道：「薇兒妳要不要切一些？」

崔薇將刀接了過來，一邊道：「那些我不要了，這些剩的我自己等下煮了正好招待聶二哥他們！」

王氏一聽這話頓時有些不滿了，連忙道：「你們幾個小的，哪裡吃得到這麼多，給我們再多留一些，你們吃個腿吧！」她今兒下午挨了一巴掌，卻又得了一截緞子，心情正好，再加上身邊又有娘家人，臉皮又厚，早忘了自己偷東西的事，一邊就指手畫腳的衝崔薇吩咐了幾句。

崔薇冷笑了一聲，衝王氏揚了揚手中的大菜刀，一邊偏了偏腦袋。「大嫂不要忘了，這麅子是我自己掙錢買的，可沒用到家裡一文錢，要怎麼吃、要給誰吃我說了算，妳要不樂意啊，自個兒吃稀飯，絕對管飽！」

「小小年紀，便知道勾搭男人了，還要請人家吃飯，沒嫁人呢，吃裡扒外的東西！」王氏看到崔薇手中的大刀，頓時心裡一寒，她哪裡不願意吃這麅子，可又不想在這個節骨眼與崔薇對上，既不想失了面子，又有些怕崔薇，連忙嘴裡就小聲的罵了幾句，只讓身邊人聽見了，也不敢大聲叫崔薇聽著，上回崔薇砍她時的神情，這會兒王氏想起來心裡還有些發怵，哪裡敢真去招惹她，自己說了幾句，心中痛快了也就罷了。

第二十二章

崔薇自個兒出去採了些青椒回來，又自屋後頭摘了一大把的青花椒，崔敬平幫著崔薇將大蒜與薑、蔥、芹菜等都各自去地裡拔了一大把。

這會兒天色已經漸漸黑了下來，崔家裡一片歡聲笑語，兩人半路時準備去聶家與王家喚了兩個小孩出來，這兩小的就為著等一口肉吃，到現在還沒有吃晚飯，眼巴巴的坐在門口等呢。看到這兄妹倆挎著竹籃過來，原本坐在門檻等的聶秋文頓時歡呼了一聲，一旁端著碗的孫氏也跟著鬆了一口氣，屋裡透出燈光來，兩個穿著破舊衣裳的小丫頭坐在桌子邊做著針線，目光轉向門口這邊時眼裡露出一絲羨慕之色來。

「可算是來了，我家這小子都等了大半天了。」孫氏站起身來，臉上勉強露出一個笑意來。她對於兒子餓了半天等著心頭很是有些不捨，認為崔家人早就已經吃飯忘了自己兒子，畢竟說請客的只是崔薇，她不過是個丫頭片子而已，哪裡能作得了家裡的主？只是聶秋文性格倔強，認準了一個道理，任孫氏哄了半天都不肯進屋吃飯，飯餵到嘴邊就不肯張口，非說要等著崔三兒那小子過來請他。兒子能吃好東西孫氏自然高興，可若是讓兒子挨餓孫氏便心中有些不大痛快了，這會兒看崔敬平二人才來，只當他們是吃剩了才想起自家的小子，心中頓時恨得牙癢癢的。可想著今日聶秋文回來說的事情，孫氏便強忍了心裡的不滿，一邊衝這兄妹二人擠出一個笑容來。

「崔丫頭如今能幹了，聽我家秋文說，妳今兒還賣了那野菜，都賣了好幾十文錢呢。」孫氏一邊說著，一邊目光就在崔薇與崔敬平二人手上挽著的竹籃裡瞧了一眼，看到裡頭擺著的滿滿配菜，頓時愣了一下，又有些驚喜。「你們到這會兒還沒有吃晚飯？」話一說出口，孫氏也察覺出不妥當來，自己剛剛那樣說顯得也有些太過高興了般，連忙就擺了擺手道：「都這樣晚的天了，你們怎麼到這會兒還沒有吃？」

聽孫氏說完這話，崔薇忍不住眼睛就閃了閃，她那樣說便像是顯得自己等人吃完了飯卻忘了聶秋文一般，不知她說這話是有意的還是無意的，但崔薇卻是絕對聽了出來，孫氏心中對自己肯定是有些不滿的。一想到這兒，她眉頭便皺了皺，只是幸虧她與孫氏是不打交道的，因此也不以為意，只輕嗯了一聲。

估計崔敬平也聽出不對勁來，最近家中鬧騰得厲害，使得這孩子也跟著敏感了起來，孫氏無意中露出來的不滿他一聽便上了心，臉上的笑容也跟著淡了起來。

聶秋文倒沒想過其他，扯著崔敬平袖子便鬧了起來。「崔三兒，你這傢伙，讓哥哥等了這麼久，快說，今兒崔妹妹準備了什麼好吃的？」一邊說著，他一邊目光就往崔薇籃子裡瞧了瞧，看到籃子中的一些配菜，頓時臉色就變了變。「這會兒還沒有煮好？我可都餓死了！」

孫氏一臉寵溺的看著兒子，聽他這樣說，忍不住就拍了拍他的頭。「讓你在家中吃一些墊墊肚子，你偏不肯聽，這下知道餓了吧？娘讓你姊姊給你先包塊餅子，你先墊墊肚子吧，啊？」

聶秋文梗了梗脖子，堅決道：「我不，我要吃好的，我不吃玉米餅子。」

見他拒絕，孫氏也不再勉強他了，又撈了扇子給兒子搧著風。

看聶秋文得意的樣子，崔敬平當著人家母親的面也沒好意思揍他一下，只是磨了磨牙笑道：「有點事，耽擱了，我跟妹妹這才出來摘菜，要是燒好再來喚你，回頭菜都涼了，有啥好吃的，喊了你跟猴、王二一塊兒過去才做飯呢，吃著新鮮的可不是比涼的更好？」

一聽到這話，孫氏眼睛登時就亮了起來，也不再勸兒子要再吃一塊玉米餅子了。而聶秋文聽著吃的，更是不住吞口水，催著兄妹兩人就要走。孫氏卻連忙將崔薇攔住，一邊慈愛的替崔薇搧了幾下扇子，嘴裡笑道：「可憐見的，崔丫頭瘦成這樣，崔二嫂也是的，一天就不肯給妳飯吃！對了，聶大娘聽說崔丫頭今兒拿了東西到鎮上賣，竟然還賣掉了，不知是什麼稀罕物什，竟然也能賣得到錢，我也想……」

孫氏話還沒有說出口，滿臉貪婪之色，那頭聶秋文卻不明白她的心思，早餓得頭昏眼花，見自己母親還在跟崔薇多說，頓時不滿道：「娘，不要多說了，我早餓得要死了，咱們走吧走吧！」

「你這孩子！」孫氏還沒等到從崔薇嘴裡掏出個話來，就被自己兒子打斷，一時間有些惱怒，可又捨不得怪自己兒子。話到嘴邊打了個轉，做出要打他的姿勢，手卻是高高舉起，最後也沒捨得落在聶秋文身上，只是替他理了理頭髮，一邊雙手合十朝天舉著虛拜了兩下，一邊又嗔怪道：「什麼死不死的，連話也不會說，童言無忌，有怪莫怪！」

對他娘的好心與擔憂，聶秋文一點兒也沒有放在心上，乾脆扯了崔薇兄妹二人就開跑，後頭孫氏跺了跺腳，可看兒子都跑遠了，想到他說餓了，也沒有再將人追回來，只是嘴裡埋怨了兩句，回頭看到屋裡坐著的兩個女兒時，頓時變了臉色。

「還坐著幹啥？趕緊去燒些水，等下二郎回來要洗澡的，妳們再準備一些吃的，也不知道在崔家吃不吃得飽。」說完，又擔憂了起來。兩個姑娘答應了一聲，沈默著起身放了針線，各自忙去了。

而崔薇等人又去接了同樣餓著肚子在等的王寶學，劉氏雖然說心疼兒子，但到底不像孫氏一般，感覺如同在埋怨似的，臉上帶著笑，還與崔薇說了幾句，話語間沒有流露出要打探木耳的意思，不知道是因為王寶學回去沒有提這茬兒，還是劉氏為人較厚道。不論如何，崔薇總算是對王寶學多了些好感。聶秋文這個大嘴巴肚子餓了，催著眾人趕緊回崔家去，配菜都準備得差不多了，崔家裡笑語歡聲，襯得剛回來的幾個小孩子披著夜色，越發有些孤伶伶的。

大堂屋中燈火明亮，敞開的大門裡洩出光亮來，崔薇將東西放下，進屋裡便瞧見眾人已經坐在桌邊開始吃了起來，唯有崔世福坐在一邊長凳上抽著旱煙，楊氏捧了碗在一旁與他說著話。見到崔薇進來時，楊氏面色有些尷尬，而崔世福則站起身來，鬆了一口氣，連忙道：

「薇兒回來了，趕緊坐下，開飯了。」那頭林氏也在招呼。大桌子上崔敬懷與崔敬忠兩兄弟都坐著，崔世財坐在主位，他的幾個兒子都在正桌上，幾個女人圍著坐了張小桌子，聽到崔世福招呼，眾人都衝崔薇招了招手，崔敬忠眼中閃過一道亮光，卻是默不作聲。

崔薇心裡冷笑了一聲，看到崔世福眼中的小心翼翼時，不由露出一個笑容來，搖了搖頭，一邊道：「爹，你們吃吧，我說了要請聶二哥他們吃飯的，我等下自己弄就是。」

崔世福又讓聶秋文等人一塊兒進來吃，崔薇都拒絕了。等他們出了門，崔世福臉色有些灰敗，楊氏看他這樣子有些不忍，連忙勸他道：「他爹，你看這死丫頭就是一副倔脾氣，你還等她幹什麼，白餓了半天肚子！」旁人吃得倒是歡快，反倒是崔世福自個兒半天沒動過筷子，楊氏心裡有些不大痛快，看到王家人個個吃得滿手油，抓著骨頭啃得高興的模樣，更是心中不舒服。

「都是妳！」崔世福一下子站起身來，怒瞪著楊氏，聲音放高了些。「要不是妳鬧出這些事，家裡怎麼會這樣？我就瞧著妳偏心吧，妳有本事以後就當那個女兒不是妳的，是撿來的吧，妳不心疼，我自個兒心疼，要吃，妳自己慢慢吃吧！」崔世福說完，也不管屋中頓時是不是一片死靜，頭也不回的朝屋外走去了。

楊氏就算是沒有抬頭，也感覺到周圍人看自己時的目光，頓時感覺臉上燒得火辣辣的，她一向要強，性情又潑辣，崔世福成婚幾十年還沒有這樣不給她臉子過，一時間又羞又惱，哪裡還吃得下東西，勉強端了碗不說話，卻只扒了兩口飯，抹著眼淚進屋子裡去了。

裡頭的吵架聲傳到外頭，自然院子裡的眾人都聽得清清楚楚，但幾個小的都裝著沒聽到一般，崔敬平抬了一張廢門板過來，下頭拿磚墊上了當桌子。聶秋文與王寶學二人與小夥伴坐在院子裡這樣吃飯還是頭一回，都感到有些興奮，做起事來自然也更加歡快，不大會兒工夫簡易的桌子便已經弄好了。

崔世福出來時就看到這幾人笑嘻嘻的樣子，覺得心裡稍微舒坦了些，想了想又回屋裡端了幾張凳子出來擺在院子裡頭，崔敬平喚了他一聲也沒理睬，直接進廚房裡去了。

崔家的男人還少有在做飯時進廚房的，除了挑水擔柴的時候，崔世福還沒在生火時進廚房過，這會兒崔薇手腳麻利地拿了刀將配菜等物一一切好，旁邊碗裡放了切得整齊的雪白大蒜與薑絲與辣椒片，看得人心裡就舒坦，灶裡點著火，鍋裡已經放了一塊熟豬油，此時已經慢慢化開。崔世福進來時崔薇就愣了一下，接著喚了一聲。「爹。」

「我來給妳生生火。」崔世福擺了擺手，說完便坐到了灶臺前，抬手就挽了一把柴塞進灶裡，拿火鉗撥了撥。

崔薇還沒看過他生火時的模樣，可沒想到他幹起來倒是似模似樣的，不由有些吃驚。

崔世福像是知道她心裡的想法般，忍不住笑道：「當年妳祖父去世得早，妳奶奶一個人帶大我跟妳伯父不容易，因此我們也要幫著做事的。」不是每一個男孩都能像崔敬平與崔佑祖一般受寵的。

崔薇看得出來崔世福的意思，卻不大想說這個事情，垂了垂眼皮，一手拿碗一手拿鍋鏟，將大蒜與薑絲撥了下去，落進了熱油裡，發出「嗤」的一聲響，香味隨即便傳了開來，瀰漫得滿廚房都是。

崔世福看得出來女兒不大想提這個，也遂她意不說了，吸了吸鼻子，看崔薇麻利地又放了剪好的火紅乾辣椒下去，頓時笑道：「我今兒也沒吃飯，薇兒煮飯倒是香，不知道歡不歡迎我跟薇兒今天一起吃啊？」

聽著他說話的口氣像逗小孩子似的，不知道為何，崔薇總覺得心裡有些發酸。她忍下了心裡的感受，一邊手腳不停，加青花椒與切好的生辣椒下去，炒出香味來才又將麅子肉放下去，翻了幾下，那香味讓人忍不住直流口水，辣椒的嗆鼻與青花椒的香味竄進鼻孔間，既是忍不住想聞，又被嗆得難受，她咳了幾聲這才道：「爹要跟我們一塊兒吃飯，我高興還來不及呢。」

麅子肉早前就被煮了一次脫了血水與腥氣，這會兒翻炒幾下，沾夠了辣味與麻味之後，看著火候差不多了，崔薇連忙放下自己早已經準備好的調料等物，勾了醬油點色提味，這才將麅子肉起了鍋。

崔世福聞著這香氣，原本早就餓了，這會兒也開始有些期待了起來。崔薇炒的菜不知比楊氏聞起來香了多少倍，他剛剛為了等女兒回來沒吃飯，這會兒還餓著肚子，現在想來真是慶幸了。

又熗炒了一個青菜，剩餘的一隻麅子腿早被崔薇用來煮了湯，揭開蓋子看鍋裡頭泛出油珠來，崔薇才將刮了皮的絲瓜劃成田字，一邊拿刀往裡頭削了進去，這才重新又蓋上鍋。她手腳麻利，這絲瓜又煮得快，一頓飯不出一刻鐘便已經整治完了。

外頭幾個人聞著剛剛的香味早有些受不了，這會兒一見到崔薇端盤子出來，一個個不用她吩咐，拿筷子的拿筷子，洗碗的洗碗，連崔世福也跟著端了菜出來，幾人坐在院子裡，配著月光與屋裡露出來的光線，熱鬧氣氛竟然根本不比剛剛屋裡的差。

崔世福這是近些日子來頭一回覺得歡快的時候，身邊有兒有女，又都是些天真的孩子，難得放鬆下來跟這樣的孩子們一塊兒吃喝，竟然難得進屋裡舀了些酒出來。那麞子肉香辣好吃，用來配酒最好不過，幾個小孩子個個吃得滿頭大汗，都想著要嚐嚐崔世福的酒，滿天星斗下，幾人倒是笑鬧成一團。

屋裡原本還吃得香甜的人這會兒聞到院外的香氣，也有些坐不住了。王氏扔了手中啃得香甜的麞子肉，聞著外頭的菜香，忍不住吸了吸鼻子，可惜她知道今兒自己得罪了崔薇不好出去，心裡不知有多鬱悶。

眾人匆匆吃完飯，崔世財率先站起身來，林氏與有些不情願的劉氏鑽進屋裡哄了一陣楊氏，再出來時楊氏雖然表情有些不自在，不過總算是露臉出來，崔世財等人準備回去了，楊氏站到門口來送，看到屋外吃得歡快的幾個人，心裡又有些發堵。

崔世財看到她的神色，頓時笑了一句。「四丫頭煮的飯菜倒是香，難怪老二你偷偷跑到這兒來吃了，倒將我們一大家子給撇了下來。」

他這話一說出口，算是給崔世福夫妻解了圍，楊氏表情也好看了些，崔世福看到是大哥說話，沈默了片刻沒開口，算是給他留了幾分臉面。

崔世財誇了崔薇幾句，領著有些挪不動腳步的兒孫等回去了，屋裡走了這樣多人，頓時就變得冷清下來。

楊氏一邊安排著王氏收拾屋裡，自個兒也安排著王家人今日住哪兒。崔家地方並不大，就得這樣幾間屋，可王家人住在隔壁村，今兒都過來了，而羅氏的女兒沒有過來。想來是留在屋裡看家了，以這王家人的性格，今晚上是不會回去了。

聶秋文等人一個個吃得肚皮都險些翻了過來，桌上菜湯都被人倒了去泡飯，乾淨得很，崔敬平挺著肚子讓兩人幫著收碗筷，幾人都沒有搭理一旁的楊氏，越發讓她有些尷尬了起來。崔薇自個兒收拾了碗筷，崔敬平送兩個小夥伴回去了，院裡就留了崔世福夫妻兩個。楊氏頭一回看到丈夫這模樣，心裡也有些發怵，趁著這個時間沒人在時，想與他賠個不是，誰料崔世福站起身來便進了屋，留楊氏一個人在外頭臉色青白交錯，半天說不出話來。

屋中王家人吃飽喝足了坐在凳子上聊著天，崔薇洗了自己等人吃的碗，也沒管廚房裡堆著的那一大堆，自顧自燒了些水自個兒先去洗了澡，留了一些崔敬平的，便沒有再管。洗完澡出來時看到堂屋中的眾人她也不以為意，正要自個兒回屋時，卻被等在屋裡的崔敬忠一下子喚住了。

「小妹，先等一下。」

崔薇愣了愣，頭髮還有些濕，看到喚自己的人是崔敬忠時，倒是真有些吃驚。平日崔敬忠在崔家可是一個地位與諸人不同等的，他長年唸書，可是楊氏的驕傲，若說楊氏心裡最疼的是小兒子崔敬平，可她最看重的便是二兒子崔敬忠了。平日這個二哥對崔薇倒是有些冷冷淡淡的，一吃完飯就自個兒鑽進了房中，真正的是兩耳不聞窗外事，一心唯讀聖賢書，家裡情況他是一應不管的，除了吃飯時，還沒有單獨喚過崔薇，這會兒見他將自己叫住，崔薇頓了一下，接著才道：「二哥，有事嗎？」

崔敬忠點了點頭。

他今年十六歲，唇下隱隱冒出一些青影來，長年讀書不勞作讓他面色有些蒼白，表情冷淡，身材單薄，與人說話時低垂著頭，眉宇間帶著傲氣，不知為何，崔薇突然間想到被崔敬平讚嘆不止的那個聶大郎來。聶秋文的哥哥與自己的二哥崔敬忠一樣是個讀書人，據村裡人說這聶秋染還是一個書讀得極好的，自己也曾見過一面，與二哥崔敬忠瘦弱單薄風吹就倒似的形象不同，聶秋染雖然也稱不上多強壯，不過至少比起崔敬忠來說要高大得多，他比崔敬忠還要小上幾年，與人說話時雖然也溫文爾雅，就算是有傲氣也不會浮於表面。那次見面時，聶大郎腹黑的將弟弟拐回家挨打，崔薇對他印象雖然稱不上有多好，可也不壞，但比起眼前滿臉古板之色的崔敬忠來說，聶大郎的形象無疑要鮮活得多了。

「我今兒聽娘說妳去鎮上林老爺家接了些活兒。」崔敬忠斯條慢理的開口，表情有些嚴肅，一邊又接著道：「那林老爺妳可知道是何人？」

這倒是有些新奇了，崔敬忠幾乎從來不管家中的諸雜事，一心唯讀他自己的書，如今竟然會關心起自己接的活兒來。崔薇嘴角邊忍不住露出一絲細微的笑意來，眼睛微微瞇了一下，表情鎮定了些，乾脆拉了凳子坐下來，衝崔敬忠點了點頭。「二哥說得是，聽林家的人說，林老爺曾當過臨安城的知縣老爺，身分來頭大著呢！」

「那可不止！」聽到妹妹說出了林老爺的身分，崔敬忠頓時神情便是一振，臉上添了一絲少年人特有的激動興奮之色，與剛剛他那冷淡模樣相比，如今他才像是一個活人般，一邊身體挺得更直，一邊道：「那林老爺曾是天元十五年時的探花，後曾在翰林院任職三年，最後才被外派。林老爺是真正的天子門生，且那臨安城可不是普通地方。」崔敬忠越說越是有些激動，原本還有些蒼白的臉上浮起一些激動的紅潮來，不過看妹妹一臉冷靜的樣子，他頓時又有些興致索然，想了想道：「算了，與妳說了也不懂！」

頭髮長，見識短！這幾個字就算是崔敬忠沒有說出來，不過崔薇卻是已經感受到了，她忍不住扯了扯嘴角，也沒有開口，崔敬忠講到這兒必定是有下文的，他既然說了林老爺，便不會平白無故與自己說這林家的事情，必定有所要求才是。

果然不出崔薇所料，崔敬忠說完這一句話後，滿臉期望的看著崔薇，一邊道：「薇兒，妳既然去過林老爺府上，下次不如與他提下我的名字如何？若是能得到林老爺親筆手書引薦，那才真正是天大喜事，再過幾月便是秋試之時，我想下場試試，若是能有林老爺幫忙，得童生資格不過探囊取物而已！」他說完，看崔薇皺了眉頭不說話的樣子，眼角餘光又看到楊氏夫妻從外頭進來，頓時又接著道：「要是能再中秀才，往後我便是有了功名的人，見老爺而可不跪，又可與家裡免些賦稅了！」

一聽到這話，崔世福面色還強自鎮定，楊氏已經忍不住驚呼出聲來。「什麼，免稅？」

不只是楊氏驚駭萬分，連那王家人都險些跳了起來！要知道這賦稅可不是一筆小數目，現在誰家裡不是兒女一大堆的，這按人頭都是要上稅的，家裡又沒別樣營生，靠種著那幾口薄田，一旦繳完了稅，剩餘的剛好夠一家人緊巴巴的嚼用完一年，日子雖然不是過不下去，但也是過得緊巴巴的，多的一分都扣不出來，楊氏等人也是從嘴裡省著，才供出一個如今的崔敬忠來，將希望都放在他身上。

這會兒聽到崔敬忠說了這樣一個好消息，楊氏頓時激動得進門連先提哪隻腳都忘了，同手同腳的走進來，拉了把凳子坐兒子面前就問：「當真中了秀才就要減稅？」

崔敬忠眉頭不由自主地皺了皺，接著才鬆了開來，點了點頭。

崔薇想著若不是面前坐的是楊氏，恐怕崔敬忠連理都懶得搭理了，讀書人的傲氣在他身上展現了個淋漓盡致。

那頭楊氏從兒子嘴裡得到一個肯定的回覆，頓時喜不自勝，也不顧得之前還與崔世福在賭氣，連忙道：「他爹，你聽聽，家裡有個讀書人果然是件好事，這稅可是不少，若是能都免了，一年也能省下來不少東西，這是好事啊，果然是祖宗顯靈保佑，我明兒便要扯些紙錢去墳上燒香，感謝列祖列宗保佑咱們家二郎啊！」

一旁王家人聽得心裡又羨慕又嫉妒，不過他們家日子也是過得緊巴巴的，又窮又沒孫子，兩個兒子連地裡的活兒都不想幹，一天到晚好吃懶做的，頓時心裡更不是滋味，王家老太太董氏連忙腆著臉笑道：「親家，咱們也是親家，若是二郎中了秀才，不知道咱們家能不能也免了這筆稅？」

崔敬忠理也沒理董氏，給了她一個冷臉，反倒是與楊氏解釋道：「這中了秀才也算是有了功名的人，讀書人身分本來就不一樣，哪能與其他人相較，免些稅算得了什麼，若是中了舉人，好處更多。這些事情娘也不必知道了，不過這秀才也不是那般好考的，每年這樣多人考，便沒有幾個能中的，許多人恐怕考了一生都考不上，我現在正年少，這也是說不準的事情。」

聽兒子這樣一說，猶如兜頭就被潑了一桶涼水般，楊氏臉上的笑意與驚喜頓時僵住，心情大起大落之下險些一口氣沒有緩得過來。

崔敬忠卻又接著往下說道：「可若是有人與我引薦，那便不一樣，那林老爺是個貴人，若是他肯幫忙，能指點我一下，說不得我中秀才便是肯定的了。」

說到這兒時，楊氏頓時又原地復活，連忙道：「那我趕明兒捉幾隻雞與鴨提到林家，請那林老爺幫忙……」

「娘您是什麼人？」崔敬忠有些不耐煩，卻仍是忍耐道：「那林老爺可不是咱們想見就能見到的，您一隻雞人家還看不在眼裡，人家天天都吃著這東西，就是山珍海味也吃膩了。

所以我才想要讓小妹去給我說道一下，最好能拿個林老爺的手書過來！」

董氏見這母子兩人說著話也沒人理睬自己，頓時有些訕訕的，不過她可不敢衝崔敬忠發脾氣，那是讀書人，也最多心裡就腹誹幾句便罷，如他所說的，考不考得上還不一定的，用得著這樣傲氣嗎？心中雖然羞惱，不過董氏卻還是羨慕了起來，可恨自己家沒個出息的男丁，老大老二兩個媳婦兒都不是爭氣的，現在還沒生出一個帶把的來，簡直是要讓王家絕了後。一想到上回楊氏罵自己的話，董氏心裡就火燒火燎的，恨恨地瞪了媳婦兒一眼。

被崔敬忠那這樣說了兩句，楊氏神色也有些鬱悶，不過她可捨不得發兒子脾氣，想著兒子前程與自家的賦稅，連忙轉頭就看了女兒一眼。「薇兒妳下回就幫妳大哥問問，若是真能中了秀才，妳二哥也忘不了妳好處，到時咱家日子也好過一些。」

崔家日子好不好過可跟崔薇沒什麼關係。聽到楊氏這樣一說，崔薇理也沒理她，冷冷勾起嘴角沒有開口。

楊氏看她這模樣，心頭一陣火起，卻是拿她沒有辦法，知道她不會聽自己的。好歹她還知道自己現在是有求於人的，連忙就伸手戳了戳崔世福的手臂一下，崔世福猶豫了一下，開口道：「若是能免了賦稅當然是好事，妳二哥前程也重要，薇兒妳若是有法子，便幫幫妳二哥，若是不成，那算了就是。我相信我兒子真有本事，不用靠誰也行的。」

一聽這話，崔敬忠臉上的笑意頓時一僵，抿了抿嘴唇，眼神一下子冷了下來，卻是沒有再開口。

楊氏有些著急，崔薇卻不待她開口，就不慌不忙道：「爹，不是我不肯幫，我只是替林老爺幫著做事的小丫頭，連人家的面都沒見過，不過是見過一個管事而已，哪裡能幫得了二哥的忙？人家可不是隨意等著我見的，我瞧著爹說得不錯，二哥有本事，又會唸書，不靠人家幫忙自己一準兒能成的！」

知子莫若母，楊氏看到兒子的臉色，便心裡有了分寸，見崔薇不肯幫忙，頓時又急又怒，那賦稅可是一筆不小的開支，這死丫頭到現在還鬧脾氣不肯幫忙，若是二郎前程誤了，帳是誰的？可惜崔世福態度擺在了那兒，楊氏就算是想打崔薇一頓也是不敢動手的，只能恨恨地瞪了崔薇幾眼，嘴裡罵道：「妳這樣狠心，難不成能看妳二哥有事卻不幫？妳到底是不是姓崔的，妳這死丫頭，果然是個吃裡扒外的！」

正罵著時，崔敬平送完聶秋文回來了，一聽到楊氏這話，頓時跑到崔薇身邊拉了她手道：「娘，您不要罵妹妹了，妹妹很乖的，您要是再罵，我就今晚去聶二家睡！」

崔敬平想了半天，想了這麼一個威脅出來，可還真正將楊氏給唬住了，兒子是她命根子，哪裡捨得不在她自己的眼皮子底下，聞言果然便恨恨的住了嘴，卻拿目光剜著崔薇看。

她今兒做事之時，可還沒想到有要自己低頭求別人的時候！崔薇看她這模樣，心裡一陣的爽快，卻是與崔世福與崔敬平道了句晚安，又看了面色陰沈的崔敬忠一眼，這才自個兒回屋裡去歇著了。

外間楊氏罵罵咧咧，一邊安排著王家人歇了，王家幾個男的自己家裡睡不下，乾脆到崔世財那邊去睡，半晌之後，外頭才漸漸沒了聲響，屋裡卻是有人點著燈進來了，楊氏還在兀自罵個不停。「人家哪一戶的姑娘不是顧著自己的娘家，偏偏這死丫頭就是個心腸狠辣的，連這點兒小事也不肯幫，是要了她的命啊，還是要她的錢啊……」

「妳就少說幾句吧！」崔世福喝了她一句，兩人又是一陣爭執。

不知道是不是楊氏心裡不順，說話時故意喊得大聲，崔薇裝著沒聽到的樣子，蜷了身子睡在床上。

楊氏扯著嗓門吼了半天，就是隔壁屋裡人恐怕都聽得一清二楚了，崔薇卻半絲動靜也沒有，她無奈又是火大，再吼了幾句，在崔世福不滿的目光中，悶了一肚子的氣，倒頭睡下了。

一夜無話，屋中恐怕除了崔薇之外，便唯有崔敬平睡得最香了。

眾人都沒有睡好，楊氏惦記著那些賦稅與兒子的前程，一宿翻來覆去的沒有睡得著，跟烙餅子似的，聽到崔薇傳來細細的呼吸聲，心裡像是窩著一團火般，恨不能將她扯起來讓她答應崔敬忠的事情才好；崔世福也沒有睡得好，他表面看似不在意，實則心裡哪裡可能真不在意，若是能省下那筆錢，往後便能讓家裡人過得更好的日子，旁的不說，至少這吃飯不至於天天頓頓都是稀飯了。

而王家人則是也想著秀才的事，憧憬了一晚上，王氏更是心頭火熱，而提出此事的崔敬忠心裡是最不舒坦的。

第二十三章

楊氏一夜沒睡得著，早晨好不容易才閉了下眼睛，可心裡頭裝著事，也很快便掀了被子起來，看到隔壁床的崔薇，氣不打一處來，可惜點了油燈一看，對面床卻沒了人影。

在這個節骨眼上，崔薇自然不可能給她抓到把柄，反正她也要搬出去住了，自己還有錢，最多請人幫著將屋子收拾一通，先簡單弄一下搬過去住了再說，這幾天當然不會讓心裡悶著火氣的楊氏逮著了。

楊氏沒找到出氣的機會，心裡跟貓抓似的，起來時便見到兒子崔敬忠陰著一張臉吃飯的情景，頓時心中便是一痛。崔敬忠有多努力楊氏是看在眼裡的，每日天不亮便起身，晚上都三更了才看書睡下，整個人都快熬乾了，如今眼見有這樣的機會，崔薇竟然不肯幫！

一想到這些，楊氏心裡越發難受，想了想回屋裡取了幾顆雞蛋出來，陰沈著臉自個兒去給兒子煮了，端上桌來時讓崔敬忠吃了，又將他送出門去，這才嘆息著又回了屋來。

大清早的楊氏便擺著一張臭臉，若是換了旁人擺著臉色，恐怕她早就已經罵了起來，可這會兒到了她自己卻是不管不顧。崔薇當作沒看到一般，自顧自地做著自己的事情，先出了門去自己的院子，摸著黑看了看那些草堆裡的香蕉，又將木耳收撿好，將院子收整了一遍，這才準備回屋。昨日崔世福父子倆過來幫著做了半天事，大人辦事自然不是幾個小孩子可以比的，一整天下來不只是將鬆垮的圍牆推了下來，連準備砌牆的泥土都堆了不少出來。

可是崔薇看過泥土牆被雨水泡軟的事，心裡便有了計較，屋子可以慢慢再弄，可這圍牆卻一定要弄好的，否則她就是擱些東西也不放心，泥土弄的牆壁就是再堅固，拿水多泡幾次也就軟了，而且也容易被鑽出洞來，因此想了想，她決定買些石頭讓人將牆拿石頭堆起來，再堆得高一些，肯定要比泥土好。這方圓十幾里地的，找個打石頭的人並不稀奇，小灣村便有一個專門替人打石桌子等物的，若是有錢，說不得也能弄些石塊出來。

心中打定了主意，崔薇又想到自己藏在床底下的錢，那些錢應該夠了，不過若是往後自己單獨住，總要過生活，她又不能自個兒下地種田，賴以維生又不能只靠賣木耳等物，這些東西不能保證，且野生的又並不多，總有人會去採的，現在只是賣個新鮮而已，時間長了會被人注意。昨兒孫氏便要問了出來，最多再賣個幾回便是了，不是長久的事，看來要穩定，還是得要買些土地才成，自己只收租，倒是也可保自己衣食無憂，若是那樣，只是這點兒銀子便不夠了，否則崔家人早就自己買了地，不必租借朝廷的土地種植了。

心中想著賺錢的法子，回到崔家時崔敬忠已經離開了，楊氏滿臉陰沈的坐在院子裡，也沒像平日一般做著事情，看到崔薇回來時，便陰陽怪氣開口。「可回來了？妳二哥讓幫個忙不肯，自己那破院子倒是肯上心，一天跑個百十來回的。」

崔薇見她說著，也沒理她，自己的事情已經做得差不多了，自然準備回屋裡去一趟。

楊氏看到這情景，頓時氣不打一處來，大喝了一聲。「站住，廚房水缸裡快沒水了，還不趕緊挑些回來！」

崔薇還沒開口說話，屋裡頭崔世福已經出來了，聽到這話便道：「我去挑，黑燈瞎火的，她一個孩子連路都看不清，又沒多大力氣，哪能挑得到多少水！」說完，便出了房門，拿了廚房外掛著的倒勾扁擔，進廚房裡拿了空桶擔著出去了。

楊氏氣得一口氣梗在胸口，忍不住想哭出來，可是崔世福早就出門去了，楊氏恨恨地道：「你就護著她吧，我看你以後是享兒子的福還是女兒的！」

沒了吵架的人，楊氏一個人自然也鬧騰不起來，鬱悶了半晌，也只能回屋裡去了。

崔薇點著燈正在燈光下拿一根樹枝準備先試著想著圖案出來，楊氏進屋裡來二話不說便將燈吹熄了，嘴裡罵道：「家裡沒錢，哪裡能點得起燈！」說完，也沒理崔薇，自個兒便又躺下去了。

夏天裡屋子悶熱不說，且蚊蟲還在一旁「咿咿嗚嗚」的飛著，擾得人是心煩又意亂，楊氏恨恨地咬了咬嘴唇，氣得躺了一陣，身上被咬了好幾口，癢得鑽心，也躺不住了，又氣沖沖起身出去了。

天色漸漸亮了起來，王家人與王氏睡到日上三竿還沒有起身，崔薇自個兒做完了事情，便拿了樹枝先試著在地上畫了好幾個圖案。她前世時雖然沒有正統的學過繪畫，不過多試幾回熟能生巧的也難不倒她，想了半天最後決定畫個可愛兔子的形象，自己在地上試了好幾回了，崔薇這才準備試在布上。

那緞子被她剪了約有半尺見方一塊下來，周圍裹了邊之後稍小一些，崔薇沒有筆，便拿了一截樹枝燒了，在上頭小心翼翼地畫了一隻可愛的兔子，這才拿裹了布的竹框將緞子繃了起來，王家人起來時，她已經繡好了大半兔子頭了。不想讓王家人看見她弄個什麼東西，免得到時又跟著鬧騰，這家人就是見縫插針的，連骨頭裡也想熬出油來。雖然相處過沒多久，但這些人貪小便宜不說，還性格又討厭，崔薇自然不想與他們打交道。只是她拿了東西回房放好了，那頭王氏卻已經尖叫了起來。

崔薇出了房門，王氏扠了腰站在院裡指著崔薇便罵。「四丫頭，是不是妳今早偷吃了雞蛋？」她手裡還捉著幾個雞蛋殼，一副殺氣騰騰的模樣，一旁的王家人吞著口水。王氏見到自家人在，屋中又沒有旁人，更是底氣十足，嘴裡罵道：「殺千刀遭瘟的東西，連雞蛋也敢偷吃，不怕爛了妳的心，壞了妳的腸肺！」

她話音剛一落，董氏便說道：「反正她也偷吃得，咱們也拿幾個煮煮。」

崔薇冷笑了一聲，剛準備開口，轉頭就看到一旁楊氏臉色陰沈地站在大門外盯著院子裡頭，頓時就笑了笑。「大嫂的意思，是在罵偷吃雞蛋的？反正我是沒有吃的！」

楊氏站在半掩的院門外，回來時又沒來得及喊出聲，這會兒王家人一聽到雞蛋都嘴饞，倒沒注意到她。

王氏看她沒有發火，反倒是在解釋，頓時大喜，只當她怕了自己，連忙又指著天開始咒罵起偷蛋吃的人來，楊氏哪裡受得了這個，剛聽王氏罵了一句，臉色就更陰沈上幾分，到後來時烏雲密布了，連王氏都感覺出不對勁來，回頭便看到楊氏端著一個簸箕站在門外盯著自己。王氏開始時還有些心虛，不過後來想到偷蛋吃的是崔薇，說不得楊氏會跟自己一樣生氣，因此又高興了起來，連忙拿了蛋殼便迎上前去，一邊指著崔薇道：「娘，這四丫頭偷蛋吃……」

「閉嘴！」楊氏大喝了一聲，將王家人都嚇了一跳，王氏更是有些吃驚，還沒開口說話，楊氏便已經喝道：「我自己煮給二郎吃的，妳有意見？」

一聽到這話，王氏才明白過來為啥楊氏會發火，一想到自己剛剛咒罵的情景，頓時王氏嚇得臉色青白，連忙圍著楊氏解釋去了。

見到這兩人鬧成一團的模樣，崔薇冷笑了一聲，放了東西回屋裡，又將錢藏得更嚴實了些，一邊則是出了門。

楊氏見到她這模樣，心裡帶著氣，連理也沒搭理她，看著崔薇出了門。

早晨時決定了要將圍牆先弄好，崔薇就先去了村裡一戶李姓石匠家裡，準備談買石頭的事。如今離收稻穀還有一段時間，並不是家家戶戶都成天刨在土裡，崔薇去了石匠家裡時那石匠家裡還有人，說了自己想要買石頭的意思後，那石匠猶豫了一下，很痛快地便答應了下來，價錢也說約一文銅錢二十塊石頭左右，約定了在崔薇下一次趕集時繳錢，那石匠這才滿臉笑意的將崔薇送出了家門。

都是一個村裡的人，崔薇之前賣了那些野菜幾十文的事情整個村裡的人恐怕都知道了，他們又知道崔薇給鎮上的林老爺家接了活兒，自然這石匠不怕崔薇拿不出錢來。更何況他家裡還存了不少的石料，都挺符合崔薇的要求，趁著這幾天空閒，一家人若是齊上陣，一個人打個百十來塊石頭不成問題，這樣算下來說不得在收割稻穀前還能賺上一筆，自然人家樂得痛快。

這頭崔薇前腳一離開，後頭人家便怕她反悔似的，石匠一家人便都運了石頭朝崔薇那破院子行去。這會兒崔世福等人還在給崔薇推著圍牆，那頭便看到李家的人推著石頭過來，頓時便愣住，問明了情況，知道這是自家女兒訂的東西，崔世福有些哭笑不得。不過鄉里鄉親的，人家頂著這樣大的太陽將東西送了過來，崔世福也不好讓人送回去，因此便捏著鼻子認了下來，在楊氏中午送飯過來時，便將這事與她提了提。

「薇兒如今還小，又沒個本事，鎮上那林老爺雖然請她做事，也不知道要給多少工錢，若是錢不夠，咱們先貼上，往後她若是有了銅子兒還補回來就是。」崔世福滿身的大汗，指著院中那一堆石頭，給楊氏先提了個醒，話還沒說完，就見楊氏臉色陰沈得險些能滴出水來，頓時嘆息了一聲，不再言語了，端了稀飯碗便吃了幾口。

楊氏這會兒是氣得目眥盡裂了。她沒料到這死丫頭前腳出去，後腳便弄了一個這樣的事回來。昨日讓那丫頭幫個忙還不成，如今竟然又要自己給她貼錢，當自己是搖錢樹不成？楊氏心裡氣得發慌，不過當著崔世福的面卻不多說什麼，最近崔世福因為崔薇的關係與她吵過好幾場，楊氏並不準備在這個當口又與他鬧起來。

楊氏想了想，陰沈著臉道：「這不能退回去了嗎？咱們家裡的錢你也知道，並不多，統共只得那些，難不成你真要娘將棺材本倒貼給咱們才樂意了？」楊氏也不提崔薇，只是說起林氏來，果然就看崔世福表情更沈重了些，心裡才鬆了一口氣。

可半晌之後，崔世福卻搖了搖頭。「鄉里鄉親的，人家將東西送來了，又如何好給人退回去？還是先將錢給了，娘那兒的銀子也不動她的，待這陣忙完，我去鎮上找個活兒幹，這陣子也委屈了妳，不過薇兒到底年紀還小，不懂事，妳就當體諒體諒她了。」

開始時崔世福說的話還讓楊氏心裡發酸，可後來那句卻讓她心裡有些不舒坦。「我體諒她，誰來體諒我了？你也是，都當人祖父了，又不是年輕時候，再這樣累下去，身子可怎麼了得？」楊氏說完，頓了一下，想了想又道：「我要幫她給錢也成，可她也要幫二郎去林老爺那兒說道說道，若是二郎能中個秀才，咱們家免一些稅，也好與這買石頭的錢相抵了不是？」說完，楊氏心裡才舒坦了一些。

崔世福看她一臉堅定的樣子，嘆了口氣，原想再勸她幾句的，可是看到楊氏滿臉的滄桑之色，後面的話卻怎麼也說不出口了。

晌午過後崔薇領著聶秋文與王寶學二人過來一塊兒幫忙了，這兩個昨兒才吃了崔薇一頓，今兒再要過來做事時就不是一臉不情願的模樣了。崔敬平是吃完飯才過來的，一來就看到楊氏沈著臉坐在那破門檻前，院子中堆了小山似的石頭，頓時有些興奮了起來，連忙跑過去摸了摸石頭道：「娘，您今兒個買了石頭？」

他這樣一說讓原本好不容易心裡才稍微順了些氣的楊氏頓時又氣憤了起來，瞪了一旁忙著的崔薇一眼。「我可沒你妹妹那樣大的本事，這東西都是人家自個兒去買的，哪裡有我什麼事，付錢的時候就要來找我了，做事時卻沒想著家裡人。下次趕集，妳去和林老爺說一聲，否則這石頭錢，我可不付的！」楊氏說完，原本以為崔薇會害怕的答應她，誰料那死丫頭臉上半分緊張之色也沒有，反倒是頭也沒回冷淡道——

「錢的事不要娘操心了，我跟李大叔說好了，下回趕集交了林老爺的活兒我就給他錢，不用家裡給的。」

她不求情不哭鬧，反倒是這樣說，氣得楊氏心裡又更不舒坦，臉色青白交錯後，指了一旁忙著的崔世福，大聲道：「聽到沒有？人家自個兒有本事，不要你幫忙，你之前就是鹹吃蘿蔔淡操心了，你就自個兒在這邊忙著吧，瞧人家領不領你的情！」說完，站起身氣沖沖地走了。

崔世福有些無奈地看了這母女二人一眼，不知該說什麼才好。崔薇年紀還小，再加上她一向又懂事乖巧，如今對楊氏這樣冷淡，也是因為楊氏偏心太過使她寒了心，崔世福哪裡捨得責罵女兒，原本以為楊氏是大人，與她說說會有效果些，誰料結果還是這樣，這母女二人跟仇人似的，他想了想，也乾脆什麼都不說了，轉身便做起事了。

楊氏記恨崔薇不肯幫忙又買了石料一事，對她的房子果然不聞不問了，一天到晚母女二人見面都不會朝對方看一眼，關係一下子降到了冰點，家中眾人都知道楊氏心情不好，也沒哪個惹她，這其中最高興的恐怕就數王氏了，她是恨不得這對母女二人打起來才好。

崔薇對於楊氏的惱怒根本沒放在心上，趁著還有五、六日的時間，她將心思都放在了繡品上，除了一些帕子外，她還弄了荷包與靠枕等物，每日逮著空閒了就做，除了兔子之外，她還繡了貓狗等圖案，分別各自做了一套，那些緞子便被用得差不多了。那包緞子的布崔薇暫時沒用來給崔敬平做衣裳，決定將這些緞子揹到鎮上賣了再說，否則若緞子外面不用粗布包著，恐怕被背篼劃花。

草堆裡捂的香蕉也是成熟了，這段時間忙著做針線活兒，也沒時間再進山裡一趟，幸虧之前採得夠多，這一趟去鎮上也不怕沒東西賣，等下一次趕集時若林家人還要這些東西，再進山採也來得及。

村裡人平日一般趕小集時都懶得去跑，可若輪到大集時幾乎個個都要去鎮裡一趟的，楊氏自然也不例外，上回去鎮上沒有將鴨子賣掉，這一次楊氏仍是要提去的。眾人皆是要去鎮上，這次依舊是讓王氏看家，雖說王氏也想去鎮上，不過在眾人看來崔薇這一趟要去鎮上交繡活兒，再加上楊氏還沒有絕了要她給崔敬忠幫忙的心，因此臉色雖然難看，但也沒有制止崔薇出門。崔世福等人前腳剛走，後頭崔薇便也跟著喚了崔敬平兩人一塊兒準備出門。

那緞子布被包在粗布裡頭細細的放好了，裡頭還沒有塞東西，崔薇準備去鎮上再買一些碎布塞在裡頭，崔家裡是沒有碎布的，就算是有一塊破布楊氏也看得很珍貴，哪裡可能用來給她塞成抱枕，崔家裡用來做枕頭的都是米糠，但林府的人恐怕是用不慣那些物什。崔薇既然準備將這些東西賣給他們，自然便不可能先弄這些米糠進去，沒得將這些枕頭降了檔次，讓人瞧不上。

大紅色的緞子光滑柔亮，摸上去滑溜溜的，上頭繡著憨態可掬的小動物們，看得崔薇都有些捨不得將它們送出去了。可惜如今她的情況卻是不同，這些東西留下來也不會被她留得住，反倒是便宜了別人而已，因此崔薇嘆息了一聲，仍是拿粗布將這些帕子枕頭等都包了起來，放進背篼裡，藏在床底下的錢崔薇也取了出來一併揣在身上，有上回王氏偷她布的前科，說不準這回摸進她床上偷東西也是有可能的，不得不防著一點兒。

那頭崔敬平取了香蕉等也裝在背篼裡頭，一邊看崔薇收拾妥當了，一邊就招呼著她準備出門。這會兒王氏還在睡著沒起身，兄妹二人踏著還未褪去的月色，這才前後出了崔家。

今日不用去得太早占位置，這樣趕集的事聶秋文等人也要去的，聶二跟王寶學最是愛熱鬧，因此每回趕集都要去逛逛，看看雜耍等，崔敬平二人去了聶家時，他早已經等在了門口處，幾人又一併去喚了王寶學，一路走一路玩，到了鎮上時太陽早就出來了。

這會兒正是最熱鬧的時候，崔薇一面按著胸口前的錢袋子，一面招呼著崔敬平跟自己一塊兒，聶秋文二人一想到上回這兄妹倆擺攤的情景，都不願意與他們一塊兒，因此眾人約好，過半個時辰在東頭陳家那麵館處集合了，這才各自分開。

崔薇想著自己的枕頭套子，一邊拉著崔敬平便往那布莊行去，這一路走來崔敬平背上的東西恐怕有好幾十斤了，他這會兒早就已經滿頭大汗，不過卻沒有與崔薇抱怨一聲，一聽崔薇喊往布莊走，連忙就跟了上去。

「妹妹，妳不將東西送到那林老爺府上？」崔敬平一邊說著，一邊伸手拉了拉背篼帶子，背上的東西壓得他喘不過氣來。崔敬平還沒有吃過這樣的苦頭，不過他既然知道這背簍不輕了，自然不可能讓崔薇來背，因此一路咬牙扛著。幸虧之前可以逮著聶秋文二人換一換手，這會兒才沒有立即趴下，不過就算是如此，那背篼帶子卻是勒得他雙肩生疼，他得不時拿手去緩一緩，否則夏天穿的衣裳薄，這會兒怕是皮都要被蹭破了。

「三哥，我與你說個事，你可不能回去告訴娘了。」崔薇一邊說著，一邊拿衣袖替崔敬平擦了擦汗水，看他點了點頭，這才湊近他耳邊道：「這緞子不是林老爺要的，是我買的，我想做來賣了換些錢，你可不能告訴娘，否則以後我不理你了。」

崔敬平一聽這話，先是吃了一驚，接著又連忙點了點頭，一邊卻是有些驚駭。「妳放心，我準不告訴娘，不過這緞子是妳買的？妳哪兒來這麼多錢？」

「三哥你放心就是！」崔薇先是安撫了他一聲，一邊小心地避過擁擠的人群，深怕自己背上的東西被人不小心撈了去，這樣多人，恐怕到時不好追，因此乾脆將背篼轉了個面，挎到了胸前來，正好也將胸口的銅錢擋住，一邊道：「三哥你就不要管了，反正以後我的事你不要告訴娘就是了。」

見她不想說，崔敬平也沒有追問，只點了點頭。

這小子雖然調皮搗蛋，不過卻極為守信用，他既然說了不提，崔薇也信他，因此兩兄妹都沒有再說這個事，一路擠得大汗淋漓的，終於才來到了那綢緞坊前。

這會兒綢緞坊裡冷冷清清的，有幾個婦人在裡頭挑著，但那守在店中的童子卻愛理不理的模樣，崔薇拉著崔敬平進去時，那兩個婦人往這邊看了一眼，接著又空著手退了出去。那童子翻了個白眼，看到崔薇時，頓時臉上露出驚喜之色來，連忙起了身來，完全不是之前那要死不活的模樣，迎了上來就笑道：「姑娘來了，這回姑娘過來可是有什麼想買的？」

崔薇打量了崔敬平一眼，上回還說要給他做身衣裳的，反正她現在有些錢，這點兒錢雖然說買田地不夠，但給崔敬平做身衣裳卻算不得什麼，因此想了想就道：「我想給我哥哥買點布做身衣裳。」

她話音一落，崔敬平頓時眼珠子就滾了出來，連忙擺手道：「不用了不用了，又不是逢年過節的，哪裡要買這些，妳現在正缺錢，自個兒存著就是。」崔敬平雖然聽她說那緞子是她買的，但心裡也沒有認為崔薇有多少錢，自然這會兒不希望她浪費，更何況崔薇那破院子如今楊氏都不肯給錢了，她哪裡還能這樣亂花？

也沒理著一直喊說不用買的崔敬平，崔薇自顧自挑了一身深藍色的棉布，那童子一看她果然選了，雖然棉布不比上回的緞子價格貴，但依舊是進後頭喚了那老掌櫃出來。崔薇比量著崔敬平的身段，又想著這些日子幫自己弄房子的崔世福，乾脆也便多買了一些，一共扯了十丈的棉布讓那掌櫃剪了。

崔敬平這傢伙雖然嘴裡說著不要亂花錢，但看到崔薇真的買了布時，眼睛裡卻是閃閃發光，小孩子哪裡有不喜歡穿新衣裳的，不過是家裡窮，懂事罷了。

那掌櫃為人倒也厚道，想了想崔薇上次才來買過緞子的，這棉布原本七文一丈，總共便只收了崔薇六十五文錢。崔薇從胸口取了一大包銅錢出來，一邊半側了身子避著街上的人一些，乾脆數了八十文出來朝那掌櫃的推了過去，一邊道：「掌櫃爺爺，我多給您十五文，不知您有沒有碎布末等，一併賣給我吧。」

「那些東西有什麼用？」老掌櫃一聽崔薇這話，頓時有些發愣。他鋪子裡雖然是賣布的，但也接替人做衣裳的活兒，做著這行當，碎布自然不少，後頭收撿著一大籮筐，這東西扔了可惜，可又派不上什麼用場，平日家裡都用來點火燒的，這會兒若是能賣些錢自然是最好。

掌櫃看崔薇放下背篼，從裡頭取了一個粗布包出來，一展開放在櫃檯上，裡頭便露出來她之前已經繡好的一些枕頭套子與手帕等物。

那老掌櫃吃了一驚，連忙撿起一個手帕看了，越打量越是有些驚奇，一邊有些激動道：「這種花樣我倒是以前沒有瞧過，這帕子瞧著也別致可愛，但咱們這鎮小，恐怕沒人能用得起這樣的金貴物什，不過倒也有幾戶人家，說不定喜歡。不知道姑娘妳這帕子賣不賣？若要賣，不如全賣給我吧！」那掌櫃的又看了幾眼，接著有些歡喜道。

崔薇搖了搖頭，一邊將老掌櫃手中的帕子接了回來，衝他抿了抿嘴，露出一個笑意來。「掌櫃爺爺，這是我幫人家做的，可不是我自個兒的，您沒忘吧？」

那老掌櫃愣了一下，接著果然想了起來，上回崔薇說的這緞子是替別人買的，頓時嘆息了一聲，搖了搖頭，嘴裡連說著可惜，目光卻絞在上頭不放。

崔薇看他搖頭晃腦的樣子，像是忘了自己剛剛說的話，連忙提醒他道：「掌櫃爺爺，您那碎布可以賣給我嗎？」

她這樣一說，掌櫃的才發現自己連錢都收了，哪裡好說不賣的，不過他剛剛看那帕子看得入神，這會兒經崔薇提醒才想起來，頓時有些尷尬，連忙讓那童子去後頭搬碎布出來，一邊又有些猶豫道：「小姑娘，妳這帕子不賣，不知道這花樣能不能賣的？」

那帕子是崔薇準備用來賣給林家的，這林家若是喜歡了，肯定不會虧待了她，與這樣的人家打好關係，對她並沒有壞處。而這花樣賣也賣不了幾個錢，只是圖個新鮮。崔薇自然不可能為了一點兒好處，便將這花樣流落出去讓眾人都有了，因此聞言便搖了搖頭。

那掌櫃看她年紀雖然小，但說話時卻跟大人般模樣，自然知道她說這話不是自己三言兩語能哄得到的，因此嘆息了一聲，自然不提了。

後頭的童子將幾大筐碎布全部分幾趟搬運了出來，崔薇道了個歉，讓崔敬平也放了背筦幫自己塞了一些碎布到抱枕裡頭，這樣填枕頭的方式倒是看得那老掌櫃眼睛發亮。崔薇知道他心裡恐怕是想學著這樣的方式，不過這也並不是什麼不能告訴別人的機密，再加上這老爺子就算看到這個方法，也不可能將布全部剪了用來塞枕頭，最多是自己存一些自己做個枕頭玩罷了，暫時還不可能搶自己生意，因此也不以為意。將三個抱枕全部塞滿之後，又找這掌櫃的要了塊粗布，把剩餘的碎布一併包在裡頭，打了個結放在背篼最底，這些碎布不少，正好往後可以給自己做兩個抱枕靠著。

做完了這一切，崔薇這才拉著崔敬平，看準了林府的方向，朝那邊擠了過去。

第二十四章

一路上崔敬平有些猶豫，想到之前崔薇說緞子是她買的話，連忙道：「妹妹，這東西那掌櫃要買，妳不如就賣給他了，那林老爺沒說要，萬一賣不出去，回頭被大嫂拿去了可怎麼了得？」

「三哥你放心就是！我送給林家也不會給大嫂的。」崔薇心裡實在是討厭王氏，說起她時一臉嫌棄的模樣。

崔敬平看她小臉通紅，滿頭大汗的樣子，連忙伸手要將她背上的背簍也一併提過來。崔薇看他自己都有些吃力了，連忙避了身子讓開，一邊就搖了搖頭。「三哥。我自己揹，這又不重。」雖然她這樣說了，崔敬平仍是伸手努力將她背簍提了些，分擔了些力道過去，這才沒有與她爭了。

兩兄妹一路擠著朝林府過去，不大會兒工夫，便已經到了那林管事上回領自己進去的地方。崔薇這回一路過來時才知道這看似氣派的門口其實還不算是林家的大門，只是一個後門而已。那守門的兩個小廝一下子就將崔薇認了出來，估計是上回林管事對崔薇不同的態度令眾人對崔薇還有些熱情在，因此沒有過多為難，便將兄妹二人放了進去。

崔敬平頭一回進這樣的地方，只覺得渾身都有些不自在，連平日裡笑嘻嘻的神情也不見了，變得有些靦覥，兩隻腳死死併在一起，目光都不敢左右地看。

崔薇原本以為自己不過是個小丫頭，那林管事上回一看就不像是個普通的下人，因此這回自己再來時人家應該不記得自己的，誰料那帶路的下人將他們帶進院子之後，並沒有讓他們就停歇下來，反倒直接帶著他們穿過了一眾小路，朝院裡直接走去。

「大哥，咱們這是要上哪兒？」雖然知道這林家不至於將自己等人給扣下來，不過走了這樣久，崔薇心裡依舊是有些納悶。眼見走過一個園子，前頭房舍樓臺都能看得到了，而那領路的小廝卻並沒有停下來。

崔敬平在一旁緊張得險些連腳趾頭都蜷了下來，在這樣精緻的房舍裡，崔敬平性子雖然被楊氏慣得狠了，但這會兒多少還是覺得有些不自在，臉上多少還是現出一絲拘謹之色來。

「林管事已經等姑娘許久了，我是領你們二位過去的。」那小廝聽她問話，笑著就衝她答了一句。崔薇更是覺得有些稀奇，待還要再問時，那小廝卻是指了指房子，一邊衝他們兄妹兩人道：「到了。」

那排院落果然就在石子路另一端，遠遠的就能看到守在院門外的幾個小廝，崔薇也沒有再開口，只捉了背簍跟著這小廝走了過去，一路倒是引來了眾人好奇的目光。院子裡人漸漸多了起來，比起後院那幾個守大門的，這兒不知多了多少衣著服色相同的下人。那帶路的小廝上前與人說了幾句話，便有人朝崔薇兄妹打量了一眼，這才點了點頭，衝這兩人道：「你們隨我來吧。」

崔薇一聽，連忙招呼著崔敬平一塊兒跟了上去。

院中站了不少小廝與婆子們，間或還有幾個梳著丫髻的小丫鬟來來去去。崔敬平哪裡看到過這樣的情景，只緊張得手心全是汗，崔薇拍了拍他的手，還沒開口說話，那領路的已經將他們帶到那院子中最大的房舍前，一邊衝他們點了點頭。「到了，姑娘自個兒進去吧，林管事這會兒就在裡頭呢！」說完，自個兒便退了出去。

這些下人們雖然沒有個個鼻孔朝天的瞧不起人，不過卻也沒有對崔薇兄妹恭敬到哪兒去，這會兒將兩人丟在這兒，崔敬平有些不知所措，崔薇卻是笑了笑，朝屋裡看了一眼，一眼就看到那林管事坐在主位上，與兩個穿著青色緞子衣裳的人在說著什麼，那兩人穿得雖然光鮮，不過看樣子對林管事卻是畢恭畢敬的，不像是主人的模樣。若當真這兩人是主子，恐怕林管事這會兒便不會坐著，而是站起來了。

屋中的幾人一說話便是一刻多鐘，崔薇早就將背篼放了下來，看崔敬平也是臉色脹得通紅的樣子，連忙也低聲招呼他將背篼放下來，估計兩兄妹的動靜還是打斷了屋中人的談話，那林管事皺了下眉頭，朝這邊看了一眼，崔薇便衝裡頭笑了笑，一邊就揮了揮手。

那林管事臉上不由自主露出笑容來，這才放大了聲音道：「今兒便這樣，有事下回再說，我這兒還有些事，你們先下去吧！」

那兩人衝林管事拱了拱手，出來時好奇的看了崔薇兄妹二人一眼，這才匆忙退了出去。

「小丫頭可是來了，妳是姓崔吧？」那林管事沒料到還記得崔薇的名字，這會兒笑呵呵的說了一句。

崔薇頓時便嘴甜道：「林大叔貴人事忙，竟然也記得薇兒姓什麼。」一邊說著，一邊連忙就將手邊的背篼全部提了進來，一邊又招呼著崔敬平也一塊兒進屋，毫不怕生的樣子倒是令那林管事微微笑了笑。

「林大叔上回可是幫了我一個大忙，薇兒雖然不懂事，不過也知道上回大叔是照顧了我的，這回想送些自己做的小東西給林夫人和大叔您。」一邊說著，崔薇一邊就伸手在身上擦了擦，這才將背篼裡的粗布包裹取了出來。

那林管事一聽到她有東西送自己，倒還真有些意外。這輩子他東西收得還真不少，不過這樣一個小丫頭要送他東西還是頭一回，上次崔薇做的零嘴至今令林管事還有些回味，上回給崔薇的二兩銀子原是準備一塊兒連這回的東西都一併買的，誰料最後老爺夫人吃得好，那些錢自然便不放在心上。又聽到崔薇說要送自己東西，林管事雖然不認為這小丫頭送的東西能讓夫人有多喜歡，不過也來了興致，一邊探了頭過去笑道：「哦？送了我什麼東西，還放得這樣嚴實。」

崔薇抿了抿嘴笑，一邊將那粗布包裹放在桌上解開了，裡頭頓時彈了一大堆紅色緞子的東西來。那枕頭原本是鼓漲漲的，被她硬是壓在包裹裡頭，這會兒一解開便自己又跳了出來。崔薇撿起一塊帕子，故意在林管事面前晃了晃，讓他看清上頭的圖案，一邊又拿了個抱枕與荷包等物搖了搖道：「這些都是薇兒自己做的，林大叔，您上次幫了我一把，我也想感激您一回。您瞧瞧喜歡哪一樣，我送您了，其他便送給林夫人呢！」

二兩銀子對林府還真不算多，不過林管事也知道這二兩銀子對一些窮苦人家是意味著什麼，聽到崔薇感恩也不意外，不過崔薇取出來的東西真的是讓他眼睛突然一亮。「這是妳自己做的？」說完，那林管事上前瞧了瞧，一邊將那帕子撿到了手上打量。這雖然算不上真正的好東西，不過也不是窮人家能用得起的了，他沒料到這小丫頭還能送出這樣的東西來。物件別致就不用說了，關鍵是這緞子瞧著雖然不一定有林府用的好，不過一個小丫頭能捨得下狠心去買這樣一個東西來送人，倒真令林管事有些對她刮目相看了。

林管事掂量了片刻，又放在手中瞧了瞧，嘴裡不由道：「料子是差了些，不過這圖案倒真是精巧，夫人說不得會喜歡，尤其是小姐，若是用這來作禮送人，也是稀罕！」他說完，臉上頓時便露出笑意來，一邊摸了摸崔薇的腦袋，一邊道：「小丫頭，妳倒是個精明的，這東西我也不白占妳便宜，我去替妳問問夫人，說不得夫人有好處給妳，到時妳另外再給我做個隨便什麼物什就是了，這顏色豔的，我也用不上。」這樣喜慶的顏色，除了主子，在這林家可不是誰都能用的。

那林管事說完這話，便讓崔薇兄妹二人暫等一下，出去喚了個小丫頭進來侍候著，自己拿了帕子枕頭等物出去了。

這些情況完全是在崔薇意料之中，見那林管事喜歡，自然也沒有意外，反倒是挑了張凳子坐了下去，一邊招手讓崔敬平也坐下來。

不多時有人送了一碟子糕點過來，崔敬平望著糕點直流口水，但卻沒有伸手過去拿上一塊，輕聲衝崔薇道：「妹妹，這樣的地方妳上次竟然一個人進來了，難為妳竟然沒有嚇著，我瞧那林管事比爹還要有威嚴。」

崔敬平心裡最怕的就是崔世福了，這會兒看到林管事，心裡有些發怵，自然拿這兩人比較上了。那邊站在屋裡的小丫頭一聽這話，忍不住捂著嘴就笑了起來。崔敬平臉微微一紅，低垂下頭不說話了。

崔薇看得出來那小丫頭並不是什麼惡意的，因此也不生氣，難得看到崔敬平這害羞的模樣，她忍不住也跟著笑了起來。

初始時崔敬平還有些放不開，可時間久了，見這屋中雖然樣樣比自己家裡精緻得多，但這守在屋裡的小丫頭並不像是個凶狠的，因此膽子也漸漸跟著大了起來。他早就想吃糕點了，這會兒一旦放開了手腳不再拘束，自然伸手便捏了一塊放進嘴裡。

兩兄妹坐在廳堂中約有兩刻鐘左右，那頭林管事又重新回來了，只是回來時他手上已經沒有了之前崔薇送的絲綢，反倒是捏著一個小袋子，一回來便臉上帶著笑，將手裡的東西遞給了崔薇，一邊笑道：「小丫頭，妳運氣倒好，送的東西夫人與小姐都喜歡，這是賞妳的，過會兒還有一些真正上好的緞子，妳回去再做五套這樣的東西過來，餘下的緞子，便是夫人賞妳的了！」

既然能得這林管事說做上五套還有餘的緞子，那便肯定不止一、兩丈了，崔薇忍不住露出笑容來，連忙抓緊了袋子便與林管事福了一禮。她手中的袋子裡頭裝著的東西崔薇感覺得出來是銀子，恐怕還不少，至少比起上回的二兩銀子來說，袋子裡的東西要大得多，摸著貌似還有其他的，這一趟過來已經出乎崔薇意料。那林管事估計也忙，又笑了笑，最後讓人送崔薇出去時，又給了她一顆銀豆子，卻表明往後讓崔薇趕集時再送一些木耳絲與香蕉過來，這銀豆子並不是每回給的，而是一個月的錢。

就算是這樣，已經很讓崔薇歡喜了，畢竟一個月大場只得兩、三回，就算是每回都過來，送幾回吃食便有二兩銀子，往後哪一天林老爺家吃膩了這東西，崔薇也算是小賺了一筆，自然更是歡喜。提起地上又裝了一大袋絲綢的背篼，崔薇摸著身上的銀子，與林管事行了個禮，臨走時又帶了林家給包上的糕點，兄妹二人這才出了林府。

如今包裡有了錢，崔薇也不小器，看崔敬平一路揹著東西過來走得也累了，路上看到零嘴便都各自給他買上一大把。崔敬平趕集還從沒有像今日這樣痛快過，楊氏雖然寵他，不過家中的情況就在那兒擺著，就是兜裡有錢也不過最多給他買塊糕點罷了，哪裡像如今，簡直是他要吃什麼，崔薇就給他買，甚至不用他說，目光看到了崔薇就已經掏了錢。這樣一路買下來，也不過花了二十個銅錢不到。

與聶秋文等人約定的時間差不多了，兄妹二人來到那陳家麵館處時，聶秋文等人早已經候在了那兒。估計是上回崔薇沒有給曹氏糕點的原因，那曹氏看她時目光都帶了刺，崔薇也不以為意，請聶秋文等人各吃了一碗麵條，眾人又在街上玩耍了一陣，看著時候不早了，幾人這才準備回家。

這會兒時辰不早了，村裡許多人都已經趕集回來了，崔薇先去了石匠李家將銅錢結清了，又約定了讓他再多打一些，往後自己準備建房子要用，這才在李家人滿臉的笑意下，離開了李家。

回到崔家，屋裡楊氏等人已經回來了，不過面上卻有些不好看，見到他們旁邊，鴨子倒是賣了出去，不過楊氏臉上卻是絲毫笑容也沒有，崔敬平倒也機靈，拉了崔薇進屋時，嘻皮笑臉的喚了楊氏一句。「娘，你們這樣早就回來了？」

「還早？再過一陣都要吃午飯了！」看到說話的人是自己最疼愛的兒子，楊氏才勉強擠出一絲笑容來，只是看也沒看崔薇一眼，目光在她背上揹著的背簍裡轉了轉，頓時冷哼了一聲。

王氏站在門口處，賊眉鼠眼的朝崔薇這兒看了一眼，崔薇便冷笑了一聲，與崔世福打了聲招呼，將背簍放了下來，取出裡頭的青布衝崔世福笑道：「爹，我今兒買了些布，準備給您和三哥做衣裳，您瞧瞧這顏色喜不喜歡？」

王氏一瞧見只是青布而已，頓時有些失望的嘆了口氣，不過一聽到崔薇說的話，又看了一旁的崔敬懷一眼，嘴裡發出一聲刺耳的笑聲。「夫君，您瞧瞧，您這樣疼愛四丫頭，可人家一有了錢，想的可不是你！」王氏原本是想挑撥一下崔敬懷與崔薇的關係，不過話一說完又覺得有些不對勁，連忙道：「妳這趟又賣了多少錢？竟然也買得起布了。」王氏話音一落，那頭楊氏便眉頭動了動，也跟著看了過來。

崔薇冷笑了一聲，沒待崔世福說話便瞇著眼睛看了王氏一眼。「我賣了多少錢，關大嫂什麼事？再說大哥那兒，我自然以後是有東西給他，大嫂要是真閒得沒事，乾脆將衣裳洗了吧！」

王氏一說話就被堵了一句，聽到崔薇還讓自己做事，頓時大怒，可這會兒沒待她開口，崔世福便已經笑了起來。「妳給我買這些做什麼，只要有衣裳穿的，哪裡用得著買新的？妳那房子還要花錢，我瞧著這布不錯，乾脆賣給別人，恐怕能得好幾十銅子兒，也好結那石頭錢了。」

「爹放心，石頭錢我已經結了，這布就是我送您的。」崔薇說完，看崔世福還要開口的樣子，連忙提了背簍就要朝屋裡去。

那頭楊氏鬱悶得個半死，就連知道石頭錢被崔薇付了，自己不用再另外出錢也沒高興得起來。見兒子也要跟著女兒進屋去，忙就將崔敬平喚了過去，崔薇背後聽到也沒吱聲，崔敬平這傢伙機靈得很，用不著她再叮囑，楊氏也套不出他話來。

石頭錢有了著落，崔世福父子倆乾脆也落了幾天農活，幫著崔薇很快就將圍牆弄好了。若不是楊氏不准請人，恐怕一家人動作還要快一些。眼見就快要到收割稻穀的時間了，崔薇乾脆自個兒出面請了些人來給自己建房屋，李家的石頭不夠用，她便去了隔壁村又買了一些，如此一來房屋推倒了重建更是快。

楊氏看到這樣的情景，心裡不是不眼紅的，她不知道女兒哪來的這麼多錢，竟然能請得到人來做事，可是任她找遍了崔薇床鋪，也沒找到半個銅子兒，也不知道這死丫頭藏到哪兒去了。楊氏如今跟崔薇關係極差，就算是想要開口讓她將錢交出來，也是不好再張那個嘴。

趁著空閒崔薇上山又採了些木耳與香蕉，看得出來她前幾次趕集時賣木耳的事還是在村裡傳遍了，最近上山的人明顯多了不少，山上近一些的地方木耳已經被人採得差不多了，幸虧之前崔薇採了不少在家裡放著，這香蕉一時間倒是沒人去割，崔薇乾脆多搬了些回家，一併捂著。又整日裡忙著將林家給的緞子分別做了五份樣式獨特的抱枕帕子等物，這次並不只是在抱枕上繡乖巧可愛的小兔子那樣簡單，崔薇乾脆畫了一個大動物，然後將布剪成動物的模樣，類似前世時的布偶一般，自然更是讓林家的人驚喜了一趟，又賞了她一小錠銀子。

如今算來，崔薇手上的銀子也約有八兩多了，除去頭一次得的二兩之外，後來林家又分別打賞了兩次二兩的銀豆子，上次賞緞子時又給了五兩，若不是後來崔薇建房子花了些錢，恐怕如今手頭上的錢也能換個十來兩了。

到了六月中時，房子大概便弄得差不多了，那氣派，哪裡還有之前破房子的模樣？雖然不像林府那樣的豪華地方，不過到底也是高牆紅瓦與青磚，外表看去恐怕這算得上是小灣村裡頭一戶最漂亮的房子了。

楊氏自然也是眼紅，可是崔薇精明，不知將錢藏去哪兒，她一來是找不到，二來崔薇又怕楊氏反悔，房子一建成，立即便將東西放了過去不說，連帶著那房契也一併拿了過去藏著。外頭房屋上了鎖，至今楊氏礙於臉面，也沒過去瞧上一回。

新房子總共分了裡外五間，除去平日崔薇自己住的一間正房外，還有一個客廳與客房，以及平日崔薇自己往後準備看書識字的地方，另一間則仍是當客房空著。雖然說崔薇不以為自己這兒會有什麼客人過來，但仍是備了不時之需，反正如今這院子面積大得很，就跟著小型的足球場似的，崔薇建的房舍每一間都寬敞異常，那院子也用了石塊平鋪上頭拿簡易的水泥糊過了，邊上留了一小塊菜地，以及一些種花的地方留了出來，房子建成沒幾日，曬了幾天去了些濕氣後，崔薇自個兒便安靜的搬了進去。

如今房子裡空蕩蕩的，崔薇又找了隔壁村的木匠幫著訂做櫃子、床與桌椅等物，如此一來又花去了不少銀錢，林府那邊上回送了緞子過去後至今還沒有讓崔薇再做第二回，那些林家送的緞子剩餘的約還有兩、三丈，崔薇乾脆自己動手用這些剩餘的又做了一套被面出來。如今屋裡雖然還沒有床鋪等，但這些東西遲早是送得過來的，她做了先備下，到時東西送來直接鋪上便是。

自己有了院子，曬木耳時崔薇也不再像以前深怕有人來撿，將院門一閂，木耳攤在院裡半天都沒人能進來拿得到。花了大錢做成的圍牆如今才看得出效果來，別說聶秋文幾個爬不進來，就連一個大人搭著梯子恐怕都不易爬得過。在建圍牆時崔薇撿了不少碎碗尖片，讓崔世福父子倆插在了牆頭，恐怕任誰想要翻牆進來，要受傷不說，而且還不一定能行。

外頭太陽火辣辣的，崔薇便自個兒坐在屋門口的地上靠著門邊做著針線活兒，她自己住的屋裡地面不是普通的泥土地，而是專門讓李石匠等人找來的粗略白玉。打磨得光滑了鑲嵌而成，這東西是最貴的，幾乎花的錢比建一棟房子還要貴一些，足足去了三兩多銀子，若不是崔薇只鋪了自己的房間，恐怕所有房間都弄上，她如今的錢還真不夠。只是價錢雖然花得多，不過瞧著也物有所值，地面光滑平整不說，踩上去還冰冰涼涼的，極為舒適，躺在上頭也不嫌硌人得慌。而且這些白玉塊鋪在地上，一點兒也不比這前世時的地板磚差到哪兒去，這錢崔薇認為花得值得！

將被子縫好了，崔薇咬斷了上頭的針線，看著時辰差不多了，這才將被子抖了抖，疊了放在一旁，準備明兒去溪邊洗衣裳時順便清洗一下。屋裡如今還沒有種樹木花草等，看起來有些冷冷清清的，太陽打在屋頂上，使地上折出一片陰涼來，屋外的蠓蟲隔著夏天薄薄的衣裳咬得人渾身癢得難受。雖然有些睏了，不過訂做的家具等物現在還沒有送過來，崔薇想著前些日子答應給崔世福等人做的衣裳，乾脆將針線取了出來，一邊想了想崔敬平的身段，這才拿了剪子開始裁起布來。

衣裳做了一大半，不多時外間傳來一陣腳步聲，接著便是一陣敲門的響聲與有人說話的聲音響了起來——

「屋裡有沒有人？」

說話的是一個陌生男子，崔薇這地方可夠偏僻的，雖然離崔家只隔著兩道牆的距離，不過因為是在崔家背後，因此平日裡幾乎沒人會往這邊過來。一聽到敲門聲，崔薇連忙收撿了東西站起來，她一個小姑娘住著也謹慎，這會兒聽到敲門聲並沒有立即便去將門打開了，反倒是隔著門逢朝外頭看了看。

卻見外頭站著四、五個敞了衣裳的男人，外頭一溜兒擺了不少床與櫃子等物，那後頭已經跟了一大群看熱鬧的人。見外頭人多，崔薇這才鬆了口氣，連忙將屋門打了開來，看到外頭站著送家具過來的幾個漢子，連忙笑道：「幾位大叔可是給我送東西過來了？」

她話音剛一落，就看到那幾個漢子身後又站了一個年約四十許的中年人出來，正是隔壁村崔薇拜託他做家具的曹木匠。兩家人算來也有一點兒沾親帶故，崔薇一看到這人，心裡更是鬆了一口氣，連忙與他打了個招呼，一面側開身子讓這些人進來。

「這樣熱的天還煩勞曹二叔給我送東西過來，真是有勞了，不如進屋裡喝口水吧。」

曹木匠等人走得也有些熱了，聽到崔薇招呼，又想到她一個小姑娘的沒什麼力氣，猶豫了一下，乾脆也招呼著眾人將這些家具幫著崔薇抬進了屋裡頭。

崔薇看了看外頭一眼，也沒有將門關了，後頭幾個看熱鬧的婦人這便湊了過來，一邊站在門口探了腦袋就往裡瞧，為首的一個正是聶秋文的娘孫氏，手裡還帶著一樣鞋底板做著，看樣子是給她家聶二做的，上頭的花色崔薇看了一眼便別開了頭。

孫氏探了過來，一邊朝屋裡瞅了瞅，頓時咂了咂舌。「崔丫頭，妳這房子可真夠大的啊，瞧著那氣派，可不比村裡的潘老爺差了。」

姓潘的也算是小灣村裡比較多的人家，孫氏所說的潘老爺是住在村裡的一個地主老爺，手上有好幾畝田，村裡有好幾個都是受雇於他做事的，潘老爺家裡可算是小灣村裡比較有錢的人家了。這會兒孫氏將崔薇與潘家提起來比較，頓時便令許多人心裡都有些不是滋味。

「聶大嫂，這丫頭既然如此能幹，妳家小二與那崔家小子交好，又跟這丫頭年紀相近，不如妳與崔二嫂提個親，這房子豈不就是妳的了？」後頭有個潘家的婦人一聽這話，頓時心裡有些不大爽快，尖利著聲音就說了一句，頓時引得人群裡的眾人跟著哄堂大笑了起來。

孫氏有些惱羞成怒，聶秋文可是她的眼睛珠子，崔薇這丫頭雖然搬出去住在了這邊房子裡，但房子可是崔家的，這丫頭跟家裡人吵架，又不是個好相與的，就算是娶了這丫頭又不能得到她這棟房子，這樣的孩子怎麼能配得上自己的兒子！

一想到這兒，孫氏頓時朝那潘家的媳婦啐了一口，翻了個白眼。「要娶，你們家的怎麼不去娶，少拿我們家二郎來說事，我家大郎往後可不是一般的人，難不成大郎出息了，還不能提攜自己的親弟弟？我二郎要娶誰，就輪不著妳管了！」兩人說著說著，便要吵起來。

崔薇冷冷看了外頭一眼，頓時便要將門給關上，誰料人群裡崔敬平卻是跟泥鰍般溜了過來，一邊衝崔薇招了招手，一邊就朝這邊跑了過來。原本有人被他擠著張嘴就要罵的，可看清了是崔敬平時，頓時不少人就住了嘴，自發自動讓開一條路來。崔敬平身後跟著楊氏與王氏夫妻，這當口太陽大，崔家人難得在家歇著沒去地裡，這會兒竟然都一併過來了。

「妹妹，我聽說有人送家具過來了。」這樣的熱鬧，崔敬平哪裡忍得住，一聽說了這事，也不顧楊氏拘著他睡一會兒，免得他出去跑著被曬到了，連忙就要起身。

崔世福也怕女兒被騙，連忙跟著過來了。

楊氏心中不甘，也想來瞧瞧熱鬧。自從崔薇自己付了石頭錢不肯幫崔敬忠拿個林老爺的手書後，算是徹底將楊氏得罪了，房子建成後她還從來沒有過來瞧一眼，這會兒自然也跟了過來，王氏看熱鬧的自然就更不用說了。

「三哥，你快進來。」崔薇先是衝崔敬平招了招手，這才與崔世福打了個招呼。楊氏冷著臉站在一邊，旁人都在看著這邊的笑話，崔薇也不準備與楊氏在這會兒就吵起來，見她過來只是衝她點了點頭，嘴裡輕喚了一聲。「娘。」

眾人進得屋裡來，外頭孫氏已經跟潘家的媳婦越說越火大，這會兒掐著腰要吵起來，崔薇乾脆將房門「砰」地一下子關上了。

第二十五章

王氏看著這乾淨整潔的屭子，頓時咂了咂嘴。「乖乖，這樣寬敞的地方，四丫頭一個人哪裡住得過來？」她一邊說著，一邊臉上就露出豔羨與貪婪之色來。

楊氏沈著臉沒有理睬她，其實心裡也同樣不是個滋味。

崔世福倒沒有那樣的心思，往四周瞧了瞧，一邊就點了點頭。「確實是寬，薇兒一個人也夠住了。」

王氏這回沒抱崔佑祖過來，估計是因為天氣熱了，小孩子正在睡覺的原因，怕抱過來中了暑氣，崔薇進屋裡指揮著人安置家具去了，崔敬平也跟了進去，王氏便湊進了楊氏身邊，小聲說道：「娘，這樣大的屋子，四丫頭一個人哪裡住得完，我瞧著她房間也多，咱們家裡如今住著緊巴巴的，小郎現在一天天見著就會長大，往後他長大了難不成還要跟我們夫妻擠一個屋？不如咱們也搬到四丫頭這邊來住吧！」

她話一說出口，楊氏還沒有說話，崔世福頓時便瞪了眼睛大喝一聲。「不行！」

他這話音剛一落，楊氏面上就是一僵，那頭崔敬懷也跟著臉色鐵青，瞪著王氏說不出話來。

這還是頭一回崔世福這樣喝斥王氏，若是換了以往就算王氏再過分，他為了家中安寧，也不會張嘴多說王氏一句，今兒喝了她一回，倒將王氏嚇了一跳。

崔世福語氣緩了緩，臉色還有些難看。「這屋子是薇兒自己的，又沒花咱們一文錢，更何況這房子是給她做嫁妝的，往後她就是嫁了人也不准你們哪個打這邊的主意！」崔世福說完，又看了崔敬懷一眼。「老大是個懂事的，你該知道這是你妹妹的東西，男子漢大丈夫不能給你妹子多置辦些嫁妝就算了，若是你還要打這房子主意，老子活著一天，你們就一個也別想！」

一句話說得斬釘截鐵，聽得王氏頓時目光閃了閃，低垂下頭來，只是沒人看到處她卻是撇了撇嘴，覺得崔世福也是個有毛病的，沒哪家像他一般不顧著兒子反倒顧著女兒，這樣好的房子竟然要留給崔薇，豈不是天大的笑話？就不信他往後年老了，不靠兒子，還能靠女兒不成？若是做得這樣過，往後死了崔敬懷與自己兒子也不得給他抬靈的！王氏心裡惡毒的詛咒。

那頭楊氏心中也有些不舒服，想了想就開口笑道：「沒花錢？那倒不一定，之前這破房子可不是給了大伯大嫂一百文錢才買下來的？」她雖然沒有明說，但這態度卻是表明了她的意思，恐怕也是認為這房子算得上是崔家的，王氏可以住過來的意思。

崔世福頓時心裡說不出的失望，雖然知道最近因為二郎的事情楊氏心裡有些不痛快，但在他看來手心手背都是肉，兒子雖然重要，不過他們家又不是沒有兒子，得個女兒也不錯，可偏偏楊氏就要偏心一些，也難怪崔薇會對她如今這般冷淡。

「要是娘認為我花了家裡一百文錢，我還給娘就是。」崔薇正巧從屋裡出來，一下子就聽到楊氏說這話，如今在她看來不欠崔家的還要好一些，免得往後楊氏就拿這件事說嘴。一邊說著，崔薇一邊就從胸前掏了個口袋出來，轉身進了屋裡頭。

王氏見到這情景，頓時眼睛便落在崔薇那掏出來的錢袋子上頭，恐怕裡頭足有好幾百錢了，袋子漲鼓鼓的，心下頓時跟貓抓似的難受，恨不能將那錢袋子奪過來才好。

崔薇是提前將錢分開為兩袋裝的，一袋自然是裝著銀兩等貴重的，一袋則是放些散碎的銅錢，看著雖然多，不過若是給了家具錢以及再還楊氏一百文，便剩不了多少了。

王氏推著崔敬懷要進屋裡去，崔世福卻是鐵青著臉看楊氏。「妳瞧瞧，這就是妳幹的好事，是不是真要將孩子越推越遠了，妳才高興？」

「她既然要算得這樣清，那錢本來就是咱們出的，為什麼我不要？」楊氏這會兒心裡也是火大，不知是難受還是憋屈，反正就是極為不痛快，臉色也跟著難看了起來，她也不知道自己到底是因為女兒生疏的行為難受，還是在為崔薇不聽話的舉動而火大。

王氏一看到這夫妻倆吵架連忙湊上前來，一邊對楊氏道：「娘，那錢放四丫頭手裡也不安全，您拿著也沒錯。」

「妳給我閉嘴！」崔敬懷看父母已經吵起來，王氏還在多嘴，想到剛剛就是因為王氏多話，才鬧得這般情況，恨不得當場給她一巴掌。不過如今是在崔薇這邊，而崔薇屋裡還有外人，為了不讓旁人瞧笑話，他才握了握拳頭強忍了下來。

王氏撇了撇嘴角，心裡雖然不屑，不過卻是強忍住了，她知道自己要是再多嘴，恐怕崔敬懷便饒不了她。

屋裡崔薇拿出錢袋子時，果然曹木匠等人眼睛都亮了亮，崔薇先是將家具瞧了瞧，心裡覺得滿意了，才將曹木匠的幾百大錢數了過去。

曹家人跟崔家沾親帶故的多少有著一點兒關係，勉強稱呼也能喚曹木匠一個二叔，有著這層親戚關係，再加上崔薇給的錢又多，這會兒的人就算是再奸詐，還不像後世的黑心商人，因此曹木匠做的這些家具件件都精緻耐用，上頭刷了漆，摸上去光滑不說，還厚實。那床是雕了花的拔步床，總共有兩進，連腳踏板都雕了圖案，散發著新家具特有的味道。

總共三張床一套桌子，以及一些小凳子還有幾個小几外加櫃子等物，崔薇一併付了五百錢，剛一數出去，那錢袋子裡頓時便空了大半。崔薇想著身上的錢還夠，又連忙給這些幫忙的人一人又數了一文錢過去，嘴裡笑道：「全仗諸位幫忙了，這樣大熱的天，這些錢請大家吃杯酒的！」

崔薇這樣會來事，頓時令許多原本還在擦著汗珠的人跟著都笑了起來，搬了這樣一趟重東西，曹木匠給眾人一人五文錢，如今崔薇又另外給了一文，自然是令眾人心中更是歡喜，對她感激不盡的恭維了幾句。王氏拉了楊氏進來，看到這情景，只酸得牙根都險些掉了。

楊氏也不大痛快，崔家裡光景不好過，可偏偏崔薇這邊散錢卻跟灑水珠子一般，這樣就扔出去了十幾文，每人平白無故給了一文錢，也太不將錢當回事了些，簡直令她心也跟著痛了起來。

看到楊氏進屋，崔薇想了想乾脆將錢袋子裡的銅板一併全倒了出來在桌子上頭，「嘩啦啦」一大堆，看得眾人跟著吞了吞口水。崔薇也不怕人家笑，數了一百文出來撥到一旁，剩餘便只得三、四個銅板了，她這才往袋子裡又裝了回來，一邊指著這些錢衝楊氏道：「這些是還給爹娘的，當是我買房子的錢。」

王氏一聽，連忙道：「妳這房子哪裡才只有一百文，最少要二兩銀子不止了……」

「我這房子要幾兩，那是我自己的事情，這建房子可是我做活兒掙來的，再多也與大嫂無關，難不成大嫂還想要我給二兩銀子不成？」崔薇雖然早知道王氏為人，可這會兒聽她說出這樣不要臉的話，依舊忍不住想笑，如今她已經自個兒離家出來單過，自然不會像之前一般的忍氣吞聲，看了王氏就笑起來。「我這房子開始時買多少大家心裡都有數，大嫂要是想錢想瘋了，訛我恐怕是不成的！」這屋裡還有好些個搬家具的外人，一個訛字說得許多人看王氏的目光頓時變了個樣。

雖然說王氏性情貪婪，不過她也要臉面的，這會兒被人家一看，霎時臉上便火辣辣的燒得厲害，恨不能上前撕了崔薇的嘴皮子。

崔世福臉色鐵青道：「妳給我閉嘴！大郎管好你的媳婦兒，再要說這樣的話，可別怪我不給妳留情面！」

崔敬懷滿臉通紅的應了，扯了扯王氏的袖子。

王氏這會兒見當著眾人的面，崔敬懷又沒有打她，楊氏甚至默不作聲，沒有斥責她，更是大聲嚷嚷道：「既然這樣，那一百錢也要算利！」

崔薇恨不能將手中的錢袋子砸到王氏臉上，冷笑了一聲便將剛剛收回去的四枚銅錢倒了出來，一併連袋子也全扔到了桌子上，有些索然無味。「買房子也沒多久時間，我再加幾文錢的利息，也算是還清了吧。」她原本今日還想留崔世福等人下來吃個晚飯的，可這會兒被王氏一鬧，頓時倒了胃口，也懶得再說留人吃飯的話。

崔敬懷這會兒活生生掐死王氏的心都有了，可是礙於外人在，不好意思發火，陰惻惻地便瞪了王氏好幾眼，那目光跟要將王氏生吞活剝了一般。王氏嚇了一跳，總算沒有再開口了。

那曹木匠等人留下來聽了這麼一齣，大家都是沾親帶故的，也感到有些尷尬，想了想也沒敢再留，連忙就要告辭出去。崔薇也不留他們，一邊看了看自己雖然擺了一張太師椅，可卻仍顯得有些空蕩蕩的空廳，又喚住了曹木匠，讓他幫忙著再做一個貴妃躺椅與長榻過來，這才將人送了出去。

崔世福等人過來原本是賀崔薇搬新家的，可今日被王氏一鬧，楊氏又耷拉著一張臉，自然便不好意思再留下來。除了一個崔敬平一向跟崔薇關係好沒有立即便走之外，眾人在曹木匠剛剛離開不久，也跟著回去了。楊氏臨走前還記得將那一百文及充作利息的四文裝進了口袋一併帶走，雖然崔世福說了她好幾句，卻依舊沒讓她將錢袋子放下來。

「妹妹，妳這邊好涼快，若下回娘要罵我，我就跑這邊來。」崔薇的屋子背靠大山，確實涼快，她屋裡又寬敞，不像崔家堆的東西多，人也多。

崔薇知道崔敬平說這話只是想安慰她而已，畢竟楊氏看崔敬平跟眼珠子似的，連重話都捨不得多說一句，又哪裡會罵他。只是這會兒崔薇心裡確實有些不大痛快，因此也領他的情，一聽這話便笑道：「那當然行，我這邊別的不說，給三哥留個房間還是可以的。三哥，我給你做了衣裳，你試試看合不合身，晚上到我這邊來吃飯吧？」

煮飯的鍋碗等崔薇是早就在上次趕集時便買好了的，這會兒崔敬平過來，正好崔薇就將他留下來。一邊拿了衣裳與他試了試，一邊崔薇又道：「咱們兩個吃也沒什麼意思，王二哥他們幫了我不少忙，也乾脆喚上他們一起算了。」

崔敬平開始還小心站著任崔薇給他比劃新衣裳，一聽到崔薇說要喚聶秋文等人過來吃飯的話，他頓時興奮得便跳了起來，那原本別在衣裳上頭的長針一下子便扎在他肉上，頓時嗷地叫了一聲，再也不敢亂動了。

「吃個飯而已，哪裡有這麼興奮的？等下三哥你幫我去買點肉，上次林大叔送我的瓜子零嘴我還有一些，晚上正好拿來吃。」崔薇先是將針放好了，又讓崔敬平將衣裳脫了下來，在衣裳上頭比劃了一下，這才將這快縫完的衣裳疊了起來放到一旁的桌子上，毫無心理壓力地使喚崔敬平。

「買肉？」崔敬平有些依依不捨的看了那件半完工的新衣裳，恨不能現在就穿上顯擺一通，不過一想到剛剛衣裳上頭別著的針，這會兒還覺得後背發麻，打了個哆嗦又移開了眼睛。他想到剛剛崔薇數給楊氏的錢，頓時有些愣住了。「妹妹妳的錢不是被娘全部給拿去了？」崔敬平是知道崔薇錢多的，不過剛建房子為了能快一些弄好，崔薇幾乎將整個小灣村裡能請的人都請過來幫忙了。這房子建得快了，工錢給得自然也不少，再加上她弄的那鋪房間的不知道叫什麼名字的石頭，可是花了不少的錢。旁人不知道，崔薇卻沒有瞞著崔敬平的，這會兒聽她說還有錢買肉，頓時便愣了一下。

「有的，三哥你放心就是，我好多錢都還存著呢！」一邊說著，一邊崔薇又從身上掏出了一個荷包來，從裡頭倒了約有二十文錢，數了遞到崔敬平手上，一邊大方道：「三哥你拿去，多的你自個兒放著就是！」若是以前，崔薇的錢楊氏恐怕會搶去用了，但若是崔敬平手上有錢，楊氏是怎麼也不會捨得給兒子拿了的，就算她再是眼饞，也一準兒不會碰崔敬平的。

聽到崔薇這話，崔敬平搖了搖頭頭，只從桌上取了八文錢去，剩餘的示意崔薇仍放起來，他知道如今崔薇要用錢的地方不少，自然不肯要她多的。

崔敬平年紀雖小，但是性格卻很倔強，說一便不二。崔薇見他一臉堅定的樣子，想想小孩子在他這樣的年紀也確實花不到什麼錢，若是他有什麼要買的，到時過來找自己拿也是一樣，反正她一天到晚出門的時間又不多。這樣一想，崔薇乾脆便點了點頭，卻也沒有將錢全部收回去，而是又撿了兩枚銅錢出去，剩餘的她又重新裝回包裡塞進下午才剛剛收到的櫃子。曹老二手藝不錯，做的櫃子外面還能上鎖，錢擱身上好幾天了，雖然安全，但也不舒服。

崔薇放好了錢，也沒避著崔敬平，回頭便衝他笑道：「那這樣你再拿兩文錢，若是遇著有絞絞糖賣的，也買來吃。」崔薇說的絞絞糖是這鄉下特有的一種零嘴，有人拿蔗糖熬得濃稠，拿兩根竹籤子在裡頭絞上幾下，便成一大塊透明的軟糖，小孩子喜歡用竹籤子絞著吃，一來好玩，二來也便宜，一文錢可以換五塊了。

崔敬平雖然懂事，但到底也是個小孩子，聽到崔薇這話，又見她還有錢，便猶豫著點了點頭。崔薇這下子趁著太陽還沒下山，將屋裡攤開的木耳收了起來，放到一旁的陽臺下擱著，一邊又瞧了瞧自己廚房裡的水缸，裡頭的水也不多了，恐怕最多用到明兒早晨洗個臉，要煮飯還得另外再挑。正想著要不要等下出去弄一些，那頭崔敬平便拉著聶秋文幾人過來了。

他們跑得本來就快，又聽說有吃的，一個個跑得比誰都急。村裡李屠夫那兒賣肉的地方本來就不遠，王寶學手上拎著一大塊肥瘦適中的肉，幾人說說笑笑的就回來了。

崔薇去開了門，一邊讓崔敬平幾人進來，看了肉一眼，轉了轉眼珠。「晚上有肉，可是沒有菜，聶二哥，你家地裡離這邊近，不如你拿東西去掐一把芹菜和蔥回來？」如今崔薇跟楊氏鬧成這般模樣，又都搬出來住了，兩家今日還扯得這樣清，連那一百文都還了回去，崔薇這會兒若是再去崔家地裡拔菜，恐怕楊氏瞧見又得有一場好鬧的。反正聶秋文幾人在自己這兒吃飯，她出肉都已經沒說話了，拔幾顆蔥等配料，也不算虧了聶家的。

若是往常一聽到有肉吃，不過是拔些蔥，聶秋文這傢伙一向只管自己又不怕家裡孫氏會不痛快的，崔薇要是這樣一說，他馬上便會痛快的答應下來。可誰知道今兒崔薇這話一說出口，他反常的就沈默了半晌，臉上露出猶豫之色來。

崔薇有些好奇，又將話重複了一遍，見聶秋文還是一副咬牙害怕的模樣，頓時有些奇怪了，剛想問他，知妹莫若兄，再加上崔敬平與聶秋文時常鬼混，對這傢伙也確實瞭解得很，一瞅他那樣子便衝自家妹子擺了擺手。

「甭問了，聶夫子回來了！」

一說到聶夫子，幾個人不免就開始仰了頭回想起上回聶秋文被揍時的情景，那一次聶秋文在家裡躺了好幾天不說，下了床走路還一瘸一拐的，足以可見那傳說中的聶夫子下手有多重。崔薇一看聶秋文一臉便秘的神色，便忍不住有些想笑，這小子天不怕地不怕的，沒料到一提到聶夫子的名字，竟然狠狠哆嗦了一下。

王寶學沈默了片刻，一下子站起身來，轉身要找簸箕，嘴裡一邊道：「崔妹妹，我去摘吧，妳給我一把刀。」

聶秋文聽王寶學說要去，頓時狠狠鬆了一口氣，臉上露出笑容來，恨不能拍拍王寶學的肩膀，王寶學卻是慢吞吞的躲了開去。

聶秋文也不以為意，一邊衝他笑道：「猴子，真是謝謝你了！還是你夠義氣，知道替哥哥去地裡，好不容易跑出來，若是再被我爹抓回去，今兒恐怕出不來了。一天到晚要我唸書，難道以為我是大哥不成！」說到後頭時未免抱怨起來，引得崔薇忍不住又有些想笑。

那頭王寶學卻是面無表情看了聶秋文一眼，慢條斯理道：「不用謝，反正我去你家地裡割，要是換了你去，指不定還捨不得少割一些，崔妹妹煮的飯好吃，要是不夠吃了我可不想舔盤子！」

話一說完，聶秋文愣了一下，回過神來要開罵時，就看到王寶學已經拎著東西出去了，頓時有些憤憤不平，捉了崔敬平道：「崔三兒，你說說，哥哥什麼時候小器，捨不得地裡那幾顆蔥的？」

「你要捨得，這樣久時間，可割過一回了？」崔敬平任他拉著，只木然著堵了他一句。

聶秋文想了想，果然自己吃了崔薇好幾回，還從沒在自己家地裡割過東西，也沒給崔薇吃過什麼，頓時便有些不好意思了起來，垂頭喪氣又坐了回去，不說話了。

王寶學這傢伙果然心狠手辣，回來時手上端著的簸箕裝滿了，聶秋文不由有些牙疼，他不懂燒飯菜，不過看得出來這些蔥和芹菜拔下來可以炒上一大碗公了。他可以想像到明日孫氏發現了之後怒罵的情景，頓時啜了啜牙花子（注），一邊吸了兩口涼氣，有些驚恐道：「猴子，你沒給我娘瞧見吧？」孫氏的德行他也知道，若是少一些他自己承認也就是了，可這樣多，要是承認，就算孫氏不打罵他，可屋裡還有一個聶夫子，打他只有嫌力道不夠大的，這

注：牙花子，牙齦之意。

樣多菜，孫氏要是咋呼起來足夠他爹將他收拾一頓了。

「聶二，你當我跟你一樣傻的？」王寶學有些鄙夷地看了他一眼，自顧自端了簸箕遞到了崔薇面前。

崔薇則是從櫃子裡取了一些點心零嘴等，拿了個盤子裝上擺在屋中，招呼著幾個過來一邊吃著任他們玩耍，自己則是一邊拿了簸箕裡的東西進廚房裡去了。

在廚房裡洗洗切切的，聽著客廳裡不時傳來的笑鬧聲，給這原本冷清的房子增添了幾絲歡樂，崔薇忍不住彎了彎嘴角，手上動作更是麻利了些。

而另一頭楊氏等人回了自個兒家中，幾人都有些氣鼓鼓的。王氏看過崔薇的房子後，如今越發覺得自己這邊房子有些破破爛爛的，更是想住進崔薇那邊的新房了。楊氏握著懷裡的一百零四文錢，心中什麼滋味都有，一團氣梗在胸口間，一回屋臉色便變了。

崔世福原本還有氣，可是見到楊氏這模樣，也只有先自個兒扶著楊氏回了屋，拿了水與她喝過了，又在她手臂上拿冷水拍了狠狠揪了幾把，見到楊氏手臂上頭露出來的一團紫紅色痕跡，這才嘆了口氣。

折騰了這樣一番，楊氏才緩過一口氣來，卻是捂著胸口不出聲。

崔世福坐在她身邊，剛想拿出旱煙抽上一口，見到楊氏難看的臉色，頓時又將東西裝回了口袋裡，嘆了口氣。「一家人過得好好的，妳瞧瞧如今是個什麼事，真鬧成這樣，薇兒也是妳身上掉下來的一塊肉，妳難道就不心疼了？」

見崔世福現在還說這個，楊氏心裡有火氣，她一個當娘的生了崔薇下來便是最大的恩德，怎麼如今人人都要她來讓著崔薇，到底誰是女兒誰是娘，要是她真向崔薇賠不是，也不怕天老爺劈雷打她！

楊氏心裡不大痛快，乾脆別開了臉去，有些厭煩道：「她如今能耐了，出息了，自然瞧不上咱們家，今兒倒與我恩斷義絕了。我瞧著沒這樣容易，我生養她一回，要想這樣就不認我這娘，恐怕還不成！往後就算她嫁了出去，見著我也得喚一聲娘的，我看她膽子大了，如今竟然還幹出這樣的事情。」楊氏越說越是有些難受，又覺得有些傷心。

崔世福原想說這錢是妳自己管人家要的，可這會兒看到楊氏難受的模樣，話也說不出口來。

晚飯楊氏身體不舒坦，自然便落到了王氏身上，她一邊罵罵咧咧的拿了簸箕出去摘菜，遠遠的就看到崔敬平幾人提了一大塊肉向崔薇那邊走去，頓時口水都險些流了出來。王氏剛想著自己要如何想個法子才能吃上一頓好的，可是看著崔敬平等人的背影又覺得有些不對勁。崔敬平身上沒有多少錢的，楊氏就算是再疼兒子，也不可能給他這樣足夠買肉的銅錢，而他不可能有，聶家與王家那兩小子就更不可能有那錢去買。孫氏是個什麼德行，一個村裡的人，恐怕還少有不知道的，唯一的可能，便是這買肉的錢是崔薇那死丫頭的。

最近崔薇替林家做活兒，掙了不知道多少錢。可光是瞧那棟房子，怕是就有二兩銀子了。但到底她手裡有多少，還有剩沒剩，誰都是不知道的。崔薇今兒取了錢袋子出來給錢，最後連袋子也扔給了楊氏的，這一切王氏是親眼瞧在了眼中，原本也以為崔薇是沒錢了，但如今想來，恐怕那死丫頭手裡還藏著不少！

一想到這兒，王氏哪裡還能安然在地裡摘著菜，連忙將簸箕往腋下一挾，臉上露出一個有些興奮的笑容來，飛快地就朝崔家跑了回去。

屋裡如今冷火冷灶的，與崔薇在家時完全不同，以往有了崔薇幫著做事，王氏還能輕鬆一些，但這兩天崔薇一搬走了，家務活兒便一下子落在了王氏身上，那是絲毫也偷不了懶的。要是換了往常，王氏抱著菜回來少不得嘴裡要說上幾句，可今兒端了簸箕回來，卻沒抱怨。

那頭崔敬懷一出門便見到王氏興奮地推了門進來，皺了下眉頭，還沒開口，便見王氏興沖沖的將手中的簸箕朝院子角落的長條石凳子上一放，連忙朝崔敬懷湊了過去。「夫君，你猜猜我今兒瞧到了什麼？」

崔敬懷看她興奮無比的樣子，頓時臉色唰的一下便冷了下來。「我不管妳看到什麼，不過娘如今身體不適，等下二弟也要回來了，若是沒有飯吃，妳瞧瞧我今兒收拾妳不！」崔敬懷今天肚子裡窩了不少火，王氏這會兒湊上來哪裡能得到他一分好臉色，忍著沒有一下子推過去已經是不錯了。

正說話間，王氏還有些憤憤不平，屋裡躺著的崔佑祖卻是哭了起來，想來是睡了一覺起身不是餓了就是尿了。

聽到自己的寶貝孫子哭，楊氏哪裡還坐得住，連忙撐著身子就坐了起來，一邊進王氏屋裡就將崔佑祖抱了出來。楊氏頭上還拿汗巾纏著，頭髮有些凌亂，氣色看上去極不好。

崔世福一眼就看到門外站著的王氏，頓時氣不打一處來，若不是這個老大媳婦兒鬧，好端端的一家人如何會變成如今的模樣？也不知為何，明明崔家這邊人口不少，可少了崔薇，崔世福卻覺得屋裡冷冷清清的，這會兒看到王氏還站著，冷了臉就道：「老大家的，要是妳不肯做飯，就將小郎抱著，讓妳娘歇歇。」崔世福說完，自個兒站起身來。「那飯我去做吧！」

「男人家如何做得這個？還是我去吧！」楊氏知道自己媳婦兒的脾性，因此這會兒也沒指著她，在這個時候難免心中也想起了女兒的好來，若是崔薇還在屋裡時，恐怕這飯不用她說，早就已經準備好了。女兒雖然不討喜，嘴巴也不會哄，不過這些事卻不讓她煩心。楊氏如今人正難受著，一想到這兒，眼眶不由就紅了起來，連忙背過身一手抱著孫子，一手就拿著衣袖擦了擦眼角。

「娘、娘，我跟您說！」王氏剛剛原本興致勃勃地跑進來想跟崔敬懷說一聲的，誰料還沒張嘴，便被崔敬懷斥了一句，這會兒見到楊氏，頓時有些激動道：「娘，崔薇那邊兒今晚吃肉，咱們煮什麼飯啊，直接過去吃吧！」她說到這兒，又頓了頓，撇了下嘴角。「那死丫頭，今兒還做出沒錢的樣子，也不知道究竟藏了多少錢。娘，反正都是一家人，讓她給咱們也使一使，如今家裡正要用錢呢。」王氏說完，看了看楊氏的臉色，又接著給她下猛藥。

「我瞧著四丫頭在林老爺那兒撈了不少的好處，既然她不肯幫二郎的忙，可娘您如今不是在給二郎說親嗎？若是能多些銀子，也好給二郎說門好媳婦兒不是？二郎往後可是要當秀才的人，是有大出息的，您要是多些錢，也好替二郎討門合心意的媳婦兒。四丫頭做妹妹的，既然不肯幫二郎向林老爺說項，出些錢總是可以的吧？」

一句話說得剛剛還有些傷感的楊氏頓時心裡的一些哀傷又去了大半，接著又有些惱怒了起來，取而代之的是心裡的惱怒與怨懟，將手裡還哄不好啼哭不止的崔佑祖交到王氏手上，臉色陰晴不定，看她那架勢，還真是被王氏說得有些心動了。

崔世福既是無奈又是有些憤怒，一旁崔敬懷不消他多言，拽了王氏便一耳光抽了過去。啪的一聲巨響，王氏身子一哆嗦，被崔敬懷打得手裡的兒子都險些丟出去。

冷不防受到這樣的驚嚇，崔佑祖頓時哭得便更大聲，崔敬懷也顧不得兒子在哭，指了王氏一把，奪過她手中的崔佑祖，一手指著王氏鼻尖就罵道：「妳給我住嘴！就因為有妳這個攪事精，才害得我崔家如今這樣不得安寧，好好的一家人，如今鬧成這般，若是妳再打歪主意，老子馬上請人寫休書休了妳！」崔敬懷今兒下午便忍了一口氣，直到此時才發洩出來，手上自然沒有留情的。

楊氏聽孫子扯著嗓門哭得厲害，也顧不得再想崔敬忠與崔薇的事情，連忙上前搶過崔敬平懷裡的孩子，一邊道：「你且小心一些，不要傷著了小郎。」

這頭楊氏將崔佑祖剛剛一抱走，王氏領悟過來，頓時捂著臉不敢置信一般回頭看著崔敬懷，張嘴便嚎哭了起來。「崔敬懷，你竟然敢打我！我替你們崔家生了兒子，你憑什麼說要休我？你這殺千刀砍腦袋的……」

屋裡鬧成一團，崔世福臉上神色更加難看，見兒子扯了王氏頭髮還要動手，雖然也不喜王氏這張嘴，但依舊上前將這兩人給分了開來。

崔家這邊鬧得不可開交，崔薇的新家裡卻是一片歡聲笑語。崔薇將菜切好了很快便下了鍋端上了桌，院裡院外都透著濃濃的肉香味，令人聞著便忍不住直流口水。今日崔敬平買的肉不少，幾人反正都是吃不完的，想到崔世財那邊的祖母林氏以及崔世福，崔薇依舊是將菜趕了兩份出來準備給他們送去。雖然搬家是搬了出來，但村裡是非多，崔薇也不想讓人家逮著自己的事便不停說，要是今兒吃了東西沒給崔家送過去，王氏那張嘴，往後恐怕出去不知傳成什麼模樣。

幾個小的聞著飯菜的香味都忍不住饞得直流口水，以往除了過年或是收割稻穀時，還從來沒有吃得這樣豐盛過。崔敬平卻知道崔薇不大想去崔家，乾脆自個兒端了兩碗菜在簸箕裡準備給家裡送去。眾人在家裡擺了碗筷，聶秋文爬上了板凳，一邊別過頭望門口處，期盼著崔敬平趕緊回來。

不多時間外頭果然倒是響起了敲門的聲音，這會兒天色已經擦黑了，崔敬平要是回來恐怕直接喊一嗓子就是，如今竟然有人敲門，想來不是崔敬平，也不知道是哪個踩著飯點兒過來了。崔薇一邊猜想著會不會是崔家的人，一邊去開門。屋裡還待著兩個孩子，興許是給崔薇壯了壯膽子，她從門縫往外瞧了一眼，外頭黑漆漆的，只能隱約看到一個人影，面容卻是瞧不清楚，乾脆一下子將門打開。借著從房裡透到院子中微弱的油燈光，她看到站在自己面前的是個穿了一身青色儒衫的高大身影。

第二十六章

少年一張溫潤俊美的臉龐衝她露出一個細小的笑意來，一邊衝崔薇點了點頭，像是回自己家一般，邁了一隻腳進來，手撐在門框上，一眼就看到了大開的客廳屋門中，趴在椅子上頭的身影。

少年鬆了一口氣，這才有禮貌的對崔薇笑了笑，溫和道：「給崔家妹妹添麻煩了，我是來找秋文的。」

崔薇鎮定地點了點頭，她看出來了。這少年一露面她就想起這是聶家那位能讀書的聶大郎，上回她才見過一次的，今兒剛聽說聶夫子回來了，沒料到這聶大郎也跟著一併回來了。

崔薇一邊讓開半邊身子，一邊衝少年笑了笑。「聶大哥要先進來坐坐嗎？」

聶秋染一開口說是來找弟弟的，屋裡便傳來一陣椅子拖動的響聲，剛剛還趴在椅子上頭沒有坐相的聶秋文一瞬間就不見了蹤影，不知道跑哪兒躲著去了，想來應該是內室居多，幸虧今兒床上還沒有將被套等物鋪上去，而櫃子都是鎖好了的，他鑽不進去。

聶秋染自然聞到了那股飯菜的香味，又看到屋中擺了飯碗的桌子，頓時便猜出崔薇恐怕是沒有吃飯的，在人家吃飯的時候過來拜訪是有些不大禮貌，不過看聶秋文的樣子，是要留下來吃飯的，若是這傢伙狠了心寧願挨打也要吃了飯才回去，恐怕自己站在外頭恐嚇他一番也不容易將人弄回去。聶秋染猶豫了片刻，聞著院中的飯菜香，便點了點頭，一面與崔薇露出一個有些歉疚的笑容來，一面道：「那就麻煩崔家妹妹了。」

「不客氣，聶大哥先進屋就是。」崔薇不以為意的搖了搖頭，一邊將門閂給架了一道上去，餘下兩條木門卻沒有全部掛上。

回頭就見到少年還站在那兒等她，背著光瞧不清楚聶秋染臉上的表情，不過這少年長得可真是俊，氣質清冷淡雅。跟崔敬忠的冷傲不同，聶秋文給人的感覺既是令人敬畏與喜歡，卻又隱隱有些不太敢靠近，比起崔敬忠流於表面的冷淡來說，聶秋染看似好脾氣，實則更拒人於千里之外，不過一個是時常冷著張臉，一個則是時常帶著笑，崔敬忠令人不自覺的感到害怕不敢親近，而聶秋染恐怕村裡許多人都對他有些敬畏，喜歡卻是也不敢褻瀆了他。

崔薇心裡胡思亂想了一陣，對於聶秋染留下來等她的行為卻是心裡生出一些好感來，連忙朝屋裡走了幾步，一邊道：「聶大哥這會兒過來找聶二哥，吃過飯了嗎？」

這句話原本只是普通至極的招呼，聶秋染卻是頓了一下，接著才搖了搖頭，黑暗中崔薇仰頭看到他頭頂上戴著的儒士巾也跟著微微晃了兩下。

「家裡準備吃飯時，秋文還未歸家，所以我便出來瞧瞧。」聶秋染溫和地衝崔薇笑了笑。事實上家中聶夫子這會兒已經氣得險些抄了棍子便要親自出門找聶秋文了，不過這會兒聶秋染自然不好將這事說出來。

事實上他對於崔薇倒也是有些印象，以前只依稀記得是個有些膽小害羞的小姑娘，性子有些內向，可上回見到時她卻像是變了個模樣般，不像以前看到他時一副連大氣都不敢出的模樣，坦然大方的態度令聶秋染記得很深刻。也不知道為什麼一個小姑娘突然間就發生了這樣的改變，但聶秋染之前並沒有將這事放在心上，崔薇對於他來說只是弟弟玩得較好的同伴的一個妹妹罷了。誰料這回再來找聶秋文時，聶秋染才記得當時崔薇趴在他胸前笑的模樣，不知為什麼，眼中的笑意跟著就更深了起來。

「聶二哥今晚要在我這兒吃飯，難道沒說嗎？」崔薇看不清楚聶秋染的模樣，只是與人說話時她仍下意識地想抬頭看他，見聶秋染的模樣像是微微低了頭，也不確定他是不是在盯著自己瞧，崔薇歪了歪腦袋。

聶秋染笑了起來。「想來秋文也是知道貿然打擾不太好，爹肯定不會同意，所以這才跑了過來。」

偷跑出來的，今兒晚上回去恐怕聶秋文又要挨一頓打了！崔薇嘴角抽了抽，連忙加快了腳步，進了屋裡讓聶秋染自己坐了。客廳裡沒人，崔薇一邊點了燈盞照了照自己的房間，果然聶秋文跟猴子似的正緊抱著大床內側的床柱，滿臉驚恐之色，崔薇站在門口衝他招手。

聶秋文抱著床柱子死活也不肯下來，一邊道：「我不出來，反正也要挨打的，我要吃完飯才回去！」

這傢伙果然已經下定了決心。聶秋染眼中閃過一道亮光，耳朵聽到屋裡的動靜，明顯崔薇一個人暫時還不是已經開始耍起了賴皮的聶秋文的對手，他這才站起身來，靠在門邊先往屋裡瞧了瞧，一眼便將屋裡的情景瞧了個遍。屋子正位於東面處，在面南側將整面牆中間橫著的部分全做成了窗，這會兒還未曾糊油紙，涼風便順著窗櫺間吹了進來，屋裡擺著櫃子與床，簡單得讓人一眼便能看得分明。聶秋染沒見著有什麼不該自己看的東西，這才放心地倚到了那門邊去，衝裡頭溫和道：「秋文，出來，我讓你吃完飯再回去。」

聶秋文不信，看到親大哥過來，越發抱緊了床柱子，衝聶秋染嚷道：「我不信，你騙人！」

其實這話崔薇也不信，聶秋染一副看似好脾氣的樣子，實則陰死人不償命，不過這話她不敢說出口，偏偏聶秋文這倒楣孩子卻是張嘴就說來。

聶秋染聽他這樣一說，也不生氣，臉上反倒是露出笑意來，回頭便四處找了找，轉身出去過沒多大會兒工夫，再回來時便遞了一根約有手臂粗大腿長的洗衣棒給崔薇。

崔薇嘴角不住抽搐，遲疑著將這洗衣棒接了過來，傻愣愣地望著聶秋染。「聶大哥，這是幹麼？」

「是用來打我的！」聶秋文抓著床柱子，忍不住憤憤地道。

「對，打他！」少年一臉溫柔的笑意，手裡提了一個洗衣棒說讓她打人的話，這怎麼看怎麼有種異樣的違和感！

崔薇頓時眼皮一陣亂跳，不是剛剛還說得好好的嗎？一句不回去好好哄哄就是了，怎麼聶秋染就出去找了這樣粗一根洗衣棒進來要她去打聶秋文？崔薇本能地就要拒絕。

聶秋染衝她溫和笑道：「崔妹妹只管去就是，這是妳房間，我不好貿然進去，今兒秋文挨打一回，他就會隨我回去，不會給妳添麻煩了。」

聽他這麼說著，聶秋文臉色黑了大半，喊道：「打死我也不回去，我今兒晚上就睡在這兒了，我明天也不回去，等爹走了我再回去！」

雖然說聶秋文這話確實有些令人想揍他，不過若是打了人恐怕要被這小子記上不說，回頭要是孫氏鬧將起來，又是一場麻煩，更何況這兩兄弟鬧事，崔薇可不想插手進去。聶秋染是個腹黑陰險的，反正聶秋文不是他對手，自己就算只看戲他也能將人弄得走的，又何必多此一舉。

那頭聶秋染像是看出了崔薇心裡的猶豫一般，一邊就衝她氣定神閒地笑了笑，像是篤定她會出手一般。「崔妹妹放心，今兒妳打了他，明天我讓他過來替妳做些事，保准不敢記恨的。」

連後路都給她想好了，崔薇不知為何，突然間覺得自己像被趕鴨子上架一般，硬著頭皮又搖了搖頭。「聶大哥，這樣不太好吧？這洗衣棒這樣重，萬一真打到哪兒就不好了，要不找個細點兒的竹棍吧。」

聶秋染那句讓聶二挨了打不敢記恨、還來給她做事的話令崔薇真有些心動，雖然這話聽起來有些離譜，但崔薇相信聶秋染做得到。不過打人是很痛快，尤其是這聶秋文竟然敢跳上自己都還沒有躺過的床，令崔薇有些牙癢癢的。

「不怕，我父親一回來他便要挨上一回，早習慣了，皮厚得很！」聶秋染搖了搖頭。

這話說得聶秋文險些哭了出來，聽聶秋染這麼說，聶二就知道他大哥是真有些不大痛快了，雖然還笑著，但心裡卻是犯怵，哭喪著臉乖乖從床上蹭了下來，撲向聶大郎，抱著他大腿嚎哭了起來。「大哥，不要打我，我想留在崔妹妹這兒吃頓飯，是吃肉，大哥，求求你了。」

雖然說平日調皮搗蛋的，不過聶秋文到底也只有十一歲，比崔敬平只大了幾個月而已，他若是無法無天的鬧騰，聶秋染還能收拾他，可這會兒見他苦著臉哀求，不知為何，平常軟硬方法都不吃的聶大郎看到他這模樣，又見到崔薇屋裡冷冷清清的樣子，倒是猶豫了一下，半晌沒有回答。

一旁王寶學早溜到廚房裡躲好了，這傢伙一點也沒有兄弟義氣，他不只是怕聶夫子而已，對於聶家這個名聲在外的聶秋染，他同樣見著心裡也犯怵。聶秋染只比他們大了兩、三歲，可那通身氣派，就跟個大人似的，讓人一見便雙腿直打哆嗦，明明聶秋染瞧著並不凶，但幾個孩子見他既是尊敬，又是有些害怕。

「你在崔家妹妹這兒平白無故吃上一頓，回頭該怎麼與爹說？」聶秋染看了弟弟一眼，雖然不是明著同意的話，不過他沒有再叫聶秋文回去，便令聶秋文精神一振。

聶秋文原本還有些不服氣，什麼白吃白喝的，剛剛王寶學那傢伙才去自家地裡割了不少菜回來，不過這話剛溜到嘴邊，又被他吞了回去，這事捂著還來不及，他哪裡敢主動說出口來。眼珠子骨碌碌轉了半天，接著便道：「不然大哥與我想個方法吧，大哥，不如你也留在這邊吃飯吧，要是你也留下來，回頭爹肯定不會打我的。」聶秋文一見聶秋染沒逼著他回去，登時便得寸進尺，也不敢靠得聶秋染太近了，一邊就仰了頭哀求他。

對於自家弟弟是個什麼德行，想來聶秋染心中也有數。雖說聶秋文沒有經過自己這個主人的同意便開始邀請別人，令崔薇心裡唾棄了這傢伙幾句，不過既然他話都已經說出口了，聶秋染又不是什麼令她厭惡的人，自然不可能將人往外推，因此也附和著聶秋文的話說了一句。

聶秋染還沒開口，那頭院門便又被人敲了起來，崔敬平的聲音從院門外傳了過來——

「妹妹，我回來了！」

崔敬平回來了，崔薇原是要去開門的，誰料王寶學跑得比她還要快，從廚房裡竄了出來，便朝院子門口衝了過去，將門閂打開，拿著一個空簸箕的崔敬平便站在了門口。

這會兒天熱，他跑了一趟額頭上都見汗了，拿著簸箕當扇子正給自己搖著風，將簸箕扔給開門的王寶學，崔敬平跑了好幾步竄進屋裡時，才看到了坐在屋中的聶秋染，頓時原本欲說話的嘴張開了便沒有閉上。「聶大哥，您怎麼來了？」

見到一旁聶秋文規規矩矩的站得直挺挺的，崔敬平頓時便明白了過來。聶秋染先是溫和的衝崔敬平笑了笑，還沒開口說話，崔敬平就看了崔薇一眼。「妹妹，聶大哥是個稀客，不如也留聶大哥在這兒吃飯吧，反正妳廚房裡沒水了，明兒起，讓聶二幫妳多挑幾天當飯錢了。」不是自己幹活，崔敬平自然樂得直開空頭支票，聽得聶秋文眼角不住抽搐，可這會兒卻說不出半個反駁的字來，咬著牙僵硬的點了點頭。

既然連崔敬平都開了口，崔薇自然不會拂了他臉面，再者多個人多雙筷子而已，因此也挽留起聶秋染來。

本來不應該答應的，但看到聶秋文一臉哀求的樣子，其餘幾個孩子都眼巴巴看著自己的模樣，聶秋染猶豫了一會兒，也就答應了下來。不過他並不是聶秋文這個不懂事的，先自個兒拿了一盞油燈，回去與大人說了一聲，這才又折返回來。

幾人將晚飯吃完了，崔薇看著滿地的狼藉，聶秋文幾人忙幫著拿了掃帚等物將屋裡清掃了乾淨。待將眾人送出門時，崔薇自個兒回來洗了碗又燒了水擦了個澡，這才在床踏板上躺了一夜。

雖說床是送過來了，但床上沒鋪東西，也不能睡人，崔薇自然只有在床踏板上將就睡上一段時間。此時一般人在床上鋪的都是乾稻草，不過這會兒崔薇自己又沒種地，再加上跟楊氏鬧成現在這般模樣，她自然不會去找崔家人討要一些稻草，唯有決定下次去更遠些的縣裡看能不能買些棉被等物回來。

第二日聶秋文果然一大早的就過來給崔薇挑了一些水，他年紀雖然不大，不過到底是個男孩子，挑水總比崔薇要省力得多。看得出來昨兒回去這小子沒被打，一大早起來就活蹦亂跳的，將崔薇那水缸挑了個七分滿後，他歇了一陣，崔薇抓了一把糖果給他，又將愁眉苦臉的他送出門去。

聶夫子回來了，聶秋文就不能像平日一般瘋跑，而是要回去跟著讀書識字的，這對別人家是求也求不來的好事，可偏偏對聶秋文來說就痛苦無比的。

聶夫子每月回來一趟，每次回來都住大約四、五天的工夫。第二天崔薇兄妹趕集，路過聶家時正好就碰上了準備回縣裡的聶夫子父子倆。據說聶夫子如今在縣裡一個大戶人家裡教授那家的少爺唸書，聶秋染也是在縣中一處私塾入學，也跟崔敬忠一般準備今年入秋時的考試。兩父子這一趟是要回縣城的，自然不可能步行出去，而是趕著一輛簡陋的馬車。雖然這馬車在崔薇這個看慣了各種樣式汽車的人看來並不如何稀奇，不過能擁有一輛馬車，在這小灣村裡也是一個了不得的大事。別說是小灣村，就是附近好幾個村莊，都不一定能找出一戶能買得起馬的人家，這也是聶家在小灣村裡身分特別的原因之一。

那邊父子兩人正套著馬車，崔敬平好奇地就轉了頭過去瞧，站在馬車邊的少年很快就看到了這邊兄妹二人各自揹著一大堆東西的情景，連忙就衝他們招了招手。「崔家妹妹。」被人看到點了名，要說假裝沒聽到繼續走開就顯得太過失禮了些。雖然對於傳說中的聶夫子心裡還是有些犯怵，但崔敬平依舊是硬著頭皮拉了崔薇朝那邊走了過去。

兩兄妹過來時，聶秋染先是含了笑意看了崔敬平一眼，接著才衝崔薇點了點頭，看到兄妹二人背上的背簍，兩人肩膀都被壓得像是要垮下來般，回頭便朝正彎了腰替馬上韁繩的中年男子道：「爹，反正去縣裡亦要經過鎮上，順路而已，捎崔家妹妹他們一程吧。」他說話時並不是請求的樣子，與聶夫子打了聲招呼，聶秋染這才回頭看了崔薇一眼，眼中又染上了笑意。「崔家妹妹是要去鎮上的吧？」

崔薇硬著頭皮點了點頭，那廂聶夫子已經套好了韁繩，抬起頭來，衝兄妹二人點了點頭。聶夫子長相並不凶狠，面白長鬚，身材有些削瘦，他原本長得就不矮，這樣一瘦更顯得高了幾分。看得出來聶秋染是隨了他的身高，頭上戴著儒士冠帽，一看就是學者的打扮。不過他臉卻是板得緊，一看就是不苟言笑的嚴肅性子，難怪聶秋文如此怕他，這樣原本就長相嚴肅的人若是冷下臉來，恐怕更令人害怕了。

「夫子。」崔薇與崔敬平二人乖乖上前行了個禮。

那聶夫子打量了他們一眼，臉色溫和了些，一邊道：「既然要去鎮上，便先上馬車就是，上次犬兒不知禮，打擾了崔小姑娘。」

見他說得嚴肅認真的，讓崔薇也跟著緊張了起來，連忙站得筆直，搖了搖頭有些結巴道：「哪裡。」

不知是聶夫子本來就話不多，還是覺得跟小孩子沒什麼好說的，接下來就一言不發，反倒是聶秋染，似是根本不怕他父親一般，溫和的跟崔薇說了好幾句話。

有了馬車相送，果然比走路快了不少，到鎮上時天色還未大亮，兄妹二人一向到鎮上時各街道處都已經人滿為患，可今兒過來四處卻冷冷清清的，四周連半個人影也沒有，幾乎街道上只得他們幾個人，冷清得厲害，連平日裡占位置的人都沒有。崔薇只覺得頭頂一大群烏鴉飛掠著咆哮而過，她一大早的這麼快來到這鎮上到底是為什麼？連人都沒有，林府開門起碼還要等一、兩個時辰，這樣久的時間乾坐著，四周又沒得逛的，倒不如自己慢慢走來得有意思。

聶秋染見崔薇僵硬的站在空蕩蕩沒有人的大街上，忍不住嘴角彎了彎，一邊強忍了笑意，一邊拍了拍崔薇的肩膀。「崔妹妹，咱們就在這兒別過了，我跟我爹還要趕路，就先走了。」說完，聶秋染又衝兩個已經石化的兄妹點了點頭，這才又重新動作優雅的上了馬車。

隨著馬蹄聲「噠噠」地響起，馬車輪子滾動的響聲漸漸越行越遠，崔薇剛剛絕對聽出了聶秋染話裡的笑意，她嘴角不住抽搐，看著眼前空無一人的街道，四周靜悄悄的，又是一片漆黑，心裡欲哭無淚。

她回頭便衝崔敬平道：「三哥，咱們現在要不去林府等著吧？想來過不了多少時間，人就會多起來了。」平日裡他們來鎮上約要一、兩個時辰的時間，崔薇是算好了才會掐著時間點出來。可今日乘坐聶家的馬車來到鎮上連半個時辰都不到，足足節約了一個多時辰下來，兩兄妹這會兒也不知該如何打發時間，乾脆揹了東西就朝林家後門行去。

頭一回崔薇覺得天亮得這樣慢，也不知坐了多久，四周才漸漸傳來了有人開門的聲音，崔薇心裡將那聶秋染罵了個半死。

早晨林家有小廝來開門時，就看到坐在外頭不知坐了多久，身上都帶了霧氣與露珠的兄妹倆，頓時嚇了一跳。「你們兩人不是昨夜就來了吧？」林家又跑不了，這兄妹二人也太著急了些，想來家裡是等著要用錢了。

在小廝同情的目光中，崔薇放下了這趟給林家送來的東西，急急忙忙便出了林府。想到如今剛建成的房子，缺的東西還很多，崔薇又買了不少菜種與家中日常要用的東西，又買了些肉與一些新鮮菜與配料等，剛騰空的背簍裡一下子又裝得滿滿的，而不出崔薇意料的，她想要買的棉花這邊鎮上確實都沒有。農家窮，能來鎮上趕集的幾乎都是這附近十里八村的人，一床棉絮價格不菲，許多人家就是成婚都不一定買得起，這邊鎮上買的人少，自然沒有人賣那個，也唯有看下回找個工夫去別的鎮上，或是讓人幫著捎帶幾床回來。

想到剛剛才離開不久的聶家父子，崔薇心裡又有些猶豫了起來。太陽漸漸大了，兩兄妹也沒敢耽擱，揹了東西就回去。這一趟沒有掙到什麼錢，反倒花出去了不少，如今坐吃山空的也不是個辦法，鎮上賣木耳絲的人漸漸多了起來，雖說崔薇做的木耳絲味道要比外頭賣的好得多，但難保有哪一日林家便吃膩這樣東西不想要了，畢竟再好的山珍海味，若要吃得久了，也是嫌煩的，得趁早再另外想個法子弄錢才是。

兄妹倆出去得早，回來自然也快，只是經過聶家時，聶家門前不遠處地裡一個婦人卻是掐著腰，站在地中破口大罵。

「哪個遭瘟的砍了老娘的菜，不要臉做賊的東西敢幹這種下作的事情，簡直生了兒子也要遭天收了去，吃了我的菜爛了他的口舌心與肺！」

一連串麻溜的罵聲遠遠地傳了過來，恐怕整個村子裡的人都聽得見了，不遠處站了幾個沒趕集的或者是已經趕集回來的人，正在遠處田埂上看著熱鬧，見有人圍觀，孫氏不只不收斂一些，反倒是罵得更大聲了些。

崔薇一想到那日吃飯時王寶學割到自己家中的那一大簸箕菜，頓時眼皮就跳了跳，與崔敬平相互看了一眼，兩人都不由自主地捉了背篼帶子加快了腳步。

田邊孫氏喊得呼天搶地的，她面前的地裡空了大半，隔了好幾天了，崔薇還沒有去過聶家地裡瞧上一眼，今兒看到果然那菜地裡被人蹂躪得慘不忍睹，王寶學那傢伙割的不是自家地裡的菜，完全沒有手下留情的意思，割了這樣多，又隔了好幾天聶夫子父子倆走了孫氏才開始罵，也難為她忍了這樣長時間，難怪今日哭嚎得這樣大聲。

聶家門邊聶秋文坐在門檻前雙手托了下巴便朝遠處望，看到崔薇兄妹過來時，眼睛頓時一亮，飛快地朝這兒跑了過來，一邊衝兩人招了招手，一邊就往他們背篼上瞧了一眼。今日聶夫子要回縣城裡頭去，害得聶秋文也沒有去得成鎮上，這會兒正鬱悶無比，看到崔薇兄妹回來了，連忙湊了過來，拉了崔敬平就道：「崔三兒，你可回來了，等死哥哥我了。今兒鎮上有什麼好玩的？有耍雜耍的沒，說了下次趕集還來不？」聶秋文一邊說著，一邊目光就往崔敬平背上溜了溜，吞了口口水。

「聶二，你娘罵多久了，她不知道那天是誰割的菜吧？」崔敬平被聶秋文拉住，只覺得那孫氏罵人的話不堪入耳不說，而且嗓門還大，直震得人耳朵嗡嗡作響。

聶秋文撇了撇嘴，一邊就道：「罵了兩個多時辰了，一大早就把我吵醒了，不能去鎮上玩，還不能睡覺，真是的！」一說到這兒，聶秋文也有些來了氣，連忙跑了幾步，一下子飛竄進自家菜地裡頭，一腳下去就踩歪了好幾顆大蔥。

看得孫氏心疼不已，哪裡還顧得上怒罵，連忙道：「我說你這孩子，怎麼出來也不穿雙鞋的？你瞧瞧將這蔥都踩歪了，多好的大蔥，再添一把送到鎮上都能賣一文錢了。」

孫氏好不容易歇下了氣來，崔薇不由自主地就鬆了口氣。不知是那日潘家的說了句閒話令孫氏至今心裡還有些不大痛快，看崔薇時也不像以前擠出笑臉來了，連招呼也沒與崔薇打一聲，就自顧自拉了兒子上田邊小路了。

孫氏擺出這模樣，崔薇自然也不可能去討那個沒趣，反正自己也沒什麼地方與孫氏打交道的，反倒是她兒子在自己家裡吃過好幾回，如今也不知道擺這臉色給誰看的，因此也站在一邊沒有理睬她。

反倒是崔敬平，孫氏看他時臉上露出一個笑容來，拉了他說了一陣話，接著回頭才看了崔薇一眼，見她背上揹了滿滿的東西，頓時孫氏目光便閃了閃。「崔家丫頭如今有出息了，還知道自個兒掙錢，買的這樣一大背簍東西，都是些什麼值錢的？」她一邊說著，一邊就探了頭要過來看。

背簍裡裝的都是一些家常物什，不過孫氏這一舉動跟王氏很像，頓時令崔薇心中有些反感，一下子將身體側開了些，避過了孫氏欲伸過來的手，退了半步，一邊就道：「聶大娘，沒什麼東西，就是一些家裡要用的。」

一看到崔薇這樣子，孫氏便覺得心中有些瞧不上，想到之前潘家那婆娘說自己小兒子配這姑娘的話，頓時孫氏便氣不打一處來，聞言便冷笑了一聲，撇了撇嘴角道：「崔家丫頭，也不是聶大娘愛說妳，妳與楊二嫂終究是親生母女，鬧成這般像什麼話？一家人還分開兩家住，各吃各的，這成什麼了？兒子便罷了，自古以來便沒有女兒要跟娘家分家的道理……」

孫氏心裡實在是覺得有些看不慣，待還要再說時，那頭崔薇卻已經不耐煩聽下去。

這孫氏以為自己是誰，逮著自己便開始教訓了，她跟崔家之間的關係又不需要這孫氏來多嘴。自己又沒有要求孫氏的地方，崔薇也懶得再聽她繼續下去，扯了扯崔敬平的袖子，便衝孫氏露出一個笑容來。「聶大娘，這天色不早了，我跟我三哥還有事呢，我們就先回去了。」

孫氏冷不防被她打斷了話，心裡頓時有些不悅，一個丫頭片子而已，她肯張嘴是這小丫頭的福氣，她卻不肯聽，難怪楊氏被她氣成這般，死丫頭脾氣還不小，若是換了自家裡那兩個女兒，敢這樣頂嘴，她早一巴掌打過去了！一想到這兒，孫氏頓時又冷哼了一聲，也懶得再理崔薇了，別開了臉不說話。

崔薇哪管她心中痛不痛快，拉了崔敬平就要走。

聶秋文一見二人離開，連忙也想跟上去，孫氏卻一把將他拉住了，沈了臉道：「不准去，你當她是個好的？跟娘家鬧成這般，我看她以後名聲壞了還嫁得出去不，你要是跟她離得近了，往後小心她賴著你！」

聶秋文如今年紀還小，哪裡懂這些什麼嫁不嫁的啊，他只知道跟崔敬平在一塊兒好玩耍，哪裡聽得進他娘說的話。聽孫氏這樣一說，梗了脖子便道：「賴我就賴我！要是崔妹妹天天跟我生活在一塊兒，我還高興一些，娘，您別管了！」聶秋文一想到崔薇時常買的瓜子零嘴等物，口水都險些流了下來，哪裡有耐心跟孫氏多說，揮了揮手便要跑。

孫氏見兒子這模樣，頓時又氣又急，她生了兩個兒子，大的被丈夫帶在身邊，跟她並不如何親，反倒是看著大兒子聶秋染，孫氏便跟看到丈夫一般，心裡有些犯怵。而這個小兒子一向養在她身邊，孫氏看得便跟個眼珠子似的，平日連重話都捨不得多說一句，這會兒看聶秋文跑了，心裡一股無名火就湧了上來，卻捨不得罵自己的兒子，想了想便目光朝著崔薇家的方向啐了一口。「呸！年紀小小的就知道勾搭男人，這樣往後還想要進我家門，也不知道她跟王家那小子怎麼樣不清白呢！」

不乾不淨的罵了一通，孫氏心裡這才痛快了不少。

第二十七章

崔薇不知道孫氏心中的想法，孫氏不樂意她嫁給自己的小兒子，她還不樂意呢！

聶秋文一天到晚調皮搗蛋的，整天在村裡無事生非，這傢伙又不愛讀書寫字，還被孫氏寵得平日連掃帚都沒碰過半下，在她家裡為了吃飯雖然要幫著做些事，不過不喚他是絕對不動的。這傢伙往後長大就是一個遊手好閒要靠父母養的，若是聶家那個老大有出息，他能跟著享些福靠大哥照顧就罷，若是聶大郎這輩子沒什麼本事，恐怕聶二再被孫氏慣下去，往後吃飯都要靠父母，她才不肯嫁給這傢伙，倒貼著養他的！

正這樣想著，那頭聶秋文就厚著臉皮湊了過來，一邊衝崔薇擠了個笑容出來，一邊道：「崔妹妹，妳這趟去鎮上買了什麼好吃的呀，給哥哥我吃點吧！」聶秋文臉上露出討好的笑容來。

看到他這副德行，崔薇還沒張嘴，崔敬平就已經黑了臉道：「什麼好吃的，你一邊去，我妹妹啥時候得罪你娘了，今兒這麼說她？」現在想著崔敬平還有些不大痛快。

聶秋文見他臉色不好看，笑嘻嘻地揮了揮手。「還不是為了那賣什麼木耳的，我娘說了，要是以後在這兒久了，崔妹妹是要賴上我的。不過崔妹妹要是真嫁給了我，以後我就天天有好吃的了！哈哈哈！」說到後來時，還忍不住扠著腰大笑了三聲。

崔敬平臉色一下子就黑了下來，他聽著聶秋文前面半句話心裡就有些不大痛快了，又聽到聶秋文後頭的話，頓時臉色更不好看，眼睛四處望了望，走了幾步便抄了一個細竹捆成的掃帚提在手上，瞇了瞇眼睛衝聶秋文道：「你小子有本事給我再說一次！」說完，崔敬平還揚了揚手裡的掃帚，上次在河邊聽幾個婦人開過玩笑之後，回頭便專門去弄清了這變成別人家的是什麼意思，如今聶秋文這樣一說，頓時便觸到了崔敬平逆鱗，語氣有些不善了起來。

「那又怎麼了？我娘說崔妹妹要是以後嫁不出去了，嫁給我不好嘛，崔三兒，我可吃大虧了啊！」聶秋文一想到這兒，心裡也有些不滿了，自己如今還能當崔敬平的哥哥，可要真照自己之前說的，往後崔敬平恐怕要成自己哥哥了，他頓時也覺得自己吃了虧，半大的孩子哪裡懂得什麼嫁不嫁的，心裡只想著好吃的而已。

崔薇看這兩人，又是好氣又是有些好笑，也懶得搭理這兩人，任他們自個兒鬧著，一邊卻是拿了菜種子出來準備種在自己留出來的菜園裡頭，心裡卻想到聶秋文這件事。小孩子不懂事，最可惡的就是大人了，那孫氏之前瞧著倒是和善，沒料到背後竟然會說出這樣的話來，頓時令崔薇心裡直泛噁心。

將背篼裡買的肉與一些家常物品取了出來分別放好，聶秋文一看到崔薇拿出肉時，頓時眼睛都放出光芒來，哪裡還肯離開。被崔敬平追了好幾回，都死賴著不肯走，一邊討好的幫著崔敬平埋菜種子，一邊提了水在邊上澆著玩，他頭一回做這樣的事，新鮮得跟什麼似的，那模樣看得崔敬平也不忍心再罵他了，乾脆冷哼了一聲沒理睬他。

崔薇將菜和肉等物放進廚房裡頭，可惜這鎮上沒有賣水果種子的，她今日買的菜種是平日自己要吃的幾樣尋常而且又不用花太長時間照顧的，這會兒看到外頭有人忙著，崔薇自個兒便進了廚房拿了些乾草燒飯了。雖說今兒孫氏說的話讓崔薇心中有些不快，但大人是大人，孩子是孩子，崔薇這點兒還是能分得清的，更何況崔敬平跟聶秋文玩得好，她也不想讓自己的哥哥為難，因此午飯仍是做了三個人的。

搬了出來之後，自己手裡有了銀子，最大的好處便是不像以前事情那樣多了，而且還可以頓頓吃乾飯，崔薇一個人養著自己，她手裡的銀子還是足夠她能好好的過上一段時間，因此並不節約，中午泡了些木耳一併炒到肉裡，那香氣勾得崔敬平兩人不住吸鼻子。

前世時崔薇雖然自己單獨住過一段時間，也自己做飯吃，不過不知道是不是古代的菜全是純天然的要好吃一些，她炒菜的手藝比起前世不知好了多少，簡簡單單弄的飯菜聞著也讓人食指大動。剛指揮著崔敬平二人洗了手準備吃飯，對面隔壁楊氏的聲音竟然響了起來——

「三郎，回來吃飯了！這都午時了。還不落屋，小心你爹過來打你！」

聲音是從院子裡直接傳過來的，像是楊氏對著自家後門直接喚人般，崔敬平愣了一下，接著才一邊洗手，一邊大聲道：「我不，我在妹妹這邊吃，爹不會打我的！」

崔敬平話音剛落，對面便安靜了下來，崔薇眉頭皺了皺，還沒過半刻鐘工夫，外頭大門便已經有人在外頭捶了起來，楊氏有些發惱的聲音在外頭喝道：「崔敬平，你給我出來！」

對於自己的兒子，楊氏還從來沒有這樣大聲喝斥過，崔敬平愣了一下，見楊氏拍門拍得急，將那大門拍得「咚咚」作響的，猶豫了一下，將濕漉漉的雙手在身上擦了一把，這才起身去將門打開了。

穿著一身青布衣裳的楊氏雙手在腰圍上面擦了幾下，一邊看了裡面一眼，見到崔薇時只當自己什麼也沒看到一般，冷哼了一聲又別開了頭，只衝崔敬平勉強擠出一個笑容來，一邊道：「三郎，乖，回家了。」她一邊說著，一邊鼻孔裡就聞到了一股炒肉的香味，頓時只覺得嘴裡口水開始湧了出來，卻見崔薇絲毫沒有要招呼自己留下來吃飯的意思，頓時大怒，見兒子待在院中不動，霎時便沈了臉。「回去了，我有事與你說！」崔敬平還猶豫著不肯走，楊氏已經忍耐不住，沈了臉伸手拽了他便要往外頭拉。

崔薇沒有要挽留的意思，只是眼睜睜看著楊氏走了幾步。

突然間楊氏原本拉著崔敬平走的身影一下子頓了下來，接著又轉過身來，火冒三丈，指著崔薇鼻子便罵。「妳這死丫頭，果真是個鐵石心腸的，枉費妳爹還說妳是個好的！」楊氏噼哩啪啦罵了一陣，卻見女兒冷冷淡淡的抬頭看自己，臉上半點兒表情也無，不知為何，突然間就覺得心裡有些發虛。不過她一想到自己這一趟的來意，以及那日王氏與自己說過的話，又聞著屋中的肉香味，只覺得崔薇使的像是自己的銀子一般，肉疼得直吸冷氣，沈了臉，看崔薇不說話，也不管她心裡是如何想的，冷冷撂下一句。「晌午後妳過來一趟，我有話與妳商量！」說始完，也不管崔薇答不答話，轉身便往屋外去了。

楊氏剛拉著崔敬平走沒多久，崔敬平又折轉了身回來，想來楊氏也聞出了崔薇炒了肉，既然錢都花了，她自然也希望兒子吃好的，否則不是便宜了崔薇與那聶秋文嗎？她這一趟過來叫兒子回去是假，來與崔薇說那句話倒是真的，這一說完，自然捨不得再拉兒子回去喝粥吃鹹菜了。不過走到女兒家門口了，明明知道她吃的是好東西，卻偏偏沒有被留下來吃頓飯，楊氏心裡別提有多憋屈了，一路罵罵咧咧回去，見到崔世福也沒有給個好臉色。

雖然不知道楊氏喚自己到底是個什麼事，不過不外乎也就是那幾樣而已，崔薇也不怵她，反正自己如今搬了出來，吃喝都不消要楊氏給，自然心裡底氣也足。不知楊氏鬧的是個什麼么蛾子，晌午吃完飯後，收拾了碗筷，便拉了崔敬平一塊兒去了崔家裡頭。

如今崔薇的房子已經弄好了，崔世福父子倆自然開始忙起砍地裡玉米稈的事情來。崔薇好幾天沒有過來這邊，竟然覺得之前住了半年的崔家像是變得陌生至極般，院子裡地上到處擺放了一個個黃澄澄的玉米，一旁石磨上的木推架竟然還沒有取下來，石磨下放著一個還滴著玉米漿的桶，一副沒有洗過的樣子，院中地上還有雞屎等物。王氏懶洋洋的抱了兒子坐在門檻前，一邊解了半面衣襟在給崔佑祖餵著奶。

王氏看到崔薇二人過來時，頓時咧起嘴角尖叫了一聲。「喲，瞧瞧這是誰呢，這不是咱們家的四姑奶奶嗎？當真是稀客啊，居然捨得回來了！」王氏一邊說完，一邊就衝崔薇揚了揚下巴，指了指那石磨的方向道：「四丫頭，妳既然回來了，幫我把院子掃一掃，石磨也洗了吧，我餵著小郎，哪裡能騰得開手做事？」

話音一落，楊氏竟然從外頭進院子來了，看到院裡的情景，她便氣不打一處來，恨恨瞪了王氏一眼。聽到王氏說完話，可是崔薇卻沒有要動手的意思，頓時嘴裡罵了一句死丫頭，自個兒則是認命地拿了掃帚開始在院子裡掃了起來。

今兒也不知唱的是哪一齣，平日裡除了趕集會收拾一下的楊氏今日竟然破天荒地換了一身新衣裳，一頭長髮綰在腦後盤了個圓髻，上頭竟然還戴了一支素銀釵子，比起平日趕集不知隆重了多少倍。崔薇本能的覺得有些不妙，那頭楊氏拿了叉頭掃帚如秋風掃落葉一般，兩、三下便將院子掃了個乾淨，一些垃圾等堆到了角落裡頭。楊氏幹活確實麻利，將石磨撿了，竟然沒有開口讓崔薇幫忙，這不只是沒有讓崔薇覺得心裡鬆了一口氣，反倒是更覺得警惕了一些。

那頭楊氏三兩下將亂糟糟的院子變了個樣，這才自個兒洗了手，一邊甩了甩手上的水珠，沒像往常一般就往身上擦，這才朝崔薇走了過來，連一旁的兒子崔敬平都沒有注意到，衝崔薇擠出一個笑容來，雖然仍稱上沒有多親切，不過比她平日裡板著臉凶狠罵人的樣子不知好了多少。

「這樣大太陽，不進去坐著還在外頭曬什麼？難道幾天不回來，連家也不認識了？」楊氏這樣的態度絕對反常，令崔薇不由自主的就想到給雞拜年的黃鼠狼，一邊就有些警惕，楊氏這樣子該不是要將她拿來賣了吧？不然如何會笑得這般模樣，實在是令她有些毛骨悚然。以楊氏為人，只要賣女兒能對她兒子好，她絕對能幹得出這樣的事情來，可是照理來說若是楊氏要賣自己，崔世福等人肯定不會同意才是，一想到這兒，崔薇心中又暫時安定了些。

另一頭楊氏卻不管女兒心中是個什麼想法，一邊自個兒率先進了屋裡。崔家這會兒已經收拾得乾乾淨淨，就連那破舊的桌子都擦洗過好幾遍，露出木頭本來的灰白色來，地上雖然是泥土地，卻也被人拿鏟子鏟得平平整整的，一旁王氏憤憤不平的坐在臺階下頭，滿臉不快之色。

今兒到底是個什麼日子，楊氏竟然這樣的反常？崔薇給崔敬平使了個眼色，卻見他也是滿頭霧水的樣子，想到之前崔敬平跟自己一塊兒去了鎮上，後來連家都沒回，說不得發生了什麼事，恐怕他也真不知道。不過有崔敬平在，楊氏就算是想要賣自己，也不可能當著兒子的面，崔薇心裡更是安定了些。

那邊楊氏竟然從屋裡提了一大袋東西出來，拿了簸箕一倒，裡頭竟然是炒好的花生。這還是過年的時候崔家人炒好而捨不得吃的花生，崔薇見到這情況，眉頭皺得更深。

那頭王氏卻是抱著兒子一下子竄了過來，肥胖的身體這會兒靈活異常，一下子就抓了大把花生在手中，楊氏一見這情景，頓時忍不住將手裡的花生袋子砸到了王氏頭上。「一天到晚只知道吃，妳豬投胎轉世的，吃得多拉得多的東西，正事不肯幹，自個兒滾遠一些，不要在我面前晃蕩，看著就心煩！」

王氏卻不管楊氏罵她，她知道楊氏今兒就是再不痛快也不會在這個時候衝自己動手的，因此拿了花生坐到門檻邊便剝了起來，不多時便扔了一地的花生殼。崔薇坐在屋裡頭，與楊氏一句話也沒說的，瞧著外頭太陽，楊氏漸漸有些焦急了起來。

那頭王氏吃完了手裡的花生，許是覺得口乾了，也不敢再進屋裡來抓，踩了踩地上的花生殼，抱著孩子便衝屋裡崔薇道：「四丫頭，來幫我將花生殼掃了。」

「簸箕就在大嫂手邊，妳要扔花生殼，怎麼不扔到裡頭放廚房燒？」崔薇坐著沒動，冷笑著看了王氏一眼。

王氏欲冒火的，誰料眼皮一挑，卻看到楊氏警告的眼神，一想到今兒的事情，王氏頓時冷哼了一聲，看楊氏一副無法忍耐的模樣，這才不大痛快的將兒子交給楊氏抱了，自己嘴裡不住低罵著拿了掃帚將花生殼打掃了個乾淨。

這人一天到晚好吃懶做的，連幹個事情也不麻利，楊氏見她掃完還剩了不少花生殼在地上，頓時忍耐不住，將兒子還給她，自個兒拿了掃帚重新掃過，這才作罷。

王氏卻有些不滿，嘴裡討嫌道：「娘既然要掃，早知道就您掃了，免得我還要多掃一回！」

這話一說出口，楊氏縱然是再讓自己多加忍耐，亦忍不住狠狠剜了她一眼。

「妳要是不會說話自個兒就給我滾，再留在這兒礙眼睛，晚上瞧我怎麼收拾妳！」楊氏說完，揚了揚手中的掃帚，衝王氏冷笑了兩聲。

王氏正欲還嘴時，外頭卻突然間傳來一陣熱鬧至極的說話聲夾雜著腳步聲朝這邊移了過來。

楊氏臉上露出一絲喜色，衝王氏使了個眼色，一邊回頭就衝崔薇招手。「有客人來了，薇兒來跟我一道去接客人進來坐坐。」

楊氏這反常的樣子令崔薇頓時心裡生出一股警惕來，還沒有開口，崔敬平已經看清楚崔薇臉上的不情願之色，深怕她與楊氏又鬧將起來，連忙朝楊氏膩了過去，一邊開口問道：「娘，是哪來的客人啊，我也要去！」

「你這孩子！哪裡是什麼熱鬧都能湊得的，你再等幾年，不消你開口，我也拉著你去了。」楊氏愛憐的摸了摸兒子的腦袋，正想與兒子再解釋一番，誰料外頭卻有人扯著嗓門喚了起來。

「楊二嫂，妳家裡有客人到了，還不趕緊來接著！」喊話的像是村頭李屠夫家的婆娘。

楊氏也顧不上與兒子說話，匆忙答應了一聲，又伸手按了按鬢角，回頭欲喚了女兒一道去，卻見崔薇坐在板凳上一副不願意動身的樣子，頓時低頭咒罵了幾聲，在這會兒哪裡還能與崔薇計較，自個兒便匆忙朝院子外去了。

王氏興奮異常地抱了孩子跟在後頭，院子外不多時便湧了一大群人進來，其中一個穿著大紅衣裳、年約三十許打扮得花枝招展的婦人，被楊氏等諸人圍在中間進了院子。

見到這婦人的模樣，崔薇頓時寒毛便立了起來，剛有些懷疑楊氏是不是真喪心病狂要賣了自己時，那頭楊氏已經討好的湊在這婆子面前笑道：「曹嫂子，不是我與妳說，我家那二郎可是這村裡挑得出名號的，長得那自然是不說了，唸了許多年書，可不是一般人能比得過的，今年我家二郎是要下場考試的。」

一邊楊氏說著話，一邊不時便有人也跟著附和幾句，都是鄉里鄉親的，崔敬忠也確實是這小灣村裡唯二兩個讀了多年書的，除了一個聶秋染之外，便數崔敬忠這名頭最大了。

崔薇在聽到楊氏說起崔敬忠的名字時，頓時便鬆了一口氣，知道楊氏這是要給崔敬忠說親，而不是自己之前擔憂的那般，不過楊氏今兒給崔敬忠說親，怎麼又將自己給喚了過來？崔薇心裡正自有些驚疑，那頭楊氏已經伸了伸手，將眾人引進了屋中一一坐下。

村裡好些個好熱鬧的婦人這會兒都跟著一路過來了，除了那穿著大紅衣裳一臉喜慶模樣的婦人之外，其餘眾人幾乎都是臉上帶著笑意。崔敬平這會兒被人擠到後頭，楊氏哪裡還顧得上他，只是目光往崔薇看了一眼，又與那被她喚為曹嫂子的婦人談笑了起來。

半晌之後，那婦人目光在屋裡轉了一圈，看到崔家裡破舊的房舍，又見到一旁抱著孩子的王氏，頓時便皺了皺眉頭，與楊氏道：「崔二嫂，咱們也是沾親帶故的，妳家二郎是個有出息的，我也知道。不過我也不怕實話與妳說了，那劉老爺家可不是小門小戶的，先不說劉老爺自己本身是個有功名的秀才，他家姑娘也是知書達禮的，若是妳家裡頭光景只是這般，恐怕劉老爺不會將閨女嫁過來的。」她說完，便撇了撇嘴，臉上露出一絲不為以然的神色來。

楊氏一聽，頓時有些著急了，連忙朝崔薇看了一眼，一邊就拉了那婦人過去輕聲說了幾句，不多時那婦人便站起身來，一面與眾人笑了笑，一面就跟著楊氏一塊兒站了出去。崔薇眉頭皺了皺，那廂楊氏已經回頭便與崔薇吩咐道：「四丫頭，我先出去一趟，妳幫我燒些水，桌上我今兒秤了二兩茶，妳等下泡上了，咱們回來正好喝。」說完，也不待崔薇答應，與眾人一塊兒便都說說笑笑的出了院門去了。

王氏抱著孩子也跟著其中，等她們一走，崔敬平連忙朝崔薇湊了過來，嘴裡一邊道：「妹妹，娘這是要給二哥說親了？」

崔薇沒有開口說話，面沈似水，自然也沒有要去燒水泡茶的意思，只忍著心頭的怒火，一邊也乾脆跟著楊氏她們的腳步，邁出了門去。崔敬平看她臉色有些不對勁，當下也不敢多說，連忙掩攏了門，只小心翼翼地跟在她身邊，崔薇朝自己家裡走去，果然遠遠的就見到一大群人圍在自己的房門前指指點點的，一邊楊氏的笑聲就傳了過來——

「這房子呀，是他爹專門買了過來修好了，往後準備為二郎成婚後居住的。二郎可不是普通人，他那樣多學文，連夫子都說他是個有造化的，自然不能與咱們擠在那邊破房子裡頭一塊兒居住。曹嫂子妳放心就是，咱們也是親戚，妳幫我與秀才老爺說說，我們崔家呀，絕對虧待不了他家姑娘。我們二郎往後若是有了功名，他還年輕，說不得是有大造化的，以後要是有了出息，肯定會好好對待秀才老爺的！」

人群裡楊氏的嗓門極大，聲音裡的笑意與歡喜離得遠遠一段距離崔薇都聽得清清楚楚的，頓時臉色便鐵青，眼睛微微瞇了起來，雙手緊緊握成拳頭，想也不想就朝那邊走了過去。

人群中王氏極不是滋味的聽著楊氏在與那曹家的媒婆說著話，想到自己嫁過來時的情景，不只是沒有新衣裳穿，而且楊氏還不冷不熱的，也沒說要給自己另建房子的話。現在自己給他崔家生了兒子，不讓自己住崔薇這邊就不說了，竟然還偏著她那二兒子，往後準備將這邊房子全部給了老二，她可不幹！如今崔敬忠吃喝讀書可都是自家男人種地在養活著，崔敬忠就是再有出息了，也不能忘了自家男人那一份，楊氏這樣實在太過偏心了些，什麼都想著她的兒子，也不管管她孫子了！

王氏氣得說不出話來，剛想嚷嚷出來，回頭便看到崔薇朝這邊走了過來，她心裡一陣欣喜，一手吃力的抱著兒子，一手便指著不遠處的崔薇道：「娘，這房子不是四丫頭的嗎？什麼時候成了二郎一個人的了？」王氏這話說得極為大聲，她又故意大聲吼著，因此一下子就將楊氏的聲音壓了過去。

原本還聽楊氏說著話的眾人冷不防聽到王氏這樣一嚷嚷，頓時都轉過了頭來，下意識地望著朝這邊走過來的崔薇了。

早在兒媳喝出來的那會兒，楊氏便已經恨得心中咬牙了，可惜此時不是跟王氏計較之時，她就算是過會兒再收拾王氏，也不能當著眾人的面跟王氏鬧起來。

楊氏氣得要發了瘋，那頭王氏心中也不舒坦，她只當楊氏要將崔薇的房子接過來大家共同住，崔薇手裡的銀錢拿出來眾人花，一人平攤一些罷了，原本還以為自己生了兒子，自家這一邊總要多得一些，可誰料如今楊氏竟然是要將房子給二郎獨占，王氏哪裡肯答應。她住崔家那破房子也夠了，平日隔楊氏他們房間一堵牆，對面有個咳嗽吵鬧的，這邊聽得一清二楚，兩夫妻平日連同房都不敢大聲了，就怕楊氏過來敲牆，若是能住到崔薇那邊，既是新房子，又離楊氏他們遠，不知有多自在。

這會兒兩婆媳心裡都各自窩了一團火，楊氏這會兒是恨不能將自己這個蠢媳婦兒活生生掐死的心都有了，卻偏偏強忍著。她看到曹家媒婆與村裡幾個婦人臉上詫異的神色，雖然恨不能將王氏一口咬死，但仍是強忍了怒氣，這會兒楊氏卻只盼女兒能聽話一些，不要當眾不給自己留臉面，一邊就衝崔薇道：「薇兒過來了，不是讓妳燒水泡茶的嗎？」話一說完，楊氏想到平日女兒懦弱膽小的性子，雖說這段時間變了許多，不過到底江山易改，本性難移，女兒骨子裡就膽小，丈夫說得也對，自己最近逼她太狠了。

雖說一開始王氏將這房子是崔薇的事揭露出來令楊氏有些難受，不過這會兒楊氏倒是突然間靈機一動，要是當著眾人的面，崔薇被逼著承認了這房子是自己給崔敬忠修建的，說不得過後慢慢再套話，能讓她乖乖搬回家裡去住，將這房子給崔敬忠讓出來。一個沒見過什麼世面的小丫頭，要是面對這樣多大人追著她問，說不得就膽怯了也不一定，回頭自己再好好哄哄她，這樣嚇一嚇再哄一哄，說不得事情便這樣解決了，一個小丫頭，哪裡會有許多心眼。楊氏一想到這兒，臉上不由自主地就露出一絲笑容來，看眾人都已經將目光落到崔薇身上了，也不好再喚她回去，乾脆就衝她招了招手。

「我看看娘領著人過來我這邊房子看，我也跟著過來瞧瞧熱鬧。」之前楊氏的話崔薇已經聽在耳朵裡了，這會兒卻是強忍了怒火，臉上露出一絲冷笑來，看了楊氏一眼，她招了手，崔薇也沒立即過去。

圍觀的眾人都好奇的看著這對母女倆，本能的覺得氣氛有些不對勁了起來，那曹家嫂子看著崔薇臉色，又聽到她剛剛說這房子是她的，頓時愣了一下，也跟著撇了撇嘴角不出聲站在一邊。

楊氏感覺到眾人目光都落在自己身上，不由臉上火辣辣的，一時間心裡又氣又羞，既恨王氏無事生非，將這死丫頭喚了過來，一邊又恨崔薇當眾不給她留臉面。見崔薇這樣說，又看那曹家媒婆一臉懷疑的神色，不由勉強硬擠出一個笑臉來，忍了心裡的氣，強作溫和道：「妳這孩子，胡說八道什麼，這房子明明是妳爹跟妳大哥找人建的，薇兒聽話啊，妳要其他東西，娘都買給妳，不過這房子啊，是二哥成親要用的，可不能讓妳胡鬧的！妳住幾天就當過過癮就是了，這會兒娘辦正事呢，可不能再胡鬧了，乖，聽話啊。」

楊氏這樣一說，圍觀的眾人不由自主的都鬆了一口氣，眾人也跟著笑了起來。

原本以為這母女倆鬧什麼，原來是這孩子鬧了脾氣，想著要住新房子。村裡的人想到這段時間以來有人傳說崔二哥家母女倆不和的話，崔家這丫頭還搬出家去住，眾人還當怎麼了。這會兒聽楊氏一說，才明白過來，敢情崔家這四丫頭想要住新房子，楊氏夫妻倆疼女兒，才讓她自個兒先搬過來使房子沾點兒人氣而已，眾人頓時恍然大悟。

曹家媒婆忍不住捂了嘴笑了起來，一邊從袖口裡掏出一塊帕子來擦了擦額頭，一邊道：

「崔二嫂，妳跟崔二哥也太過疼孩子了，一個女兒遲早要嫁出去的，妳也這樣寵愛，妳家這丫頭真真是個有福的。」她話音一落，便有人妳一言我一語的說起楊氏的好性兒與崔薇來。

崔薇便冷笑起來，有些厭惡的看了楊氏一眼，想到剛剛楊氏說話時寵溺溫和的模樣，恐怕除了她這樣對待崔敬平之外，還從來沒有如此溫和的對過自己的女兒，崔薇只是替那個早已經不在世間的小姑娘有些難受。

這會兒聽到楊氏破天荒說這樣的話，卻只是為了想要搶她房子，她心裡說不出的噁心，也沒有如楊氏所料的一般，輕易就被面前這些妳一言我一語的婦人們說得昏了頭心中害怕，也沒有因為楊氏那話而發慌，反倒是冷靜道：「娘說這話我可就不懂了，建房子與買房子的錢都是我自個兒去鎮上林老爺家接的活兒掙的，可沒有用爹娘半個銅子兒，而且這房子是我的嫁妝，爹當時已經跟我說過，地契房契都是我自己撿著，也與二哥無關，不知道什麼時候成了二哥成婚時的婚房，想來娘是記錯了！」崔薇毫不客氣地將話說完，場內頓時鴉雀無聲。

眾人傻愣愣地看著崔薇，一邊又盯著楊氏看，曹家媒婆擦汗的動作一下子頓住，楊氏臉色青白交錯，接著又惱羞成怒，恨恨的盯著崔薇，嘴裡尖叫了起來，一邊揚起手便要朝崔薇抽過去。「妳這死丫頭在胡說八道些什麼！」

她聲音極其尖利，表情又有些難看，崔薇卻是後退了一步，冷冷望著楊氏，又大聲道：「我說什麼，娘恐怕沒聽清楚，這房子是我自個兒給人做針線活兒換了錢才得來的，爹曾說過是我自己的東西，往後可以做嫁妝的，娘如果要給二哥找婚房，反正我從崔家搬出來，房間騰一騰，不就騰出來了嗎？」

崔薇話音一落，看眾人頓時有些詫異與驚駭地盯著楊氏瞧，楊氏身體顫抖了起來，臉色難看得厲害，她心裡卻是絲毫也不同情。這事是楊氏自找的，這羞辱與如今的難堪也是楊氏自己活該的，若是今日自己給了她臉面，她不羞辱，就該自己有苦說不出了。

好不容易才從崔家那邊爬了出來，如今又有了自己的房子，眼見日子剛剛過得好一些，剛剛生活有了盼頭，楊氏要想再將自己拖回去，任她折辱，是想也不要想的事情！

說完這話，崔薇看也沒看楊氏一回，只是衝眾人福了一禮，一邊笑道：「想來現在各位也喝不下我要泡的茶了，妳們自便吧。」崔薇一邊說完，一邊擠開了眾人，從懷裡掏出一把鑰匙，一下子開了那厚重的大門，連頭都沒回過一次，直接便跨進了屋中去，透過大開的院門，眾人朝屋裡看到了一眼。

楊氏這會兒身子抖得厲害，崔敬平站在她身邊，猶豫了一下，既是想要跟進來瞧瞧崔薇，又是看著楊氏難受的模樣，乾脆咬了咬牙，撥開人群朝地裡奔去了。

崔薇進了屋裡，心裡便說不出的噁心來，一下子將門閂上了，聽到外頭有人尖利的聲音傳了過來——

「崔二嫂，妳家根本沒有房子，劉老爺可不是普通人家，劉家姑娘如何肯嫁過來，妳家二郎雖然聰明，不過如今到底是沒有功名的，這事我不好與你們作主，要不先緩一緩吧！」

說完，一陣爭執的聲音又響了起來，人群中楊氏哀求的聲音不斷響起，好像在崔薇印象裡，楊氏為人一向好強，還是頭一回聽到她這樣低聲下氣的與人求情，可惜最後沒什麼用，那曹家的媒婆仍是氣鼓鼓地走了。

第二十八章

大半刻鐘之後，一陣瘋狂的敲門聲突然間響了起來，伴隨著楊氏的怒罵聲與尖叫聲，那門板被拍得「咚咚」作響。

「崔薇，妳這該殺千刀的臭丫頭，妳趕緊給我滾出來，看老娘今兒打不死妳！那是妳二哥啊，妳親二哥啊，妳怎麼忍心害他前程？老娘前輩子是造了什麼孽，生了妳這麼一個不肖的東西，妳給我滾出來！」一邊說著，一邊楊氏像是在拿腳踹門一般，又將門踹得「砰砰」作響。

崔薇聽著外頭的怒罵與哭喊，雙拳緊緊握了起來，臉色極為難看，與楊氏心裡的惱火相差不多，她心裡也是火大得很。但此時她自然不會去開門，楊氏是她這具身體的母親，到時楊氏進來恐怕火大之下真要打她。崔薇一來年紀小打不過她，二來楊氏又占了母親的名分，她不能還手，因此自然便只有忍得一時之氣，等崔世福他們回來再說了。崔薇相信崔世福不會完全不講理的偏幫楊氏，否則若是崔家人真為了一個崔敬忠而要她讓出房子，就算是將這房子送給不相干的外人，崔薇也不會便宜了楊氏！

雖說心底是打著那樣的主意，不過崔薇到底還是信任崔世福的，因此忍了沒有理睬外頭的叫罵聲。楊氏跟瘋子似的在外頭又哭又鬧，衝著門口吐口水踹門等動作，約莫在門外罵了兩刻鐘之後，大約崔敬平是找到崔世福父子了，不多時楊氏的叫罵聲便停了下來，取而代之的，是崔世福有些驚怒的聲音──「妳在這兒幹什麼！」接著便只聽到楊氏的大聲哭嚎。

這會兒崔薇聽到崔世福的說話聲，忍不住心裡也是一酸，眼眶便有些發紅。雖然她只是半路無意中來到這該死的陌生時空，也並不是崔世福原裝正版的女兒，可不知為何，在這會兒聽到崔世福說話的聲音時，崔薇心裡忍不住湧起一絲委屈。忍了多時的淚意一下子湧了上來，令她忍都忍不住，不知道是不是因為變成了小孩子，連情緒也跟著來得這樣快。

崔薇想到這些日子以來的經歷，簡直如同作夢一般，要不是各種疼痛與受傷都是貨真價實的，恐怕崔薇都要真以為自己是作了一場惡夢而已了。

她吸了吸鼻子，一邊理了理衣裳，外頭楊氏已經開始哭嚎開來，間或響起崔世福的聲音，崔薇深呼了一口氣，一邊站起身來，拿衣袖擦了擦眼角，心中已經打定主意，若是崔世福也幫著楊氏，認為自己生是崔家的人，這房子就應該給崔敬忠住，她大不了一拍兩散，誰也不要想白占她便宜、還要讓她吃這口惡氣。

「那死丫頭如今長大了，翅膀硬了，連家裡人也敢不顧，那可是她親二哥啊！」楊氏還在罵罵咧咧。

崔世福面色鐵青，他滿身的大汗，崔敬平一說家裡鬧起來時，他連忙就知道不好，也顧不上地裡的玉米稈，連忙就一路跑著回來，這會兒渾身都汗濕了，胸膛還在不住起伏，聽著楊氏說話，卻是臉板得越來越緊，牙齒咬得「咯咯」作響，一邊拳頭就握了起來。

「那房子本來是薇兒的，誰要妳跟人說是咱們建給二郎住的？他要有本事，還用得著搶親妹子的東西？傳出去也不怕丟人現眼，妳今兒丟人，是自找的！」崔世福這輩子還是頭一回對楊氏說話如此大聲，直喝得楊氏都有些發懵。

一想到今日受的恥辱，楊氏也有些不甘心，仰著脖子便衝崔世福尖叫道：「我自找的？我不是為了咱們家兒子嗎？崔世福，你有了一個女兒就夠了，以後女兒出嫁，你還能靠得到？你就這樣偏心，不怕寒了二郎的心？我這是為了誰啊！崔薇她一個死丫頭如今本來就該替家裡做事的，她掙的錢怎麼了，沒有出嫁，東西本來就該我保管著，我說這房子是我的，它就是我的！她要是不孝，老天爺會降一道雷劈死她！」

楊氏話音一落，接著便是重重的「啪」一聲脆響，聽起來像是耳光的聲音，崔薇皺了下眉頭，一下子將門打開，便看到已經吵得面紅脖子粗的夫妻二人，這會兒正站在門口邊上。楊氏捂著臉，身子倒在牆壁上，頭髮散亂了將臉擋住，又側著身子看不清端倪。聽到開門的聲音，眾人都將目光望了過來，崔敬平連忙小跑著站到了崔薇身邊。

楊氏緩緩的抬起頭來，雙眼通紅，看著崔薇的目光好似要將她生吞活剝似的，一下子站起身便朝崔薇衝了過來。「都是妳，妳不是我女兒，妳不是我女兒！」

剛剛看到她那模樣，崔世福心裡還有些後悔，他跟楊氏成婚多年，從來沒有對楊氏動過半根手指頭，今日卻氣極打了她一巴掌。看到楊氏慘白的臉色以及散亂的頭髮，其實崔世福心裡也難受，不過這會兒見她狀若瘋狂朝女兒撲了過去，連忙一把拖住楊氏，便朝她推了一把。

楊氏站立不穩之下狠狠就撞向了一旁的牆壁，「砰」的一聲順著牆壁就朝地上坐了下去，指著崔薇便是又哭又罵。「妳不得好死！養妳這女兒沒有用，老娘今兒親自打死妳！」

看楊氏咒罵了半天，使得原本還想去扶她的崔世福拳頭又握了起來。

崔薇冷眼望著這場鬧劇，楊氏的聲音罵得極其響亮，這會兒村裡不少的人都站了出來，看著這邊崔家人的情景。

崔世福強忍著心裡的怒氣，看到一旁抱著孫子的王氏，只覺得胸口一陣陣悶疼，額頭青筋一陣跳動後，便見到後頭匆忙趕過來的兒子崔敬懷，連忙就道：「先將你娘送回去，有事回去再說！」

「我不回去！我不回去！崔薇妳這殺千刀的，見死不救，眼睜睜看妳二哥成不了婚，妳這惡毒心腸的死丫頭，妳怎麼不去死！」楊氏緊緊扒著牆根，雙腿死死蹬在地上，她原本就慓悍，這會兒一旦撒起潑來，崔敬懷拉了她好幾把，竟然也沒將楊氏拉起來。

盛怒之下楊氏也顧不得眼前拉她的是自己的兒子，劈頭蓋臉的便推了崔敬懷一把，朝地上啐了一口，惡聲道：「大郎，你是不是跟你爹一夥的，成心跟這小賤人一方，連你二弟也不管了？要是你今兒說一聲，老娘立馬死在你們面前！」楊氏一邊說著，一邊哭嚎，也不管旁邊還有人在看著笑話，抽泣了幾聲，便又恨恨地盯著崔薇。

這邊的鬧劇很快驚動了原本就住得不遠的崔世財一家人，楊氏還躺在地上嚎哭著，一旁崔世福臉色鐵青，崔敬懷正有些不知所措時，林氏領著劉氏一家人朝這邊急急忙忙趕了過來。見到遠處站著指指點點看笑話的眾人，以及坐在地上賴著不肯起身的楊氏，頓時腦門便一陣緊一陣疼，身子搖晃了一下，接著便指了楊氏大喝——

「起來！這樣大的人，都已經做祖母了，還這樣賴在地上，成何體統！」林氏跺了跺腳，這會兒只覺得心裡頭堵得難受，也不知道造了什麼孽，最近二兒子家裡三番兩次的鬧出事情來，以前瞧著楊氏倒是個懂事的，沒料到如今竟然偏偏在崔薇一事上犯了渾。林氏看著外頭瞧熱鬧的村裡人，頓時氣不打一處來，連忙去扯了楊氏一把。

林氏一旦開了口，不比崔敬懷去拉楊氏還能仗著是長輩撒撒潑，楊氏就算是心中再不甘，也只有將那口氣忍了下來，由著林氏將她拉了起來，一邊忍不住就哭道：「娘，崔世福因為這死丫頭，動、動手打我。媳婦兒自問嫁進崔家幾十年……」楊氏說到這兒，哽咽得說不出話來。

林氏瞧她這模樣，心裡既是有些同情，又是惱火，沈了臉，二話不說拉著楊氏先進了屋裡頭。

崔薇忍著想將楊氏等人趕出去的衝動，由著林氏將人拉進來了，這才看林氏指揮了王氏將門關上。

將外頭看熱鬧人的目光擋在了門板之外，林氏臉色才稍微好看了些，眾人都朝崔薇屋裡走，崔世福面色沈重，一邊伸手就摸了摸崔薇的頭，想到她剛剛出來時雙眼通紅的模樣，頓時溫和道：「別聽妳娘的，妳是個好孩子，放心，這房子爹說了給妳做嫁妝，便是妳的，誰也要不去。」

他跟楊氏吵了一架，現在還堅持這樣的話而不是改口，算是給崔薇吃了一顆定心丸。崔薇點了點頭，一旁崔敬平也緊緊拉著她的手，兄妹二人走在崔世福後頭。一進了屋裡，楊氏的目光似刀子一般轉了過來。眾人皆在屋中坐定了，王氏抱著孩子坐在椅子上，伸手左摸摸右摸摸，一邊目光就在四處轉，滿臉貪婪之色。

「娘，如今二郎年紀大了，我正與他說親，可瞧來瞧去也沒有個合適的，正巧這時我娘家妹子與我介紹他們同宗的妯娌曹家媒婆給我認識，替二郎說了一門好親事，是隔壁村的劉老爺，家裡有好幾畝土地不說，而且劉老爺自己本身便是個秀才。他家女兒跟大家閨秀似的，雖說沒幾人見過，但聽曹家媒婆說她端莊賢淑，我便想替二郎將這門婚事定下來。」楊氏雙眼通紅，忍了心裡的憤怒，先將事情說了一遍，接著才有些憤怒的指著崔薇。「可是這死丫頭壞事，我真恨不能當初生下她時便掐死……」

「阿淑，妳說話小心一些！」崔世福忍了火氣，瞪了楊氏一眼。「誰讓妳與人說房子是二郎成婚用的，不是的事情哄了人嫁過來，往後難道當人家不與妳理論不成？」

崔世福話音一落，楊氏忍不住便捶著椅子大哭了起來。「你說得倒好聽，這樣大的房子給崔薇這死丫頭住，我家二郎怎麼辦？他如今還與三郎住一個屋，難不成他成婚之後，還要與三郎住一塊兒不成？」楊氏心裡是十分不滿，現在自己家裡就是這麼一個情況，可偏偏崔世福還在偏心，若是連一間房子都分不到給崔敬忠，往後可怎麼討得到新娘子？

兩夫妻眼看說著說著又要吵起來，林氏只覺得腦門一陣陣的抽疼，看了沈默不語的崔薇一眼，有些猶豫道：「薇兒，妳一個人住著，這……」

「祖母不用說了。」崔薇臉色有些冷淡了起來，一面將背脊挺得更直。「這房子是我自己接了鎮上林老爺家的活兒，林老爺瞧我可憐，先預支了些銀子給我，讓我幫著做針線活兒與每次趕集送東西過去的報酬，我自己掙出來的，沒花爹娘一個銅板，就連當初給大伯娘的一百文，我都已經還給了爹娘。房子我要自己住，若是娘覺得當沒有生下過我，願意將我自個兒單過分出來，與里長那邊立個契約，我願意給爹娘寫個欠條，按照如今賣丫頭的價格，把我自己買下來就是！」

崔薇一句話說得冷靜又清楚，聽得楊氏臉色青白交錯，又憤恨不止。

那頭王氏抱了孩子指著崔薇，既是興奮又有些不滿。「我就說這死丫頭手裡還有錢！妳要想就這樣將自己買出去，那可不成，最少要二兩銀子！」

王氏話音一落，便讓崔世福臉色更加難看，衝她厲喝了一聲。「閉嘴！以後若是再這樣的事妳隨意插嘴，便自個兒回妳家去！」崔世福頭一回對王氏說這樣的重話，使得王氏愣了一下。

那頭楊氏一聽到二兩銀子時，心裡猶豫了一下，頓時不作聲了，打量了崔薇一眼，臉上也露出為難之色來。

「咱們家還沒有兒子娶不上媳婦，便要為難女兒的。」崔世福一下子站起身來，捏著拳頭狠狠盯著楊氏。

楊氏頓時心裡有些發酸了起來，她是深知崔世福性格，這會兒也不與他再硬著來，乾脆只撩了衣襟抹著眼淚，一邊哭道：「我也是沒有法子了，家裡剩餘幾百錢是要割稻穀請人的，二郎如今不小了，眼見翻過年便十七了，再大一些，如何好與人家說親？家裡就是這麼一個條件，人家姑娘稍好一些的條件便瞧咱們不上，連個房子也沒有，那不是虧了二郎嗎？再者難不成你願意委屈了二郎，娶個只知種田的粗鄙女子不成？那可是你自個兒的兒子！」

連楊氏自己都只不過是她自己嘴中所說的只知種田的粗鄙女子，如今卻來嫌棄別個，崔薇冷笑了一聲。

那頭崔世福見楊氏態度軟了下來，不由也跟著鬆了拳頭，沈默了半晌，突然開口道：「家裡沒錢，我去向鎮上那錢老爺先借二兩銀子使著，給二郎在咱們家隔壁建個幾間房屋。薇兒這邊，妳也不要為難她了，咱們家再如何，還沒到過不下去要賣女兒的地步！」

一聽崔世福這話，楊氏還沒有開口，林氏便先嚇了一跳。「使不得使不得，那錢老爺可是放印子錢（注）的，你借二兩銀子，轉頭便該變三兩了。」林氏的手不住擺了幾下，猶豫了會兒，看了崔薇一眼。「若是薇兒有錢，先拿出來與妳爹娘使使，也不要說那賣不賣的，多難聽，往後妳出嫁了，妳爹娘也會給妳辦嫁妝的，就當還妳了。」

崔薇一聽林氏這話，忍不住就笑了起來。「祖母的意思是，我自己的嫁妝不用爹娘幫忙，還得我自個兒辦了？」這樣倒不如她自個兒把自個兒買了還過得自在一些。自己出錢替自己往後辦嫁妝，又回頭跟楊氏等人攬一塊兒，成天被她使喚著，還不如自己將自己買了與楊氏他們把關係扯得清一些。

林氏說這話雖然是以她自己的心在為崔薇好，但她卻沒有想過崔薇要的是不是就是這個，更何況什麼叫有錢便借出來使使，楊氏這樣的人，借出去恐怕就沒有還的了。崔薇寧願將錢撒水裡，還能聽到一個響動聲，給了楊氏，不討好反倒要被罵，是不是所有人都當姑娘真要下賤一些？她來自現代，可跟林氏等人想法不一樣！

雖說剛剛崔薇問林氏話時並不是不滿的模樣，可不知為何，她這樣一問，眾人臉上都是火辣辣的。劉氏樂得看這家人的笑話，而楊氏聽到崔薇反問時，是有些惱羞成怒，不過屋裡坐著這樣多人，她一時間也沒有開口。

崔薇也懶得理他們心中是何想法，直接就道：「我的話只有這一句，若要我出銀子，除非是我自己買下自己，在里正處立個字據，否則我是沒有的。」她話說到這兒，也不想再與這些人多說。

看崔世福硬拉著楊氏等人離開了，林氏臨走時看著崔薇既是嘆氣又是欲言又止的模樣，顯然是還想要勸說她，畢竟在這個世間若是女孩兒像她這樣自立門戶，不只是名聲不好聽，而且往後就算好不容易能嫁了人，可若是沒有娘家支持，也只有被婆家瞧不起的。

注：印子錢，即高利貸。

但林氏不是崔薇，崔薇並不會因為應該嫁人而嫁人，大不了若是找不到合心意的，她也不會因為不容易嫁出去而隨便嫁一個。再不濟，那天聶秋文那小子為了吃的不是也願意娶她嗎？只要兩人搭夥過日子，若是養著一個人能讓自己過得舒心一些，大不了就當花錢買個人當演員就是，有什麼了不起的！

將眾人送走了，崔敬平卻是留了下來，他這會兒本能的察覺到崔薇心情有些不大好，崔世福也怕女兒胡思亂想的，因此也讓兒子留下來與她說說話，崔敬平剛剛欲開口，崔薇便白了他一眼。

「三哥，你可不要替他們說項，要是替他們說好話的，我不留你了！」

「我不是替娘說好話的。」崔敬平搖了搖頭，一把拉了個椅子坐了下去，一邊有些忐忑。「妹妹，如果娘真讓妳出銀子買了妳自己，難道妳就不是我妹妹了嗎？那我……」說到這兒時，崔敬平有些發慌，臉色有些微白，看了崔薇一眼，猶豫了一下，才有些惶恐不安的拉了拉崔薇衣裳。

小孩子是被剛剛大人間的爭吵嚇了一跳，忍到這會兒才問的，崔薇看他有些難受的模樣，想到自己來到崔家的這些時日，雖說楊氏是個重男輕女的，可是崔世福待她卻是真正溫厚。雖然崔家並沒有多少錢，但崔世福依舊是在努力讓她過得好一些，也替她擋了不少風雨。楊氏那個母親她可以不認，但崔世福與崔敬平等卻是真心待她，自然不可能真因為與楊氏分開，就跟崔敬平也斷了關係，最多不過就是給錢買個自由身罷了，哪裡可能真正就跟崔敬平連兄妹都不是了。

「三哥，你放心，你永遠都是我三哥。我只是不想讓娘總將這房子掛在嘴邊，更何況哪日我還真怕她把我賣了，倒不如我自己現在先把自己買了，來得妥當一些。」也不管崔敬平這話聽不聽得懂，崔薇與他說了一遍，心裡卻是明白自己若與崔家真了斷了關係，雖說她不會介意崔敬平再跑她這邊來，不過說不得楊氏心裡反倒是不願兒子與她交往的。猶豫了一下，看崔敬平因自己的話而有些驚喜的臉，到底是將這到嘴邊的話又吞了回去。

崔家的事情不到半日工夫便鬧得整個村子的人都知道了，劉老爺那邊的事情自然也告了吹。楊氏這下子臉可是丟大了，心裡不只是將崔薇恨了個半死，連帶著將王氏也恨上了。那頭夫妻二人回去便賭了氣沒說話，楊氏還忍著想將王氏打一頓的衝動。

第二日天不亮時，崔世福便出了門，想到他昨日說要去找鎮上錢老爺借印子錢的事，楊氏心中也沒底，連忙喚了崔敬懷跟著他出去，務必不能真讓他借了那印子錢，若真沾上印子錢，恐怕崔家便沒個安寧了。

楊氏自己猶豫了一下，又做了好吃的送了二兒子出去。被昨兒一宿沒睡得著、一大早便起身的王氏一番攛掇，這才咬了咬牙，如同下了決心一般，與王氏叮囑了幾句，自個兒便出了院子，去拍開了崔薇的院門。

一大早的便接到楊氏說同意她昨兒賣了自己的話，崔薇猜著她恐怕是背了崔世福過來的，但這事是她自己巴不得達成的，猶豫了一下，便將楊氏讓進了屋中來。

楊氏眼睛通紅，腫得厲害，一面進了屋連看也沒看崔薇一眼便道：「妳這兒錢夠不夠，到時不要說到了里正那邊，又說妳沒銀子反悔了。」上次崔薇將錢袋子遞給她的情景是楊氏親眼看到的，雖然說王氏總提崔薇還有錢，但說到底，楊氏心裡是不信的，畢竟崔家裡一家人拚命的幹活，一年到頭亦不過掙到幾百大錢罷了。崔薇就是再能幹聰明，能掙得出個房子來已經夠讓楊氏意外了，她哪裡會相信崔薇還能再存下幾兩銀子。

要知道自己的公公存了一輩子，再加上林氏自個兒做了大半輩子才不過存了五、六兩銀子而已，她一個小丫頭，有什麼能耐在這麼短時間內便能存到這樣多銀子？不過楊氏這會兒是真急瘋了，二兒子要成婚，不可能永遠與崔敬平擠一個屋，而家裡來錢最快的法子她都想過了，若是讓崔世福真去沾上那印子錢，便是拆了自己這把骨頭賣錢都不一定還得上，她這會兒是到崔薇這兒碰運氣來了。

崔薇見她一進門便提錢的事情，忍不住就彎了彎嘴角，一邊道：「娘放心就是，先立個契約，讓里正也幫著我瞧瞧，晌午後我便去鎮上一趟，找林家先預支二兩銀子。」

「讓妳去給妳二哥說項說項，妳不樂意，如今為了妳自個兒的事，妳倒也是肯跑得很！」略有些憤憤不平的說完這話，楊氏想到當初自己求崔薇時的情景，頓時氣不打一處來，新仇舊恨一起湧上心頭，連忙冷笑了一聲。「要想將妳自個兒買了也成，要我不管妳不再指使妳也可以，不過二兩銀子不成，要三兩銀子！」

楊氏憤怒之下，也不知道為何，總覺得心裡有些發慌，既是難受，又是有些不捨，雖然說她平日偏心了些，不過到底崔薇還是她的女兒，多少說起這些，心裡還是有些不舒坦，若不是為了兒子，恐怕楊氏也不會真如此幹。但事情一關係到崔敬忠，楊氏明知自己對不住女兒，但仍是過來了，只是她心裡難受不舒坦著，卻見崔薇一副無所謂的樣子，頓時令她心中更是不高興。多加了一兩銀子，不知究竟是真為了缺錢，還是為了為難崔薇而已。

到了這樣的地步，見楊氏不顧臉面的又多提了一兩銀子，崔薇雖然現在手裡是拿得出來，不過她也知道若是她答應得痛快了，恐怕楊氏到時要起疑，說不得還要漲價，楊氏為了兒子可以做到什麼地步，她心中是瞭解得很的，因此自然是一口回絕，只說自己沒這樣大的本事。

那頭楊氏原本說到三兩銀子時便有些後悔，可一想到若是自己當真有了三兩銀子，到時不只可以給崔敬忠先起個房子，說不得還能再餘下一些給他備些聘禮。崔薇能借到二兩銀子，便說不得能拿到三兩，因此將心裡最後一絲的不捨拋開，便與崔薇爭辯了起來。

兩人既然都初步達成了要買賣的共識，崔薇又堅持這事要去里正家作主，就算她現在年紀小還立不得女戶，不過總也要有個憑據，以免楊氏以後後悔了又來纏著自己，或是沒錢時便想著要賣了自己。這樣的事一旦有了一回便有第二回，就是一開始還會有些不好意思，可是天長日久之下習慣了，說不得便會將她當成一個搖錢樹般，還是立個契約妥當。

雖然楊氏已經過來找崔薇要錢了，但到底仍是愛面子，嘴上說著雖然願意出去使里正立個字據，不過心裡卻是不肯將這事丟人現眼的鬧到里正處。不過見崔薇堅定，並且說若不同意，便也不肯給錢，楊氏如今著急得狠了，她還惦記著昨兒曹家媒婆說的劉老爺家的女兒，頓時忍耐不住，也只有不情不願地答應了下來。

里正這會兒正在房屋裡頭用著早飯，見到這對母女倆過來，頓時笑呵呵的便將人請了坐下來。待聽到這母女二人說明來意時，這里正一家子頓時都驚呆無語了。

里正家姓羅，跟王氏娘家的大嫂羅氏也多少沾親帶故的有著一點兒關係，都是鄉里鄉親的。這會兒聽到楊氏說要賣女兒，而崔薇是要買了自己，找羅里正做個契約的，羅里正當場頓著許久都沒有回過神來。賣女兒的事情不是沒有，現在哪戶人家嫁女兒不是跟賣女兒似的，不過像這對母女一般，一個要賣自己，一個要買自己的還真是少。羅里正開始聽完還有些不敢置信，不過看崔薇一臉冷靜的樣子，像是壓根兒沒有將這事兒放在心上一般，看起來楊氏反倒是表情複雜得多。

這反正是人家家裡頭的事，這羅里正也懶得去管，雖然說像崔薇這樣年紀小的要買人，尤其是買自己還是頭一回，但這不知名的時空有一點倒是比現代要好得多，自個兒買自個兒只要立個契約再在里正這兒上個條子，往後一起通報上去就是了，也沒人來管她年紀達不達得到。反正像崔薇這樣的小丫頭，到底是屬於崔家一大家子，還是屬於她自個兒，根本沒有人去關心的，最多當她一個無父無母無親族的孤兒收拾罷了。

不過到底是一個鄉里的，羅里正一面拿了契書出來，一面看了崔薇一眼，不由也有些憐惜。「小丫頭，妳可要想清楚了，說不得這身一賣，妳若是想要租種官府的土地，可是該由妳自個兒繳租子的。」

在此時若是自己沒有土地的，一般都是租種朝廷的，只要家裡有多少口人，便可以按人數而向官府申報租地一份，這樣一來便要按人頭繳稅，每租一份便要繳上一份稅，這稅收按種地收入的兩成算，也是一筆不小的開支了。不過朝廷也是規定的，若是中了秀才有功名的人家裡，便不需要上全稅，且若是中了舉人，不只不用繳稅，反倒朝廷每年還要補貼上一些錢，而此時士農工商，商人雖然有錢，但地位低，這也造成了讀書人身分貴重，人人都以讀書為榮的原因之一。

崔薇若是不與崔家一道，她自個兒要是想要養活自己，若請人種地，恐怕也剛好夠養活她自己，可若要除開稅收，恐怕連餬口都有些困難。羅里正也聽說了前些日子崔薇賣野菜掙了些錢的事，也不知道剩了多少，這會兒看楊氏要逼得女兒找人家借銀子，要是林老爺刻薄一些，趁此機會讓崔薇簽了賣身契為奴，楊氏這便是逼著女兒賣身換錢了。羅里正心裡多少也有些同情崔薇，畢竟崔薇沒有妨礙到他什麼利益，因此這會兒便多嘴提點了一句。

「妳年紀小小的，連生活都沒有著落，又去哪兒借銀子，若是找林老爺借，萬一他讓妳簽了賣身契，可不就是從此為奴了嗎？」奴婢在此時是屬於賤籍，往後崔薇一旦入了奴籍，連嫁人都不能嫁良民的。此時有規定，良賤不可通婚，往後世世代代若是沒有主家開恩，恐怕生的孩子都是下人。羅里正當崔薇年紀小不懂這其中的關鍵，因此說了一句，看楊氏撇了撇嘴不以為然的樣子，不由搖了搖頭。

崔薇心下也感激羅里正提點自己這一句，不過她自己如今手裡是有些錢的，只是這話不好與人說，羅里正的好心她自然是不用擔憂的，不過這份心崔薇卻領了，因此衝他點了點頭，一邊說道：「羅大叔，您放心就是，我與那林老爺的管家說好了，他提前給我銀子，我給他多送一段時間菜，我這次再預支一些，往後大不了再多送一段時間就是，他不會逼著我簽了賣身契的。」

見這丫頭年紀雖小，但卻已經打定了主意，這又是旁人家自個兒的事情，人家母女一個願賣一個願買自個兒，羅里正也不好再去多嘴，因此點了點頭，替楊氏母女二人分別寫下了一張契約，又與崔薇另外單獨立了個臨時的門戶，分別讓兩人按手印。

楊氏想也不想，拿拇指沾了印泥便往那黃紙上戳了一下。

崔薇拿起契約來細細打量了片刻，上頭雖然寫的是繁體字，但大概連猜帶矇的崔薇還是能認得出來，大意就是兩家從此各分各的，崔薇另立門戶，不再屬於崔家那一邊；另一張則是楊氏往後除了有個母女的名義外，不得再有對女兒買賣權力的一張契約，這張契約只消崔薇自己收拾好就成，不用上交官府的，因此只得一份。而立門戶的則是共有三張，一張在里正處存檔後發還衙門，而另兩張分別崔家與崔薇自個兒各自撿著。

看著無誤了，崔薇這才拿起紙在上頭印了手印。

里正瞧她看得一本正經的樣子，模樣倒也可愛，忍不住就笑了起來。「妳這丫頭，難不成還能看得懂這些字不成？」

崔薇抿嘴笑了笑，一邊說道：「我就是瞧著好看，也想學一學。」

聽她這樣說著，羅里正也沒有懷疑，與楊氏約好傍晚再來里正家裡一趟，崔薇對羅里正道了聲謝，兩母女出了羅家大門時，便連對方都沒有看一眼，相互各自分頭離開了。

第二十九章

楊氏是越走越不是滋味，忍不住回頭一瞧時，卻見女兒小身影堅定的朝遠處越走越遠，不知為何，楊氏此時心裡一陣劇痛襲來，總覺得自己今日辦了一件大錯事，眼淚不由自主的便湧了出來，只感覺今日要是讓女兒一走，恐怕便再也回不來了，楊氏心裡一痛，連忙就朝遠處大聲喚道：「薇兒！」

聽到楊氏的聲音，像是帶了些痛楚難受一般，崔薇心裡說不出的譏諷來，回頭便看了楊氏一眼，冷冷淡淡的，既沒有難受，也沒有痛楚，臉上神色甚至帶了些輕鬆。

楊氏一看心中頓時愣了一下，接著又覺得這死丫頭太過狠心，也不願意在她這樣的表情下示弱，楊氏勉強狠了心，一邊衝她冷哼道：「晌午後記得將錢帶齊了，否則我可不依的！」

就知道她喚自己也是沒好事的，崔薇面無表情的搖了搖頭，沒有再搭理後頭的楊氏，自個兒轉身便走了。她心裡是替前身有些不值，幸虧真正的崔薇這會兒已經不知去了哪兒，否則知道自己的母親為了三兩銀子便將她賣了，心中恐怕該難受了。這個世道，人命不值錢，幸虧自己手裡還點兒銀子，否則這個坎兒不知要怎麼才能度得過去。就算能靠崔世福將楊氏擺平，可崔世福不是萬能的，更何況他不只是自己一個人的父親，崔二郎也是他兒子，崔佑祖更是他孫子，既然這個父親還算不錯，也乾脆懶得再讓他夾在中間為難。

好不容易在這個世道裡掙出一個自由身來，又有了自己的房子，如今她手中還有些銀子，崔薇心裡不由自主地覺得輕鬆了不少，隨意在外頭找了個地方坐了半日，看著遠處地裡忙來忙去的人們，瞧著時間差不多了，這才轉身又朝小灣村倒了回去。

楊氏這會兒早已經等在了羅里正家裡，估計是怕她反悔了，看到崔薇時她臉上不由自主地露出鬆了口氣的神色，接著又是一陣狂喜，顯然是以為她借到了錢。幸虧中午時沒將楊氏那表情放在心上，否則若自己是原主，真將她的難受當了真，恐怕這會兒難受的便是自己了！

崔薇從懷裡掏出早已經準備好的三兩碎銀子，一面當著羅里正一家人的面交到了楊氏手上，看楊氏迫不及待便要往兜裡裝的樣子，崔薇認真看了她一眼。「娘，這是我買了自個兒的銀子，往後就算是我過的日子再苦，也不會找崔家討一口飯吃，可同樣的，我自己過得是好是歹，也不希望娘再打我的主意。這次我把自己買了，往後便由不得娘作主了，今兒當著羅大叔一家人的面，各位叔伯可幫我作個證了！」崔薇說完，便衝眾人俱都行了一禮。

不知道為何，許多雖然跟過來瞧熱鬧的人見到崔薇這模樣，心下裡也不由自主地對她生出同情之心來。

楊氏手裡握著銀子，只激動得連身子都有些輕飄飄的，雖然有些羞惱崔薇這話，不過一想到手中握著的銀子，頓時也不計較了，連忙就道：「妳這孩子也是了，若當真吃不了飯，難不成我這做娘的還能餓了妳不成，何必說得這樣絕情？」

「不用了，我不吃崔家的飯，也怕吃了一口，往後娘要是沒錢了，或是往後小郎長大了又要花錢，娘要再將我這自己人再賣一次。」

崔薇絲毫沒有給楊氏留下臉面，將話說得絕了，直讓楊氏臉色燙紅，雖然她這次的行為跟賣女兒無異，不過被崔薇這樣當面一說，她卻是有些惱羞成怒，一下子將錢撿好了，對著眾人便道：「好，你們可都幫我作個證，幫我聽聽，這死丫頭說的是她以後活不下去了也不肯吃我崔家飯，若是往後她求著要回來，可不能怪我這當娘的絕情！」楊氏說完，冷哼了一聲，耷拉著臉便氣沖沖地出去了。

崔薇沒有立即就離開，而是從袋子裡又倒了五文錢出來交到羅里正手上，一邊感謝今日幫了自己一個忙，給羅里正錢也是想著以後若是楊氏又纏過來，也想羅里正幫著作個證，撐自己一下。

羅里正剛剛還有些同情崔薇，這會兒見她連錢倒子兒都倒乾淨了，心裡不免更是有些憐惜，連忙擺了擺手要拒絕她的錢，畢竟錢雖然人人都喜歡，可是看她剛剛才將自己賣了三兩銀子，羅里正哪裡還忍心收她銅錢。不過崔薇堅持要給，羅里正一面收下了，一面卻是對崔薇更加同情了起來，連帶著心裡對楊氏便多了幾分惡感。

好不容易花了三兩銀子便恢復了自由身，雖然包裡只剩下五兩多銀子，崔薇卻是覺得渾身上下說不出的輕鬆痛快，可惜今兒沒買些好菜來慶賀一番，只得將就昨兒剩的菜吃了。

而與崔薇的鬆快相較的，卻是楊氏心裡的難受與鬱悶，雖說今日得了三兩銀子，可不知為何，楊氏總覺得心裡像是缺了一塊。女兒再不喜歡，可也是她親生的，如今一旦沒了崔薇，她又開始覺得有些難以忍受，好在摸著包裡那三兩銀子，楊氏才覺得踏實了些。可一想到崔薇能從林老爺處借來三兩銀子，楊氏頓時心裡又不好受了起來。

旁人不知道，其實她自個兒上次在讓崔薇幫忙去找林老爺拿手書時，第二日趕集她自己便提了鴨子去了林府一趟，可惜如崔敬忠所說，人家瞧不上她的鴨子，連門也沒讓她進過，這事實在太丟人了，她瞞著所有的人，也沒讓人知道，否則恐怕崔敬忠心裡還要不痛快，嫌她丟人現眼。這事一直悶在心裡只有自個兒曉得，自己連林家大門都進不去，而那死丫頭卻能進林家不說，還能借到三兩銀子。一想到這些，楊氏原本還覺得有些歉疚的，頓時都化為了氣憤，覺得崔薇既然有這樣大的臉面，連銀子都能借得到，至今卻故意不肯給崔敬忠拿封林老爺的手書，今兒這三兩銀子，也算是她替崔敬忠拿回來的！

這樣一想，楊氏心裡果然便痛快了許多，有了三兩銀子，不只能重建一棟房子給兒子單獨住，還能剩餘一些買點兒布料給兒子做身新衣裳，做套新被子床單，往後成婚時也好給崔敬忠用。楊氏一面暗自盤算著，一面便帶了笑回家，因為包裡有了錢，連帶著看到家中王氏正偷懶時，也沒有再不滿了。

王氏早就得知楊氏今兒是去找崔薇拿錢了，一整天心裡就跟貓抓似的難受，這會兒一看到王氏回來，連忙將兒子往堂屋裡地上一扔，自個兒便連忙迎了出來，有些興奮道：「娘，您拿到錢了？」她一邊說著，一邊目光就在楊氏身上溜溜轉。

楊氏瞪了她一眼，也不肯開口，一面嘴角含了笑意，回了堂屋拉了凳子坐了，一面衝王氏吩咐道：「先給我倒杯水來。」

光是從她這表情，王氏便知道這事情恐怕成了！也不知道楊氏從崔薇那兒拿了多少錢，怕是最少也有一兩銀子了，就算拿半貫錢給崔敬忠當聘禮，可也餘下一半會給自己的。崔敬平現在還小，又用不著什麼錢，那小子又不是個讀書的料，崔家也不可能再供得出一個讀書人來，而自己有兒子，楊氏怎麼著也要惦記孫子的。

一想到這兒，王氏頓時眼睛便亮了起來，頭一回殷勤至極地趕緊出去從廚房裡舀了一碗涼水過來，遞給楊氏三兩口喝了個乾淨了。

楊氏喝了水，愛憐地抱著孫子，一邊與王氏道：「過陣子我去扯些布給小郎做身新衣裳，他也這樣大年紀了，穿的都是人家給的，也可憐了他。」

聽到楊氏這話，王氏臉上笑意更盛，忙將楊氏手中的空碗接過來放到了桌上，一邊湊了過去陪著笑。「娘說的是哪裡話，能生在崔家，不就是他的福氣嘛。娘，四丫頭給了您多少錢啊，夠不夠給二郎辦場婚事的？」王氏當初自個兒不是什麼十里八村出名的勤快人，又長得也不是多好看，王家董氏就算是想將女兒賣個好價錢，也要看她值不值得，因此王氏聘禮大約就只值個七、八百文的樣子，另又給了王家一兩銀子做禮金，這還是看在她是崔家頭一個兒媳婦的分上，在這村裡已經算得上是不錯的了。

王氏也知道楊氏肯定還有錢，存著準備給老二娶媳婦兒的，她心中著實對此不滿，畢竟崔敬忠平日讀書沒少用家裡的銀子，十來年下來恐怕都有好幾兩銀子了，不知當娶了多少媳婦兒。雖說他如今是讀了這樣久時間，但往後能不能有出息還不知道呢，若是楊氏太過偏心，王氏如何肯願意。

「給二郎辦場婚事肯定是夠了。」楊氏滿臉慈愛之色的逗著不停流著口水的崔佑祖，小孩子長得跟母親王氏有些相似，容貌並不如何出色，不過因為這會兒年紀還小，白白胖胖的倒也可愛。再加上這是楊氏頭一個孫子，分量肯定又有不同，只要是自家的，就是癩蝦蟆她瞧著也喜歡。

「我準備著過了這段時間，等稻穀收割了，請人來在咱們家隔壁再起棟房子，起大一些的，我今兒已經與里正提過了，往後啊，二郎那邊的房子就給小郎留著，也好讓咱們小郎以後自個兒單獨住一間。」楊氏一面笑著，一面將自己的打算就這樣說了出來。

王氏開始時聽著還好，也面上帶了笑，甚至聽到要修房子時臉上不由自主的還露出一分笑意來，可誰料聽到後來她就覺得有些不對勁了。楊氏哪來的錢去建房子，家裡日子過得緊巴巴的她又不是不知道，楊氏能存得下一兩銀子給崔敬忠辦婚事便已經是省吃儉用了，建房子起碼要二、三兩銀子，楊氏沒有錢，今兒又去了崔薇那邊，肯定是崔薇給的！

「娘，四丫頭到底給了您多少銀子？」王氏一想到這兒，頓時有些著急了，連忙抓著楊氏又問了一句，楊氏有些不大痛快了，將袖子奪了回來，還沒有開口，王氏頓時又想了起來。「娘，您建房子是給二叔住的？」

楊氏說的將崔敬忠現在住的破房間留給崔佑祖，沒說要讓崔佑祖住新房，豈不是便表明了要讓崔敬忠住新房子的意思？而且崔敬平眼見著也漸漸長大了，楊氏這樣喜歡他，過不了幾年便要給他說親，恐怕崔敬平也不可能與崔佑祖擠一間房的，肯定也是要住新房子去，合著楊氏生了三個兒子，就委屈了老大，而一要建新房子，便要讓兩個小兒子住啊？

一想到這兒，王氏頓時火冒三丈，一下子站起身來就變了臉色。「新房子不給咱們住的？那可不成！」

「有什麼不成的！」楊氏頓時也不痛快了，跟著冷笑了一聲將臉垮了下來。她自個兒的銀子，修了房子願意給誰住就給誰住，自己如今還沒死呢，王氏就想著要作自己家的主，也不瞧瞧她同不同意！一想到這兒，楊氏一下子臉色板得更緊了。

兩婆媳越吵越是火大，若是平常，王氏欺善怕惡又膽小怕事，給楊氏一喝自然便軟了，可如今為的是房子，也是自己往後的根，她要是這一步軟了，往後就只有住舊房子的命！

兩婆媳原本心中都窩著火，這會兒妳一言我一語的自然是越說越是火大，王氏想著楊氏偏心，而楊氏想著自己今日賣了女兒得了些錢，還得受王氏指使，再加上若不是這死媳婦昨日裡故意在眾人面前將這事揭出來，自己今日有現成的房子不說，那劉家小姐也能成自己媳婦兒，而且這三兩銀子便是額外多出來的，還能給二郎置辦一份體面的聘禮，哪裡用得著還在盤算著要怎麼使這些錢？

兩人各自都有氣，越說越是火大，這會兒天氣又熱，這樣說著說著，火氣也跟著越漲越大，最後竟然扭成一團，廝打了起來。

崔世福父子倆回來時，已經是下午時分了。今日一大早的崔世福便要去鎮上找那錢老爺借些銀子使，可誰料最後找了半天，不只沒有等到錢老爺，反倒是被前來找他的兒子阻止。父子兩人扯了一陣，連午飯也沒吃，空著肚子又累又餓還熱的就回來了，一回來便聽到院子裡崔佑祖震天響的哭聲，兩人吃了一驚，也顧不得腹中飢餓難忍，連忙相互對望了一眼，崔世福提了腳步便跑著一把推開了院門。

院子中楊氏已經和王氏扭成一團滾到了院子中，王氏頭髮散亂，嘴裡哭著喊打死人了，一面卻被楊氏壓著坐在了地上，兩條腿不住亂蹬，如被翻了身卻轉不過來的烏龜一般。楊氏抓了她頭髮，左右開弓，十幾耳光下來，直將王氏打得頭昏眼花的。今日楊氏本來就窩了火，再加上她是做慣農活的，力氣不輸男人，王氏平日偷奸耍猾，生完孩子又養尊處優這樣長時間，哪裡會是楊氏對手？楊氏一個打她母親董氏與大嫂羅氏都是不見得會喘氣的，打她一個自然綽綽有餘。

這會兒外頭王氏嚎得震天響，屋裡崔佑祖亦是扯著嗓門哭得厲害，崔敬平早上起來知道事情時便跑了出去，現在還沒回來。崔世福看著眼前的情景，頓時眼前發黑，指著院中扭成一團的兩個女人，震驚得說不出話來。

「妳們，妳們……」崔世福只覺得腦門一陣陣的疼，額頭青筋一陣亂跳，看著眼前的情景，頓時說不出話來。

楊氏一大早起來連飯也沒心思做，更別提去管雞鴨等物，到現在豬還沒餵，在豬圈裡已經躁動不安了起來，不時發出嘶鳴聲。院子中地上全是雞屎，到這個時辰了，太陽正好的時候，可屋裡的玉米卻還未拿出來曬。王氏這人懶得燒蛇吃都不願意剝皮的，楊氏沒做的事情她自然不會做，這會兒兩人滾做一團，身上都帶了些雞屎，神情說不出的狼狽。

到這個時間點了，屋裡還冷冷清清的沒做飯，崔敬平估計是跑崔薇那邊去了。崔世福臉色鐵青，先是示意兒子上前將這兩個女人分開，自己又忙大踏步進了屋裡瞧，看到崔佑祖這會兒流得滿褲襠都是大便，抓得一手都是，哭得臉都脹紅了，剛站在門口一股臭氣就撲面而來，崔世福頓時胸口劇烈起伏。

上前抱了孫子，也顧不得他剛拉出來的穢物會沾到自己身上，瞪著楊氏二人便厲聲罵道：「妳們兩個這是在幹什麼？屋裡怎麼鬧成了這般？」崔世福這會兒殺人的心都有了。

那頭楊氏一見不好，起身時狠狠掐了王氏一把，王氏剛喚了一聲疼，那頭崔敬懷便臉色極為難看地狠狠一腳踹在王氏胸口上，讓她慘叫了一聲仰面便倒了下去，半晌回不過氣來。

「當家的，你怎麼現在才回來。去鎮上可是借到錢了？」楊氏之前拿到錢時的欣喜這會兒已經散了大半，看到崔世福漆黑的臉色，楊氏這才開始有些後怕了起來。她去找崔薇要錢只是一時衝動，又受了王氏在一旁攛掇不說，還怕崔世福真去借印子錢往後崔家翻不了身，才鬧了這樣一齣。可她還沒跟崔世福商量過，這會兒便幹了那樣的事情，若是崔世福知道了，恐怕二人之間縱然感情再好，崔世福也饒不得自己。

一想到這兒，楊氏臉色變了變，看到孫子哭得上氣不接下氣時，連忙就要打了水給他洗，可是她剛剛才回來，王氏又懶得很，廚房裡連火都沒生，到這會兒還沒有熱水，幸虧早晨時放了一桶冷水在外頭，如今被太陽一照，摸上去倒也溫涼涼的。楊氏連忙接過崔佑祖一面替他洗著身子，一面看著王氏漸漸從地上爬起來，崔敬懷又拉了她一耳光打了過去！

「打得好！」楊氏一面給孫子清洗著，一面看了王氏一眼，臉上便露出猙獰之色來。王氏今兒竟然敢以下犯上跟她這婆婆對打，再不修理，恐怕沒有王法了，平日就是崔敬懷打她打得少了，讓王氏現在竟然敢衝自己動手。一想到這些，楊氏便是怒不可遏，指著王氏道：「今兒將這賤人給我捆了送回王家去，反了天了她，竟然敢動手打婆婆，要是王家不給個說法，她也別回來了！」

崔敬懷早忍了王氏多時，今日看到自個兒媳婦竟然跟自己老娘打了起來，他哪裡還忍得住，一面果然便要回屋裡去找了草繩將王氏捆了。

王氏剛被崔敬懷踹了一腳，正正踹在她的胸口上，鑽心的疼，一時間連喘氣都有些費力，可聽到楊氏要送她回娘家的話，頓時又怕又氣，不知從哪兒鑽出來的力氣，「咕咚」一聲，竟然麻利的一下子翻身坐了起來，踢著腳拍著地，指著楊氏便大哭了起來。

「妳這偏心的老東西，崔大不是妳親生的吧，這樣偏了心眼，妳當我是崔薇那好欺負的死丫頭是不是？就算是要給二郎娶妻，也沒有將老大一家逼死的道理！」王氏這會兒也橫了心，她雖然也怕楊氏，但今日跟楊氏打過一場，肯定會被楊氏記恨，倒不如撕破臉鬧了開來，說不得崔世福面上過不去，便要將好處分些給她也說不定。

聽到王氏竟然敢如此罵自己，楊氏險些氣得發了瘋，忍不住便想站起身來。幸虧崔佑祖還在她懷裡頭，縱然再是火大，可楊氏好歹還記得這是自己的長孫子，因此強忍了火氣，一面抱著崔佑祖，一面指著王氏便開罵。「妳這黑了心爛了肺的東西，老娘自己的銀子，想怎麼使便怎麼使，輪得到妳來多說？老大是我兒子，我自然不會虧了他，往後這老房子全是他的，妳要是不滿意，自個兒收拾了東西滾回你們王家去，老娘還不信，離了妳王花，咱們家大郎便討不到媳婦兒了！」

崔世福在一旁聽著什麼銀子什麼偏心的，頓時有些摸不著頭腦。

那頭王氏卻也在氣頭上，聽到楊氏這話便狠狠朝地上吐了口唾沫，見崔敬懷伸手過來要揍她，連忙就朝崔敬懷喊道：「你這傻子，你娘當你是後娘養的，建的新房子給兩個小的，你一輩子就在這崔家做死吧，一分好的也落不到你頭上來，一天到晚就算是做死了也沒人理睬，一個破房子，誰稀罕，我呸，妳這個老東西自個兒留著埋屍吧！」

王氏這會兒也是豁出去了，她不相信自己若是說出了房子的事情，崔敬懷還要跟著楊氏他們站一邊，若到時真是那樣，自己今日發作一回挨了打也是認了，反正楊氏便沒想過要放了自己，剛剛一時氣憤下跟她動了手，那老東西估計不會放過自己。而若是自己跟崔敬懷一條心了，說不得他便會站在自己這邊，好歹能讓楊氏吐出些好處來。

被她這樣惡毒的一罵，不要說楊氏，就連崔世福也氣得渾身發抖。

崔敬懷只覺得一股惡氣自心底湧了上來，令他這會兒眼睛都有些發紅了，看著王氏那目光令人不寒而慄，崔敬懷還沒動手時，崔世福突然間喝了一句——

「且慢！」他這會兒覺出不對勁來，王氏話裡口口聲聲說楊氏不公，又說什麼舊房子新房子的，他們家哪兒來的什麼新房子，莫不是楊氏今兒想了方法去要了崔薇那一棟房屋？雖說昨日裡自己便將話說得清楚了，但楊氏的性格崔世福卻清楚，她是不到黃河心不死的，尤其是這事關係了二郎的往後，她更是不擇手段，恐怕會去做些事情出來，崔世福一想到這兒，臉色登時就變了，瞪著王氏。「什麼舊房子新房子的，妳給我將話說清楚！」

崔世福看著大兒媳婦，這會兒心裡說不出是個什麼滋味，自從王氏過門之後，崔家雖然不是什麼有錢的人家，但崔世福卻自認自己沒有對不起這個兒媳婦過，以前好吃好喝的供著，如今不料竟然供了尊大佛出來，若是早知道王氏是這麼一個德行，當初怎麼也不該向那王家人提親，不只是害了大郎一個人，更是害了自己一家！

想想自王氏進門之後，接連崔家便起了事，楊氏性格雖然不好，但以前總會克制一些，如今有了個孫子，又有王氏挑撥，如同變了一個人般。縱然楊氏自己有錯，不過崔薇搬出去，與王氏不和是最大的原因，想到女兒被她打掉的幾顆牙，崔世福臉色頓時便難看了起來。若不是礙於老大往後還要過日子，他又一向是個厚道人，恐怕這會兒早就開始斥責王氏了。

王氏激憤之下原本脫口而出的話，被崔世福逮到這樣一問，頓時臉色便變了變。

一旁楊氏心裡也是暗暗叫苦，當真是怕什麼就來什麼，她原是想找機會再把這事與崔世福說，到時只要自己將銀子拿出來，不怕崔世福不動心。可誰料王氏這蠢東西，成事不足，卻敗事有餘，三番兩次壞了自己的好事，楊氏心裡氣得不行，恨恨地警告般瞪了王氏一眼。

開始時王氏心中還有些害怕，不過被楊氏這樣一瞪，王氏卻想起了楊氏這偏心的老東西，竟然得了銀子不肯給自己一點兒好處，既然是這樣，那她也不要想得這錢，更不要想將這些錢獨吞了給崔二郎辦親事！

一想到這兒，王氏頓時眼珠子一轉，她是知道崔世福性格的，最是老好不過，又肯維護他那女兒，看得跟眼珠子一樣，也不知崔薇那死丫頭有什麼好的，偏得他這樣維護，不過如今若是自己將楊氏的事情捅了出來，她一準兒吃不了兜著走！王氏一想到這兒，頓時臉上便露出了興奮之色來。她是知道的，崔世福今日早晨天不亮時便出了門，楊氏出去找崔薇，是後來才起的意，他根本不知道的。

王氏心思一定，朝楊氏惡毒的笑了笑，想到她剛剛打自己的行為，頓時便朝崔世福道：「爹，娘手裡有銀子，是賣了四丫頭得來的，娘想用這銀子建新房子給二郎成婚用，一點兒也不肯想著一些大郎和咱們小郎，實在……」

「什麼？」崔世福在聽到王氏說楊氏手裡有錢，而且是賣了崔薇得來的時，頓時腦袋像被人用大錘敲了一下般，霎時就懵住了！

第三十章

崔世福有些吃驚的看著楊氏，半晌說不出話來，耳邊只聽王氏在噼哩啪啦不滿地在說著什麼，心裡只覺得像是有一隻貓爪子在撓心肝一般，疼得厲害，偏偏又止都止不住。他看著楊氏，表情有些發怔，高大的身材晃了晃，險些沒能撐得住，險險扶住了牆壁，這才沒有倒下去。

崔敬懷有些擔憂地看著他一瞬間像是老了十歲不止的樣子，滿臉疲憊之色。想到今日父親出門要借高利貸想給二弟建個房子，到這會兒工夫了，連一口水都未能顧得上喝一口，沒借到錢一路又心急火燎的趕回來，心裡不由就有些酸楚。

楊氏再偏心，也是他的娘，聽到王氏嘴皮子上下碰撞，那尖酸刻薄的話不時便從她嘴裡蹦了出來，看到王氏披頭散髮的樣子，滿臉刻薄，肥壯的身體上沾滿了雞屎，臉上還紅腫帶著血絲，嘴皮破裂，這副模樣竟然如此猙獰討嫌，頓時心裡就生出一股說不出的噁心感來，狠狠一耳光朝王氏抽了過去，厲聲喝道：「妳給我閉嘴！」

王氏被打了，倒在地上只覺得自己牙都鬆了一些，疼得不住吸冷氣，哪裡還能說得出話來。

而楊氏這會兒看著崔世福臉色有些不對勁，頓時也跟著慌了神，不敢開口說話，院子中靜悄悄的，只能聽到豬圈裡豬不停拱圈欄時的響聲。崔佑祖像是察覺到了大人間不對勁的情況，安靜了下來不敢張嘴。楊氏顫巍巍的將手裡的孫子放到一旁的背篼裡，一邊不敢看崔世福的臉色，一邊朝他走了過去。「當家的，你怎麼了？」

崔世福看著楊氏，像是頭一回才認識她一般，臉色有著說不出的失望與難受來，看著楊氏，半晌之後才冷冷地問道：「妳把薇兒賣到哪兒去了？」

楊氏從沒見過他這樣子，頓時嚇了一跳，張了張嘴，還沒開口說話，崔世福臉色一下子變得有些猙獰了起來，捉了楊氏的手臂，厲聲便道：「妳把我女兒賣哪裡去了？妳說！」他說完，狠狠搖了楊氏一下。

估計力道不輕，楊氏臉色一下子便煞白，掙扎了好幾下，可是那手臂被崔世福捉住，便如同陷進了岩石裡般。哪裡是這樣容易便掙脫得開的，她就是用盡了力氣，盛怒之下的崔世福也沒讓她掙脫一分，反倒是楊氏越發用力，崔世福便捉得她越緊。

楊氏原本賣了女兒收了銀子就覺得心裡有些不自在，不過到底是因為有銀子裝在兜兒裡，歡喜總是大過了鬱悶，可這會兒被崔世福當著兒子兒媳的面這樣一問，還這樣大聲的喝她，讓她裡子面子也一下子丟了個乾淨，頓時便跟著惱羞成怒了起來，尖聲叫道：「我沒有賣她！我只是讓她借些銀子出來使使，那死丫頭便自個兒非要立了契約！」

她話音一吼完，崔世福便想到了昨日裡崔薇說過的話，臉色登時大變，楊氏話音剛落，他頓時掄起手掌，狠狠一耳光便朝楊氏腦袋上搧了過去！

「啪」的一聲劇響，楊氏只覺得天旋地轉，頓時雙腿一軟，站立不穩，身子轉了一大圈，「撲通」一聲便倒在了地上。

崔世福雙眼通紅，這個一向溫厚的男人像是一下子受了刺激發了瘋般，沒等楊氏喊叫出聲，表情猙獰又大踏步上前狠狠一腳踢在了楊氏手臂之上，狠狠捉了她頭髮又在楊氏背脊上打了幾下，嘴裡大口喘著粗氣。「老子打死妳！如今崔家好端端的，竟然就讓妳起了這般歹毒的心思，妳到底是不是她親娘？老子今兒打死妳，妳把錢給我交出來！」

院裡兩人看著眼前這一幕，頓時驚呆了，就連剛剛故意陷害楊氏的王氏，頭一回看到這個公公這樣凶狠的一面，都嚇了一跳。楊氏今兒被打得不輕，相比起來，平日崔敬懷打她還算是輕的了。

這會兒崔大郎兩夫妻見楊氏被打，崔敬懷反應過來之後連忙就上前將臉色脹得通紅，脖子額頭都冒出青筋來、顯然氣得不輕的崔世福一把緊緊勒住，一邊道：「爹、爹，您要將娘打死了，有什麼話，好好說就是，您別打了。」

楊氏趴在地上，只覺得半邊臉都麻木了，嘴裡牙齒也鬆動了起來，一股血腥味在口腔裡湧著，不知怎的，就想到以前崔薇在家裡時的情景來。上次被王氏打，看起來她那模樣還嚴重得多，自己如今還沒掉牙都疼得厲害，也不知那時她是個什麼感受了。一想到這些，楊氏眼淚再也忍不住流了出來……

可是就算她心裡隱隱有些悔意，一想到今日崔世福打自己，還有崔敬忠往後的前程，那些後悔一下子便被沖得淡了，轉而生出一股羞惱與憤怒來。她與崔世福成婚好幾十年了，哪怕是平日她性子急了，可是崔世福卻從未動她半根指頭，沒料到此時竟然會當著兒媳的面打自己，往後她這個當人婆婆的，如何還有臉面在王氏面前擺出譜來？

一想到這些，楊氏眼淚流得更凶了些，好不容易爬起身，看著崔世福哽咽道：「姓崔的，我嫁給你幾十年，替你生兒育女，沒料到你今日……」

「不是在妳眼裡女兒家不值錢的嗎？妳自己也是個女人，我現在也瞧不上妳，願意打就打，打夠了我就賣，反正嫁到我崔家，就是我的人，我願意怎麼作弄便怎麼作弄！」崔世福心裡實在是氣得狠了，見到楊氏這會兒還沒個悔意，也不肯將錢交出來，頓時火氣更盛，狠狠說了一句，又有些意興闌珊地擺了擺手。「罷了，妳既然喜歡銀子，便自個兒拿著吧，薇兒那裡的錢，我再想法子。大郎，去給你娘收拾東西，將她送回你外祖家。」

原本以為打了楊氏一回崔世福便消了些氣了，沒料到他竟然此時要將楊氏送回去！幾人頓時都吃了一驚，就連楊氏眼裡都露出驚恐之色，剛剛崔世福那句作踐她的話雖然令她十分傷心又接受不了，不過她也知道那只是崔世福的氣話罷了，等他氣一消，他哪裡會幹得出這樣狼心狗肺的事情來。可楊氏沒料到崔世福打了自己一回，如今竟然還要將自己送回娘家去！有什麼事關上門來鬧一鬧，不過是夫妻間的事情，床頭打架床尾和，可如今崔世福要將她送回娘家去，那便不是普通的小事了。若是崔世福不接自己回來，不准她回屋，難不成她就要在娘家一直住下去，這豈不是變相的要休了她？

楊氏頓時發了慌，連忙便從地上爬起身來，挪了幾步拉著崔世福的身體就慌亂哭道：「當家的，我、我不回去，我只是找薇兒借了些銀子，我是為了二郎啊，我又不是為了自個兒，當家的……」

聽楊氏哭得淒慘，崔世福的臉色有一瞬間的不忍，不過到了這個關頭，楊氏竟然還沒有想著要將崔薇的銀子還回去，也實在是令崔世福傷透了心。手心是肉，手背是肉，若楊氏只是自個兒貪圖好日子便罷了，可偏偏楊氏不為她自個兒，而是為了兒子，這也偏心太過了，既是可憐，又令人可恨。

一想到昨日看到女兒瘦瘦小小的樣子，崔世福剛剛才有些軟下來的心腸頓時又硬了起來，衝崔敬懷道：「還不趕緊去？將你媳婦兒的東西也給收了，讓她自個兒也回去，我就不信了，咱們家裡離了這兩個心眼多的女人便熬不得了！」

一旁王氏身體抖得如同秋風中落葉一般，看楊氏都挨了打，如今她哪裡還敢多嘴去求情，崔世福的性子平日不多言多語的，但一旦作了決定，便輕易休想讓他改變主意！

王氏哭喪著臉，連聲音也不敢喊出來，一邊哆哆嗦嗦的由崔敬懷拉著進屋裡打包了些東西，一把便被推出了崔家門。

楊氏雖然不甘願，但仍是被崔世福給她收拾了東西，要將她趕走。楊氏深恐自己這一去便再也回不來，她也存了個心眼，臨走時死活將崔佑祖抱上了，有了這小東西在手裡，崔世福就算是真恨自己，但他不可能不管孫子，總有一天會去接她的。女兒再重要，可孫子也同樣重要不是？

楊氏這會兒是既恨崔薇，又是有些後悔，不知那死丫頭給崔世福灌了什麼迷魂湯，就讓丈夫護著這女兒了，連兩人幾十年夫妻的情分也不顧了。

一想到這些，楊氏便淚流滿面，今日被打的羞辱，以及心裡的怨恨，令她一出了崔家院門眼淚便忍不住流下來了。楊氏也好強，不肯讓人知道她丟了這樣大的人，因此出了門便低了頭掩著面，路上她抱著崔佑祖，許多在地裡的人還與她打了聲招呼，根本瞧不出楊氏異樣來，只當楊氏是有事出去一趟而已，哪裡會想到楊氏這是剛挨過打，還被逐回娘家去了。

看了看外頭的天色，崔世福心裡毛焦火辣（注）的，楊氏剛剛一走，他便一屁股坐在了地上，抱著腦袋說不出話來。雖說剛剛是打了楊氏，但其實崔世福心裡的難受不知比楊氏的難堪與羞辱重了多少倍，沒本事能讓兒女跟著過好日子就罷了，可還要讓楊氏動心思、想到要靠賣女兒來換兒子的前程，還是讓他心裡跟打翻了五味瓶一般，什麼滋味都有。

崔敬懷這會兒將王氏趕走了，只覺得院子裡說不出的清爽來，雖說有些惦記孩子，但孩子是在楊氏那兒，不會讓他吃了虧，總也能想著法子不讓崔佑祖餓著，比起留在家裡頭自己一個大男人帶說不得還要令人放心一些，因此便也鬆了口氣。看著抱頭痛苦的崔世福，嘆了口氣，一邊也跟著蹲了過來。

「爹，都是我的錯，若不是王花在其中攪事，恐怕娘也不會幹出這樣的事來，我這就去跟小妹賠個不是，那錢，我待這邊稻穀收割後閒了些，出去幫著做些活兒，慢慢攢就是。」

聽到兒子溫厚的話語，崔世福不由抬起一雙通紅的眼珠，看了這個大兒子一眼，卻見他滿臉的憨厚老實，臉上也帶著痛苦，頓時心裡便軟了下來。到底是自己的兒子，其實三個兒子中，唯有老大與崔世福最像，不只是身材樣貌，連這不多言不多語的性格也像，平日裡這孩子也勤勞，懂事了些後就拿了鋤頭跟他下了地，供二弟讀書也沒有怨言，討了王氏做媳婦兒說到底也不是他的錯，誰知道王氏在被娶回家後是這樣一個德行的？

一想到這兒，崔世福長嘆了口氣，忍不住疲憊的拍了拍兒子的肩膀，一邊道：「你別想這樣多，你娘的性格，你也是清楚的，我也曉得委屈了你，要是你二弟是個有出息有良心的，必定就知道你為他做的事情，往後他會記在心裡。你放心，那錢我自會想法子，你且安心留在家裡，王氏再不好，至少看在小郎的面上，你也多忍忍。」雖說這會兒崔世福心裡是將王氏煩透了，不過崔世福卻不忍崔佑祖年紀小小的沒了娘親，因此猶豫了一下，仍是希望家和萬事興，若王氏能改改性子，自然夫妻間是勸和不勸分了。

聽了崔世福這話，崔敬懷倒沒有答話，父子倆沈默了一陣。崔世福這才想起今日被楊氏逼著自個兒遷出了崔家的女兒，連忙站起身來抹了一把臉，深呼了口氣，一邊有些疲憊地道：「我要去瞧瞧薇兒，你這做大哥的也跟我去看看，順便跟她賠個不是吧。」

這話崔敬懷自然是沒有異議的，連忙就點了點頭。父子倆起身將院門鎖了，走到崔薇那

注：毛焦火辣，形容一個人心情極度煩躁，猶如寒毛都被心裡的火給燒焦了，又潑了一盆辣椒水在上面的那種感覺；用於心情狂躁到了極點。

邊時，看到她的院子大門外沒有掛著鎖，反倒是從裡門上了，頓時便知道這丫頭還在屋裡的。崔世福還深怕她一時間想不開，這會兒看到她還在家中，頓時鬆了口氣，拍了拍大門。

崔敬平果然是在崔薇這邊，中午楊氏也沒心思做飯，一直守在里正家，等著崔薇送錢過去，連家都沒回。崔敬平心裡本來敏感，從王氏嘴裡套到話不對勁之後，便朝崔薇這邊跑了過來，也不知道崔薇去了哪兒，他找了一圈，後來在崔薇門口才將人堵著了，午飯便是在這邊吃的。

兩兄妹正說著話，外頭就聽到崔世福兩人敲門的聲音，剛剛隔壁楊氏跟王氏鬧得挺凶的，崔薇也不願意過去瞧見楊氏那張臉，因此也不知道究竟發生了什麼事。這會兒聽到隔壁安靜了下來，外頭崔世福卻過來了，也不知道他是不是想拉著楊氏過來還自己的錢了。

雖說如今崔薇手中剩餘的銀子也不多，不過若是能花些錢與楊氏撇清關係她是樂意的，那銀子她不準備要回來，而這自己臨時自立門戶的契約她也是不準備拿出來的。崔薇心裡打定主意，誰料開了門時便見到屋外只得崔世福父子而已，頓時吃了一驚。

那頭崔敬平比她還要驚訝，連忙道：「爹，娘跟大嫂去哪兒了？」

見到小兒子果然是在這邊，崔世福不由自主地鬆了口氣，一聽到他開口問話，頓時便沒好氣地看了他一眼。「回娘家去了！」崔世福話音一落，接著看到女兒時又換了個面孔，臉上露出幾分溫和之色來，看崔薇側開身子招呼他進去，崔世福也就點了點頭，也喚了崔敬懷一塊兒跟著進來。

見崔薇關了門跟在自己身後，臉上神色就更溫和了些，進了屋裡坐定便道：「薇兒，我知道妳娘今兒做事是傷了妳的心，我已經教訓過她一回，那銀子我定要讓她拿出來，妳……」

「爹！」崔薇聽到崔世福說楊氏與王氏都回了娘家時，頓時有些驚訝，她沒料到崔世福竟然會將兩人趕回娘家去了，一邊心裡是為崔世福的維護感動，一邊卻是認真盯著崔世福，正色道：「爹，今兒這事我不怪娘，真的。」她說完，強調了一下。

崔薇跟楊氏並不是真正意義上的母女，若是楊氏像崔世福一般維護她便也罷，可楊氏壓根兒就沒真將她當成女兒過，反倒把她當作個免費供她使喚的奴隸般，還是可隨她打罵與販賣的。崔薇沒有將楊氏放在心上，對於她的行為自然不會傷心也不會難受，真正的崔薇已經沒了，這幾兩銀子，也只當自己替崔薇買斷了這身體的銀子罷了，能得個自由，擺脫楊氏，這真的不虧。

「我心裡一直怕，怕娘哪日為了錢真將我給賣了，我現在年紀大了，萬一以後二哥或是小郎哪個要用錢的，我也怕娘把我隨便賣給哪個人嫁了。爹，如今能花上幾兩銀子，我把我自個兒買了，以後有什麼事我自己作主，也不用怕哪天娘有事就把我賣了，我也不想要被大嫂盯著，一天到晚算著我值多少錢。」

崔薇真怕崔世福要讓自己毀了那契約，還了自己銀子又讓自己陷入崔家的泥沼裡去。

對於崔世福來說，他這是一片好心，也是在用他自己的方法關心愛護女兒，但他認為的好，不一定是崔薇心裡就想要的。

這會兒楊氏不在身邊，崔世福一向對她又包容，因此崔薇也沒有隱瞞，將自己心裡的真正擔憂說了出來，當然這也是有私心的，她希望能用這種方法讓崔世福心疼她，不要再提讓她回崔家的事情，有時候這樣說，比一味與崔世福解釋來得更有用得多。

聽了崔薇的話，崔世福身子不住顫抖了起來，這個一向沈默寡言不善言辭，平日裡只知道勤扒苦做的老實人這會兒忍不住低垂著頭，心裡沈甸甸的又漲又疼，一句話也說不出來，只沈默不語的聽著崔薇平心靜氣的話。原本是想拿了腰間別著的旱煙袋，習慣性地抽一桿旱煙的，可誰料到他手抖得竟然連腰間那輕飄飄的煙袋子都沒有力氣扯得下來。

「大郎，聽到你妹子說的話了嗎？」崔世福半晌之後，才聲音嘶啞地說了一句。

崔敬懷也是沈默著半晌沒有說話，一臉沈重之色。

雖然崔薇心裡是覺得對崔世福兩人多少有些歉疚，不過她是不想再回到崔家裡頭，也幸虧她說了這話之後，崔世福沒有再提這個事情，只問道：「給妳娘那三兩銀子，我聽說是從那林老爺那兒借的？」

今日楊氏既然知道從崔薇處拿了銀子的事捂不住，崔薇銀子從何處來的，羅里正等人也知道，若崔世福真要問，她也瞞不住。因此崔世福問時楊氏便老老實實的將銀子出處也說了，這也是讓崔世福特別生氣，以至於動手的原因！

逼得女兒沒辦法，為了滿足楊氏，從林老爺那兒借了銀子，就算這不是賣女兒，也與賣女兒無異了。楊氏可是母親，為了崔敬忠幹出這樣的事情來，實在可惡。

崔世福問完這話，也沒要崔薇回答，沈默了半晌，便果斷道：「那羅里正給妳寫的契約，妳自個兒就撿好了。給林老爺說說，若是林老爺急用錢，我便找錢老爺借幾兩銀子先給妳還上，若是林老爺不急著用錢，我跟妳大哥待農忙後拿些東西到鎮上賣了，再去幫著做些活兒，攢著很快就能還完了。」

楊氏手裡的錢連自己打了她，兩人夫妻關係這樣緊張了，她都不願意拿出來，看她是為了兒子吃了秤砣鐵了心，崔世福這會兒倔脾氣也發作了，不問楊氏要錢，乾脆自己來作決定。

到了這個時候，崔世福連房子與銀子都不動心了，崔薇心下也很是感動，哪裡還會有瞞他的意思，再加上崔世福說要借錢老爺的錢來給自己還債，就深怕自己當真一不小心把自己給賣了，這份心意實在讓崔薇心裡軟軟的。那錢老爺昨兒林氏便提過了，是個放印子錢的，開始時崔薇有些不明白印子錢是什麼，不過昨兒崔世福回去與楊氏吵了一架，崔敬平便在家裡頭，見妹妹一問，便與她說了。簡而言之，印子錢便是此時的高利貸，那可是閻王債，不是逼急了，誰肯去碰那東西，若是一旦沾上，便甩也甩不脫了。

這個道理崔世福不可能不知道，這個世道被印子錢逼得賣兒賣女家破人亡的不在少數，可偏偏他為了自己肯去借這東西，崔薇深怕他真去了，到時這東西便如附骨之蛆甩不脫。看了崔敬懷一眼，大哥話雖不多，平日也不像崔敬平跟她關係親厚，不過這個大哥沈默不吭聲的，只是若崔世福說了要護著她，也是站在她這邊的。剛剛崔世福說要讓他幫自己還債，他亦是沒有反對或不滿的樣子，崔薇一想到這兒，便下了決心，哪裡肯真讓崔世福沾了高利貸，她深呼了口氣，看著崔世福——

「爹，其實那不是借的銀子。」崔薇一邊說著，一邊就將自己當時做了帕子得了林老爺歡心，他賞賜了自己五兩銀子說了一遍。「建房時用了些，這回正好就給了娘，我只怕娘再來找我要拿不出來，真要去賣了自個兒，因此才說是找林老爺借的。爹，您不會怪我吧？」崔薇說完，便站起身來，看了崔世福一眼。剩餘的約有五兩銀子，崔薇沒有說，雖說她相信崔世福，可也怕自己手裡有錢的事再起什麼變化，崔世福就算是瞞著楊氏不說，可難保哪一日萬一這事漏了出去，楊氏恐怕還要打自己主意。雖說如今自己暫時立了戶崔薇也不怕她，不過錢不露白，能少幾分麻煩，便也算安穩些。

母女之間竟然耍起了這樣的把戲，不過崔世福聽到這兒卻是鬆了一口氣，他也知道女兒是被逼的，要是不這樣做，說不準楊氏往後一旦沒錢了，真有可能幹出那樣的事。因此點了點頭，臉色頭一回自進屋之後露出笑容來。「妳做得好，往後這事就瞞著妳娘，我跟妳大哥秋後再賣些東西，把銀子給妳湊一湊，妳總要過生活的。」崔世福說完，沒待崔薇回答，便看了崔敬懷一眼，認真叮囑道：「這事你在你娘跟你媳婦兒面前可不能露口風，知道不？」

崔敬懷認真答了，眾人這才各自都吁了一口氣。

崔世福是想著那債不必急著要還了，既然是崔薇的錢，崔世福平日多照應著女兒些就是了，反正有自己吃的餓不著她，也不必去找錢老爺借銀子先抵上，那印子錢其實崔世福心中也犯怵，不過當著兒女的面，不能讓他們看出來罷了。這會兒一旦鬆了口氣，臉上便露出笑容來。

「爹跟大哥還沒吃飯吧？」崔薇想著剛剛崔家那邊鬧的情景，楊氏幾乎是與她同一時間回來的，又跟王氏鬧了一場，哪裡有時間煮飯吃？崔世福父子二人據說早出去了，他們身上是沒有銅錢的，就算是有，恐怕也捨不得在外頭吃，尤其是這樣以為要急著用錢的情況下，崔薇才說這一句話。

她一邊說著，一邊就起身要去給這二人弄些簡單的飯菜，崔世福初時不覺得，被女兒一問才覺得腹中飢餓難忍。不過看她忙碌的樣子，剛想說不用了，便見女兒已經跑出門去，不多時廚房裡便燃起了煙來，顯然崔薇這會兒已經生上了火。

想到自個兒父子二人回了家楊氏婆媳只顧打鬧，而這個小女兒卻知道自己餓了，二話不說就去做吃的，崔世福又感嘆了一回。這樣懂事乖巧的孩子不知道楊氏為什麼就不喜歡，非要鬧到這樣的地步才算了事，也難怪女兒避她如蛇蠍，寧願花錢買個清靜。

崔薇跟崔敬平二人也是沒有吃飯過多久的，這會兒灶裡火苗子都未全熄，只消拍些蒜拿了昨日才從鎮上買的一些蔬菜出來，洗了兩、三下切淨，又拿水洗過一次鍋，放了油加些乾辣椒熗炒，沒兩、三下便把菜起了鍋。昨日留下的肉這會兒已經有些發酸了，她也沒有端上來，幸虧剩得不多，因此也不覺得可惜。雖說炒的都是些青菜，不過如今崔薇炒菜不像以前在崔家要節約著用油，因此聞著也香。飯鍋裡還有一些，她分別舀了兩碗裝上，一邊又洗了鍋重新燒水準備再做一些，崔世福父子是幹農活的，飯量大，再加上餓了，估計這點兒剩的不夠他們吃。

飯菜端上來不過只花了半刻鐘左右的時間，崔世福二人這是真餓了，連忙一個端了飯便扒了起來，趁著這時間崔薇回廚房又給煮了一碗絲瓜湯，拿了之前才熬了油剩下的油渣子放在裡頭一併煮了，那味道噴香！

崔敬平雖然才剛吃過飯，聞著這絲瓜湯的味道也覺得有些受不了，連忙也取了碗過來，喝了一碗湯才重新將碗擱下，一邊捂著肚子坐一旁去了。

好久吃飯沒有這樣舒心了，雖然說老婆兒媳都被趕走了，可在女兒家裡吃這頓飯簡直是比之前在家中吃飯還要舒坦。沒有了王氏尖酸刻薄的話語以及楊氏的冷臉，崔世福父子都感覺到了久違的輕鬆，崔薇讓他們晚上再在這邊吃飯，雖說崔世福不想讓女兒多勞累，不過想到中午在這邊吃飯時歡聲笑語的模樣，他猶豫了一下，也就點頭答應了下來。回頭便讓崔薇去地裡摘些菜回來，又要回屋裡去倒米，崔薇忙將他止住了，只說父女間不消分得這樣清楚，吃頓飯非要還了米與菜，崔世福這才作罷了。

第三十一章

這頭崔家父子倆過得倒是開心，吃完午飯心情輕鬆下地裡幹活去了，而楊氏一把年紀了，在娘家也還算是有臉面，哥嫂再是刻薄，可到底都好幾十歲了，楊氏抱著孫子回去，倒也進了屋。

唯有王氏，灰溜溜地被趕回娘家，可誰料上回因為董氏想要在崔家吃雞蛋的事情，跟楊氏鬧了個不歡而散，這會兒聽到女兒回來要住上幾天，而不是送東西回來的，頓時耷拉下臉來，跟羅氏一併關了門，竟然連屋門也沒讓王氏進。

天大地大，自己如今有婆家有娘家，可惜卻連一處門也踏不得，王氏雖然說之前還瞧不上崔家那破房子，不過這會兒眼見天色漸漸晚了下來，她卻沒地方歇身，頓時也不由有些懷念起崔家的破房子來。眼見天色黑了，她卻沒個地方可回的，肚子餓不說，心裡還害怕，崔家她是回不去的，今兒崔世福鐵了心，連楊氏都趕走了，說不得她這會兒回去不只進不了家門，反倒還要挨上一頓打，因此也不敢回去，娘家則是根本有門卻不朝她開，王氏這會兒忍不住哭了起來，心裡倒是有些後悔自己今日將事情做絕了，不只得罪楊氏，連帶著公公都發了火。她心裡自然是不會怪到自己身上的，不由將一切全部怪到了崔薇身上，嘴裡不住咒罵著，趁著天色還沒有全黑下來，只能有些忐忑的又去鄰村找自己出嫁的妹妹去了。

晚間時崔世福父子過來吃飯還抱了一大捆玉米稈過來，崔世福也怕女兒單獨住自個兒砍不了柴燒，因此特意給她抱了些這東西過來。楊氏二人一走，在崔薇這邊吃飯崔世福又過上了以前回來就有飯吃，不會挨餓的日子，想著今日楊氏便是為了崔敬忠與崔薇鬧起來的，因此也沒說要讓二兒子也過來吃飯的話，反倒是決定等下自己吃了回去給他做些就是，免得這會兒提起來崔薇心裡不舒坦。可誰料他不說，崔薇自己卻是留了些飯菜出來，準備讓崔世福帶回去。

她雖然對崔敬忠無感，不過這卻是為了不讓崔世福為難，因此心裡也並不覺得有多難以忍受。看著天色不早了，這才將吃飽喝足的崔世福父子三人送了出去。

楊氏等人被趕回娘家好幾天，村裡到底還是有些流言蜚語的傳了出來，說楊氏婆媳被打了趕回娘家去了。林氏聽到消息，這才急急忙忙趕到二兒子家，撲了一個空，又往崔薇這邊過來。

崔薇一大早的便被林氏拍開了門，請她進來坐定之後，便聽林氏急忙問道：「薇兒，我聽村裡人說，妳娘回娘家去了？」林氏平日吃住都在崔世財家，平日也不是就閒著養老了，而是也要幫著做些活兒的，最近正是農忙時期，崔世財一家人口不少，向官府租借的土地也不少。不過他們家土地雖然多，能幹活的只得崔世財與他兩個兒子而已，土地比崔世福家裡多，一整天事情也多，忙得不可開交。這幾日林氏在家裡幫著洗衣裳做飯的，再加上流言又是剛傳起來，林氏這會兒才收到消息，便趕過來問了。

一說到二兒子最近的情況，林氏便只覺得頭疼難忍，天天家裡跟唱戲一般的鬧，全與那王氏有關。林氏越想越是氣不打一處來，一坐下來拿了蒲扇便狠狠給自己搖了幾下。

崔薇沒有開口說話，只是沈默著，可是她並未否認便是默認了這件事情，林氏一下子就變了臉色。「怎麼回事，是不是王氏那賤人又鬧什麼么蛾子了？」林氏這會兒提起王氏便不順眼，一想到就氣不打一處來，狠狠便咒罵了幾句，滿臉不快之色。

當日的情景崔薇沒有親眼看到，她自然不會說什麼，只推說讓林氏自個兒去問崔世福就成了，而林氏倒是聽說了一些風言風語，畢竟楊氏與崔薇立契約那陣子村裡好多人都在羅里正那兒瞧到了，紙包不住火，就是那羅里正不說，可別人也會多嘴的。

一想到這兒，林氏心裡對崔薇也有些憐惜，不過若當真是崔薇跟楊氏關係崩了，對她名聲不好聽，往後出嫁也困難，因此林氏猶豫了一下，還是勸崔薇道：「薇兒，話說家和萬事興，我老婆子不是妳二哥那樣的讀書人，這種話我雖然不大會說，但也明白其中的意思。」

她與崔世福的想法差不多，都認為一家和和美美便已經是天大的好事了，自然不希望孫女兒跟楊氏再這樣鬧下去，使得崔世福夫妻也離了心。因此說完一句，看崔薇不開口，想到這個孫女兒一向乖巧懂事，又接著說道：「我知道妳娘是偏心了些，不過天下無不是之父母，妳娘總是生養了妳一場。」

站在林氏的角度上，她說這話原也是沒錯，不過關鍵就在於崔薇並不是楊氏真正生下來的，她有著自己的記憶與前世時的經歷，自然不可能一來便真將楊氏當了自己的母親，就算身體上確實跟楊氏有血緣關係，不過心理上卻怎麼也沒辦法做到。

若楊氏像崔世福一般對她真心關愛便罷了，說不得親情便能好好培養起來，可偏偏楊氏又不是，她是將女兒當成她的私有物了，想怎麼樣就怎麼樣的。而自己不是被打罵販賣毫無怨言的古代女子，自然做不到對楊氏也發自內心的親近，因此林氏勸戒的這幾句話，崔薇自然沒有答應。

看到孫女兒一臉安靜的樣子，林氏心裡是既有些心疼又是有些鬱悶，拿扇子替她搖了幾下，一邊就道：「妳這丫頭也是個倔強的，也不知道性子隨了誰。妳這屋子這樣大，若是讓妳二哥住過來，也少不了妳的，妳二哥給妳討個二嫂，往後不也能照顧妳？妳二哥若是出息了，往後妳嫁了人在娘家有妳二哥扶持著，不也能將腰桿子挺得更直一些？」

林氏又教訓了她幾句，看崔薇沒有應答的樣子，想到事情如今已經是這樣了，這丫頭心裡有怨氣，倔強著不肯鬆嘴。這會兒恐怕也把崔敬忠得罪了，往後兄妹倆的關係還指不定怎麼生疏。楊氏又原本就偏心，往後這個閨女不知如何了，若是之後崔薇名聲壞了嫁不出去，也不知該怎麼辦？就是僥倖嫁出去了，可沒娘家關照著，崔世福就是再心疼她，但沒有一個說得上話的人幫她出頭，恐怕在婆家被欺負了，也是沒法子的事情，吃了虧她就知道自己說對了。

這小丫頭年紀小，經的事不多，想不到這樣長遠，可偏偏楊氏是個大人也要與她賭氣！林氏一想到這些，心裡煩悶不止，又聽說王氏也被趕回娘家去了，便認為這事與王氏有關。

她年紀大了，活不了幾年，兒孫自有兒孫福，她也懶得去管了，最近老大家的心裡怨氣不少，往後她還要靠崔世財幫她送終的，老二家的事情她管不了太多。這回楊氏做得太過，讓她回娘家住住也好，等她回來再說這事吧。

將滿臉愁容的林氏送了出去，崔薇也沒有管這些事情了。

再過兩天就是趕集的日子，她將要送到林府的東西準備好了，一邊看著光禿禿的院子，總覺得現在院裡空蕩蕩的。上次趕集時買回來種下的各種蔬菜到現在還沒有冒出芽來，房子後面倒是修了精美寬敞的豬圈，可是裡頭也沒有餵養這些東西。一來崔薇到這會兒自個兒又沒地，也沒糧食餵這些東西，鄉下裡雖然這幾個月正是打豬草（注）的時節，不過她也懶得去費那功夫，如果是買來餵，就有些得不償失了，倒不如直接買肉吃來得好。

現在她掙錢的方法也不多，統共只得賣些木耳與香蕉等物，上次再送東西過去時，林管事並不像之前一般叮囑她多送一些，想來林家是吃快要吃膩了，得另外再想個法子掙錢才是。崔薇腦子裡閃過好幾個念頭，只是她手中本錢並不多，再加上又沒什麼可靠的關係，自然那些主意也不容易實施，因此一時間也有些為難。

崔敬平與聶秋文等人進山裡去了，這段時間楊氏不在屋裡頭，過得最痛快的就是崔敬平這廝了，他一天到晚的瘋跑也沒人唸他了，回來崔薇這邊又有飯吃，平日不知日子過得多痛快，連帶著聶秋文兩人都跟著成天往山裡跑。崔薇倒是也想去，不過想著聶秋文等人捉蛇捏

注：打豬草，意指弄豬吃的草。

蟲的情況，她又打消了跟著這幾人進山的衝動。

六月的天，孩兒的臉，說變就變，上一刻看著還太陽大得很，不多時天空便打起悶雷來，崔薇趕緊拿了簸箕三兩下便將曬得乾硬的木耳往裡頭一裝，剛跑進屋裡，那雨嘩啦啦地便流了下來。外間不時傳來有人呼喊著收東西的聲音，崔薇想著這會兒崔家壩子裡還曬著玉米，恐怕現在收來不及了，楊氏二人又還沒回來，恐怕崔世福父子兩人忙不過來，連忙朝崔家跑了過去。還沒到門口，遠遠的就瞧著崔世福父子二人慌慌張張地回來了。

玉米剛曬乾一會兒，若是現在被淋濕了，往後一捂了容易長芽不說，且要發黴壞掉，一整年的玉米收成便全毀了。這對一個農家的人來說可是一個重大的打擊，要是沒了玉米，豬一年便沒了吃的，到時才是真正的困難。

崔世福這會兒都要急瘋了，家裡過得這樣窮，若是再沒了豬，過年就不知道賣什麼了。他這會兒也顧不上與女兒多說，連忙打開門，幸虧這會兒雨才剛下不久，只是收已經來不及了，崔世福只有從屋裡取了一大塊厚重的油紙包出來，幾人合力攤開了蓋在玉米上頭，四周分別拿石頭壓了，又將一些零碎的東西收好，眾人這才鬆了口氣。

下雨的原因，四周裡原本各自找吃的放著的雞也跟著轉悠了回來，崔薇忙完了這一切，看崔世福二人渾身都濕淋淋的樣子，給他們燒了鍋水，讓他們自個兒洗澡換衣裳，自己也沒有再多加耽擱。穿著一身濕衣裳就怕感冒，在這個缺醫少藥的年代，若是一旦得了風寒可不是鬧著好玩的。

剛洗了澡換了身衣裳，崔薇便想起了山裡的崔敬平幾人，心下正有些擔憂，那外頭便已經有人敲起門來。

「有人沒有？崔家丫頭，我家二郎可是在妳這兒了？」聽得出是孫氏的聲音，崔薇擰了把頭髮，一邊拿帕子擦了擦，也顧不上找東西綰起來，連忙拿了把傘便去開了門。

門外孫氏渾身濕淋淋的，頭髮亂糟糟的貼在她臉上，一邊看到崔薇，愣了一下，接著眼中閃過一絲挑剔之色，這才探過身子往屋裡頭瞧。「崔家丫頭，我們二郎可是在妳這兒？」

聶秋染也做過這樣的舉動，可明明是母子，孫氏做來卻令崔薇忍不住就皺了下眉頭，一邊不自覺地將門關上了一些，皺了眉頭看著孫氏道：「聶伯娘，聶二哥不在我這兒，您要找他，恐怕得去別處了。」

外頭還電閃雷鳴的，一聽到兒子不在這邊，孫氏頓時有些著急了，連忙大聲道：「我兒子去哪兒了？不在妳這兒還能在哪兒？」孫氏表情有些凶狠，就差沒有伸手過來捉崔薇了。

崔薇冷不防退了一步，讓孫氏手捉了個空，一邊冷笑了一聲。「聶伯娘這話說得有些奇怪，我又不是妳家請的下人，聶二哥比我還大一些，他要去哪兒，我怎麼管得著？」

原本著急得上火的孫氏一聽到這話頓時臉色大變，表情一下子變得猙獰了起來，指著崔薇厲聲道：「我兒子是跟崔三郎那傢伙一塊兒出去的，我不找妳要人，我找誰要？平日裡妳這死丫頭有法子勾得我家二郎不回去，現在妳竟然跟我說他人不見了，我跟妳說，二郎今日要是有什麼意外，我要妳填命！」

孫氏這會兒也顧不上再與崔薇裝模作樣了，兒子不見了，她心裡本來就著急，再加上看崔薇不順眼，這會兒看她不慌不忙的竟然連澡都洗過的樣子，而自己急得四處腳沒停歇到處找，兩相比較之下更是氣得暴跳。

崔薇是早瞧不慣孫氏了，她家聶二在自己這兒吃飯時她倒不著急了，如今竟然倒打一耙想將事情賴她身上。崔薇冷笑了一聲，也沒被她氣勢嚇到，反倒聲音比她更大。「聶伯娘不說這話還好，一說這話我倒是要問您一聲了，我家三哥跟著聶二郎一塊兒出去的，他年紀比聶二還要小，如今聶二郎把他拐哪兒去了？」崔薇喝了孫氏一句，身體也往前走了一步。

孫氏被她這樣一喊，頓時嚇了一跳，又想到自家那小子雖然調皮搗蛋，平日看著跟沒長醒，像夢蟲一般，不過確實是比崔敬平還要大幾個月，她本來是個潑辣不講理的，可不知為何，此時被崔薇一喝，反倒心裡犯了怵，下意識地就退了一步。

「我三哥去哪兒了？要是今兒聶伯娘不將人給我交出來，我三哥就是我娘的眼珠子，出了什麼事，我娘找妳賠命！」

孫氏看她人小氣勢卻不小，頓時心裡犯起怵來，聶二是她心肝，碰都碰不得一下的，可是同樣崔敬平那傢伙也是楊氏的眼睛珠子，也不讓人摸的。如今這幾個傢伙膽大包天不見了，孫氏心裡既擔憂兒子，又怕崔家人真來找自己鬧，頓時便害怕了，連忙後退了幾步，目光躲閃道：「妳這死丫頭牙尖嘴利的，我不跟妳說了，我找我家二郎去！」說完，便灰溜溜地跑了。

孫氏這人欺軟怕硬的，崔薇冷笑了一聲，撇了撇嘴，頓時轉身關了門進屋去了。解決一個孫氏對她來說根本不費吹灰之力，不過崔敬平這傢伙進山現在還沒回來，如今又下著這樣大的雨，山裡可是有猛獸的，她心中也擔心，顧不得自己剛剛還洗過澡，準備再出門去喚崔世福父子二人。可還沒出了門，遠遠的就看到大山邊幾個小孩子的身影朝這邊跑了過來，瞧著正是三人。崔薇心裡鬆了口氣，也不準備鎖門了，剛將門推開，那幾個淋著雨的孩子就朝這邊衝了過來，一人背上揹了不少東西，滿身都濕透了。

「妹妹！」那頭崔敬平還衝她招了招手。

崔薇看幾人淋著雨的樣子，連忙將門又重新打了開來，幾個孩子腳上沾滿了濕泥，打著一雙赤水腳，鞋子不知扔哪兒去了，頭上一個頂了一張芋頭葉。崔薇想到剛剛孫氏過來找兒子的情景，冷哼了一聲，看聶秋文幾人都想往自己家裡鑽，連忙往中間一站，大聲道：「先不准進，把腳上的泥弄乾淨再說！」幾人一聽這話，在門口前都停了下來，幸虧院門口頭頂上還有一大塊弄了頂，站在下頭有個擋雨的地方。幾人站了過來，一邊都將腳使勁往草上蹭，將泥蹭乾淨了，才又要進去。

崔薇忙道：「聶二哥，你娘剛剛才過來找過你，這會兒你還不回去了？」

聶秋文本能的就搖了搖頭。「我娘過來，又不是我爹，我才不怕。」

只是他不怕，崔薇卻不想麻煩，硬是不准他進屋，非要讓他先回頭與孫氏說一聲再講。

聶秋文有些無奈，鬱悶地只得將背篼擱了下來，也不顧外頭的雨，飛快地朝自己家方向跑去了。

「進山裡採了些什麼，這樣久的時間才出來，三哥，你再不回來，我可要去跟爹說，一塊兒出去找你了。」崔薇一邊嘴裡唸叨著，一邊又推開門讓這兩人進來，王寶學的家人這會兒還沒有找過來，再加上王寶學的娘劉氏並不像孫氏一般，因此崔薇這會兒就沒趕他離開，兩個小傢伙分別揹了滿背篼的東西進去了。

崔敬平頭上濕淋淋的，一邊伸手擰了一把衣角，一邊指著背篼裡有些興奮道：「妹妹，我這回採了不少木耳，還找了些銀耳。」一邊說著，一邊崔敬平便在背篼裡翻來撿去。

崔薇蹲過去瞧，果然看到裡頭好多東西，令她驚喜的不只是有銀耳而已，裡頭還有一大個蜜蜂巢！裡頭沒有蜜蜂，但是裡面卻有不少的蜂蜜，流了一些進崔敬平的背篼裡，沾到了銀耳上頭，黃澄澄的，瞧著分外喜人，還沒有靠近，一股蜂蜜的香味便傳了過來。

「這蜂蜜可甜了，來，妳嚐嚐。」崔敬平一邊說著，一邊伸手掏了一些流出來的蜂蜜便要去餵崔薇。

他的背篼用芋頭葉蓋得嚴嚴實實，倒也沒有雨水漏進去，除了木耳與一些銀耳外，崔薇竟然還罕見的在裡頭找到了些野葡萄與野桃等，另外還有一株看起來像是靈芝的東西！這幾個傢伙究竟進了那山裡多深，連這些東西都找到了，崔薇臉色有些不好看，那頭崔敬平卻興沖沖地說著自己幾個掏蜂窩的壯舉，聽得崔薇眼皮不住亂跳，末了崔敬平還道：「妹妹，這背簍裡的東西全給妳，妳下回拿去賣！」

崔敬平一邊興奮異常，那頭王寶學翻了個白眼，但也跟著點頭。雖然說崔敬平這樣搶眾人勞動成果令他有些敢怒不敢言，不過好歹王寶學在崔薇這兒吃過幾回飯，再加上自己進山玩得高興了，這些東西不過是順便而已，反正家裡老娘不知道，正好用來送給崔薇，說不得晚飯還能留下來再蹭一頓。

顧不上與這兩人說話，崔薇從背簍裡翻揀了好一陣子，裡頭雜七雜八的東西不少，除了聶秋文背簍裡那一大堆香蕉之外，還有一些山裡長的不知名小果子，以及大部分都是些木耳跟銀耳。

木耳在這個時候不出名，不過銀耳卻是少有人不知道的，富貴人家裡都愛吃這個，不過野生的並不多，因此價格也稍貴一些，大山周圍都被人採得差不多了。如今這幾人竟然弄了這麼兩大背簍回來，雖然混雜在一些木耳中，不過加在一起恐怕不下於二、三十斤了，曬乾了也不少，不知他們是進了山裡多深，這幾人膽子也太大了些。

「你們膽子太大了，萬一遇著危險怎麼辦？」崔薇臉色板了起來，沒有像平日楊氏著急時操著棍子的模樣，不過瞧著也嚇人。

崔敬平縮了縮肩膀，乾笑了兩聲，也不敢回嘴，只可憐兮兮地討饒。他是慣於用這招對付楊氏的，一見他這模樣楊氏自然是捨不得打他的，崔薇也知道他是為了自己，更是不會罵他，又唸了他幾句，連忙自個兒去廚房裡生火準備燒水，讓崔敬平回頭拿衣裳洗澡去了。

王寶學現在不想回去，乾脆也跟著崔敬平去了崔家，多拿了一套崔敬平的衣裳，將就在崔薇這兒梳洗過換了身衣裳。小孩子頭一回在別人家裡作客洗澡，激動得跟什麼似的，平日王寶學一聲不響的小大人模樣，可這會兒跟崔敬平一塊兒換了衣裳洗過澡，坐在屋裡剝著花生、瓜子，看崔薇整理著背篼，那情景不知有多愜意了。

聶秋文淋得滿身濕過來時，就看到這樣的情景，聽到王寶學在這邊洗過澡了，頓時嫉妒得眼珠子都發紅了。他回去便被孫氏抓著唸了一通，既說崔薇不是個好的，又讓他自個兒注意一些。

自從村裡人知道這房子是崔薇自個兒的嫁妝之後，許多人便動了心，原本還以為崔薇配不上自己小兒子的孫氏這會兒都變了主意。以往若有人說聶秋文跟崔薇年齡相仿孫氏要發火，可如今旁人這樣一說，她也不多嘴了，反正這事又不是男孩子吃虧，往後若是自己的小兒子出息了，不要這崔薇，壞了名聲的不是自己家；而自己的小兒子若是沒有出息，能娶了崔薇有這樣一個房子也不錯！

而孫氏心裡這些彎彎繞繞聶秋文哪裡清楚，他這會兒只知道玩，根本不耐煩聽孫氏這些，找了個空子便溜了出來。這會兒回來看到自己滿身濕淋淋的樣子，而崔三兒跟猴子二人舒服安逸的模樣，頓時一屁股坐在客廳的門檻前，板著臉不說話了。

崔薇也懶得理他，最近孫氏的改變她又不是不知道，對自己時一副高高在上的模樣，還真當自己是嫁不出去只有賴她家聶二了，懶得理她！

晚飯時是去地裡摘了個鮮嫩的南瓜回來炒的南瓜絲，又配了幾樣青菜，今兒聶秋文幾人賴著沒有回去，看在他們剛給自己摘了一大堆木耳的分上，崔薇也沒有真讓他們自個兒回家去吃飯。

等著崔世福父子過來吃完飯時，外頭的雨漸漸地便停了下來，第二日要趕集，崔薇略收拾了一下崔敬平幾人採回來的東西，自個兒點著燈將那罐子蜂蜜取了出來，一時間也找不到東西來將這蜂蜜裝好，乾脆便拿了一個陶盆將這蜂巢蓋在了裡頭，一面放進洗淨的鍋裡牢實放好了，就怕味道傳出去引了螞蟻爬過來。

第二日天不亮時，崔薇先起來將東西收拾了，那頭崔敬平已經等在了家門口外，崔薇出來時會路過崔家這邊，他一看到妹妹過來時，一下子就跳了起來，將崔薇背上的背簍接了過去。

這會兒崔家裡已經點上了燈，門口大開著，崔世福的身影從廚房裡站了出來，看到崔薇時與她笑著招手道：「薇兒，吃過早飯沒有？爹煮了些粥，不如吃了再去鎮上吧。」最近楊氏不在家裡頭，平日雖然中午與晚上崔世福父子可以在崔薇那邊吃，不過崔敬忠總要有人給他做飯，崔世福便又當爹來又當娘，早上天不亮起身就要給他做飯。今日趕集屋裡是沒人看家的，反正也沒什麼好賣的，崔世福父子也不去，留下來正好可以將家裡看著，免得家裡幾隻雞被人捉了去。

崔薇搖了搖頭，看了看外面的天色不早了，與崔敬平一塊兒便上了路，又一路喚了聶秋文二人一塊兒出去了。不知是不是昨日下過雨的原因，早晨時天色有些涼颼颼的，霧氣也重。幾人到了鎮上時天色已經大亮了，這一路走得幾個孩子滿身大汗，頭髮絲都被霧水沁濕了。

到了集市眾人照例各分各的，約好了碰頭地點，崔薇兄妹便先去林老爺府上將東西交給了林管事，令崔薇有些驚喜的是，那林管事竟然又給了她十丈緞子，說夫人讓她再幫著做幾套荷包帕子等物。

崔薇這些天來做了幾回針線，手藝倒是嫻熟了不少，她也知道這林家夫人喜歡她做的東西，手藝精湛與否恐怕在其次，應該是這些人頭一回見到一整套同樣圖案的東西有些新奇罷了。畢竟崔薇畫出來的東西都是她自個兒弄出來的圖樣，是此時還沒有的，若是圖樣她不交出來，恐怕就算林夫人等照著描，也不是那麼三兩下便能弄得好的。

林管事的從懷裡拿了一個荷包遞到崔薇手上，這荷包與崔薇自個兒做的荷包樣式不同，上面繡了幾個精緻的蘭草，雖然並不如何可愛，不過卻是勝在多了幾分古香古色，而且最重要的是這荷包面料極好，那料子摸著便跟上回林夫人給她的緞子差不多。崔薇捏了捏，裡頭竟然恐怕裝了有五兩銀子，頓時便吃了一驚！

雖說林家出手大方，頭一回她送東西給林夫人時便得了這些賞賜，不過那是圖個新鮮，這都已經是做第二次了，就是自己有獨門手藝，最多給個幾百錢便已經是了不得的工錢了，如何會給這樣多銀子？崔薇抬頭看了林管事一眼，還沒張嘴，便見林管事衝她點了點頭。

「小丫頭，妳最近送來的東西夫人很喜歡，這是賞妳的。那緞子妳做了夫人是準備用來送給京中貴人的，妳也別多問，反倒多用心一些，若是做得好了，夫人指不定另有賞賜，以後那些木耳菜便不用送來了，若要再送時，我以後會與妳說的。」

果然他們是有些吃膩了，崔薇點了點頭，心裡忍不住有些欣喜。她剛給了楊氏三兩銀子「贖身」，如今沒料到林管事又給了自己這樣一個驚喜，頓時臉上便有些忍不住，一面乖巧道：「我知道了，不過林大叔，這木耳雖然說涼拌的夫人恐怕吃多了，不如下次我給大叔送些曬乾的，您泡一泡，不拘用來燉在湯裡還是用來炒了也都好吃，便當作是我送給夫人嚐個鮮了。」

她這樣上道，也沒有露出忐忑不安的神色追問長短的，那林管事臉上便不由自主地露出溫和的笑容來。一面令人將包好的緞子布又送了過來，交給崔薇看她裝進背簍裡，一邊就道：「這些餘下的緞子依舊是賞妳的，不過妳要仔細一些，務必做得精緻一點，若是做得好了，夫人不會忘了妳的好處。」

這話已經是林管事說第二次了，崔薇自然也更放在心上，知道他是好心提醒自己，便又保證似的點了點頭。之前崔薇自個兒買了些緞子做了些女裝荷包等物送給林管事做謝禮，估計林管事心中也領情，因此這才會多嘴叮囑她幾句，崔薇謝過林管事後，這才拉著崔敬平出了林家。

第三十二章

如今手裡又有了些錢，崔薇也多少鬆了一口氣，雖然一時間還沒有想清楚往後的路該怎麼走，不過目前看來多了這五兩銀子卻是給崔薇帶來了不少安定感。

拉著崔敬平在集市裡逛了逛，陪著他看了一陣雜耍，又四處轉了轉，原本崔薇是想要買些雞鴨的，如今屋裡冷冷清清的，養幾隻雞鴨，以後養大了自己吃也不錯。誰料拉著崔敬平走到賣牲口的地方時，崔薇竟然有些驚喜的看到有人牽著一隻羊站在一群賣雞鴨的人站的地方。

那羊渾身毛髮漆黑，嘴裡「咩咩」的叫著，下腹處一排乳房脹鼓鼓的，不時滴出些乳白色的汁液來，而肚腹卻是癟了下去，看樣子是一頭剛生產過的母羊。在此時養羊的人並不多，這羊肉有很大的氣味，許多人不愛吃，再者這羊最多一隻便能長到八、九十來斤，賣又賣不了多少錢，還不如養頭豬來得划算。

小灣村裡頭崔薇就沒有看到有人養羊的，沒料到這兒竟然有人牽了一隻過來賣。崔薇一看到那羊奶時，頓時便有些走不動路了，她如今正是長身體的時候，若是能有些羊奶喝，往後也好長得高一些，再者這羊奶可是個好東西，比牛奶還要好一些。羊奶的味道雖然不太好喝，不過崔薇有法子能將這膻腥味去了，因此自然便看著這頭母羊心動了起來。若是能將這頭羊買下來，自己時常喝一些，餘下就是喝不完的，也可以用來洗臉或者是做其他的。

幾乎沒有猶豫的，崔薇便拉著崔敬平朝這賣羊的人走了過去。

那羊身上被拴著繩索，一邊嘴裡「咩咩」的叫著，四蹄往後頭退了幾步，賣羊的是個約四十來歲的中年男子，看到崔薇過來時忙喝斥了羊一句。看了崔薇一眼，見她與崔敬平只是兩個小孩子，臉上便露出失望之色來，只當他們是小孩子好奇，看到羊了想過來摸一摸而已，頓時也沒理睬他們，不過看到崔薇將手放在羊的頭上摸時，也沒有喝斥。

「大叔，您這羊要怎麼賣？」崔薇摸了那羊幾下，這隻黑羊顫抖了幾下，便溫順地屈了前面兩條蹄子，慢慢地趴了下去。崔薇看牠腹部不住顫動，那雪白的奶汁浸出來在羊毛上顯得特別分明，恐怕這羊剛生產過沒多久，她越發堅定了想要將這隻羊買下來的決心，又摸了羊幾下，這才抬頭看了中年人一眼。

「小丫頭，妳是問著玩耍的，還是真要買啊？如果要買，妳出三百文算了！」那中年人懶洋洋地看了崔薇一眼，顯然心裡沒真認為崔薇能買自己的羊的。來這兒趕集的除了一些有錢老爺之外，幾乎都是些鄉下的人，崔薇身上穿的衣裳雖然沒有打著補丁，不過也不是什麼好的料子，那中年人自然以為她買不上，伸腳踢了踢腳邊趴著的羊，看著崔薇便笑了起來。

崔薇還沒有開口，旁邊一個賣雞蛋的婦人頓時便撇了撇嘴。「你也別因為人家是個小姑娘便胡亂欺負人，你這羊剛生產過，還想賣三百文，連小孩子也哄，也實在太過缺德了吧！」這婦人聲音不小，她話音剛落，那中年人臉色頓時便脹得通紅。

周圍賣東西的人見這會兒沒什麼人過來買東西，都探了頭過來瞧，你一言我一語地指著這中年人便道：「剛生過的母羊吃不得的，買了也是白搭，還得花費精力養著，再過段時間說不得又要瘦一些，我瞧著你這羊恐怕有六十來斤，再過段時日，恐怕還要瘦些，到時連兩百文都賣不上，竟然一張嘴就要人家給三百文。」

此時鄉下的人講究，一般剛孵過蛋的母雞是不能殺來吃的，而且一些母豬肉許多人都不肯吃，更別提這明顯就是才剛生產過的母羊了。許多人對這中年人胡說八道的做法都感到不滿，反正現在沒事，個個都衝著賣羊的中年人指責了起來。

那中年人有些羞惱，但想來自己也是知道這些原因，臉色脹得通紅，一邊咬了咬牙，看了崔薇一眼道：「小姑娘，妳要是真想要，給我一百五十文就是。這樣大一頭羊，就算是妳再牽回去養幾個月，等牠斷了奶再吃，最多也就瘦個幾斤，不過也是費些功夫而已，我算妳一百五十文，不會虧了妳，不能再少了！」

這中年人說了一百五十文的話，不少人便都搖起頭來，崔薇手裡除了兩錠五兩的銀子之外，剩餘的倒是還有個四百多文的散碎銅錢，一聽到這樣一隻母羊只要一百五十文，頓時心中便是一喜。鄉下的人認為不能吃剛生產過的母羊，買了也不划算，可她買羊來根本不是為吃的，反倒為的就是羊的奶，自然認為現在買最划算，若是這羊不是正產奶的時期，恐怕一百文她也不會買。

不過雖然崔薇心裡同意了，但表面上卻是露出猶豫之色來，她知道自己年紀小，若是一口答應一百五十文太過爽快了反倒讓人懷疑，因此只裝作自己很喜歡這隻羊般，與那中年人討價還價好半天，最後花了一百三十五文的價格將這隻羊買了下來。

崔敬平一見崔薇付了錢，馬上便從中年人手裡接過羊的繩索，這羊目光清澈，崔敬平隨手從一旁扯了些野草遞到牠嘴邊，牠也張嘴嚼了，看起來也不像病羊的樣子。

中年人一邊面露喜色扯了腰間的稻草出來穿銅錢，一邊看到崔敬平的動作就衝他笑。「我這羊好得很，不過剛下了小羊，沒精力侍候牠，所以才賣的，保證沒病，都是一個地方的人，我還不至於整你們。」那中年人原本沒指望能將羊賣出去，這會兒不只將羊賣了，而且還賣了一百三十文，頓時頗有些喜出望外，跟崔薇兄妹多說了幾句，自個兒這才撿了東西離開了。

買了這樣一頭羊，賣的人歡喜，崔薇買得也高興，崔敬平更是興奮，他一拉羊，那羊便溫順地跟著他走，別提讓他有多驚喜了，一路笑呵呵的，不時拉著羊走兩步退一步，玩得不亦樂乎。

原本是還想要買幾對雞鴨的，不過今日崔薇又沒帶能裝小雞小鴨的東西，因此瞧了瞧那些黃澄澄的小東西，最後也只有作罷了，決定下次帶個東西出來再買。

逛了半天，又在集市上買了些菜，崔薇瞧著鎮上賣雞蛋的人不少，這可是正宗的土雞蛋，她如今自個兒沒養雞，包裡又不缺錢，自然沒必要委屈了自己，因此又買了幾十個雞蛋，一併小心地裝在背簍裡。看崔敬平一臉饞樣，崔薇買了些糖果與瓜子花生等物，又去割了兩斤肉，想著家中放的蜂巢，連忙又買了個大的陶罐，將肉放在背篼下頭，拿菜葉子遮了，兄妹二人這才朝與聶秋文等人約好的地方趕了過去。

這會兒時間已經不早了，崔敬平牽了這樣一隻羊，連鎮上玩雜耍的人也不想去看了。崔薇遠遠的就看到聶秋文二人正蹲在陳家麵館前頭左右觀望著，這兩個小孩子手裡沒錢，去鎮上最多瞧些新奇熱鬧，自個兒買不了，自然也沒什麼耍事，新鮮勁一退，便已經到這兒等著了。

看到崔薇兄妹過來時，聶秋文眼睛一亮，連忙就跳了起來朝這邊奔過來，看到崔敬平手裡牽著的羊，他簡直是比崔敬平還要興奮的樣子，不時伸手掏掏羊的耳朵，一面拽拽人家的鬍子，直將一隻羊拉得不住叫，四隻蹄子都倒退著想往後跑。

這可是崔薇買來擠奶喝的，可不是給聶秋文玩的，崔薇忙擋在了羊面前。如今她已經隱隱是幾個孩子中的領導者，畢竟她手裡有錢了，聶秋文幾人又時常在她那兒賴著不走混吃騙喝的，自然對上她便沒什麼底氣，聶秋文也不可能對她像對自己的兩個姊姊一般，動不動甩臉子不高興還要伸手打人。

這會兒看崔薇一站出來，聶秋文雖然仍好奇，不過也沒有伸手去弄羊了，反倒眼珠子轉了轉，一邊就好奇道：「崔妹妹，這羊買來是不是吃的？」他一邊說著，一邊口水險些流了出來。

崔薇搖了搖頭，也不跟他解釋。

聶秋文看她這樣子，心裡失望之下，反正又聽她說不是用來吃的，自然不再多問。

太陽漸漸出來了，幾個孩子也不敢再耽擱下去，若是等下太陽出來才趕路，恐怕真要受些罪了。幾人剛出了鎮子，路上人就漸漸少了起來，周圍雖然仍有揹了背篼回去的人，但崔薇幾個孩子卻極為惹人注目，聶秋文如今對崔敬平手裡牽的羊感到好奇，不時便與他輪換著牽一下。幾人剛踏出鎮子的大路外，一邁上小路，便立即被一群早已經等在這兒許久的人給攔了下來。

有老有少的人群中，楊氏揹著一大包東西，手裡抱著崔佑祖，看著兒女跟聶家與王家那小子有說有笑地朝這邊走，頓時便氣不打一處來。她這些日子回了娘家吃不下睡不香的，可誰料崔薇這死丫頭如今瞧來竟然跟沒事人一般，心裡一股無名火一下子便竄了起來。

楊氏當日被崔世福打了一回，心裡的羞辱現在想起來還覺得不能忍受，這可是兩人成婚幾十年以來，崔世福頭一回衝她動手，並將她趕回了娘家。楊氏當時心裡含著怨氣，抱著孫子走了，原本以為崔世福會叫自己回去的，誰料這都過了七、八日了，崔家那邊卻根本沒有動靜。

她已經是出嫁的人了，一回娘家住上個兩、三日倒還成，時間久了就是老娘嘴裡不說話，可是哥哥嫂嫂心裡卻有了怨言。再加上四周老鄰居們或打探或看笑話的情景，令楊氏越來越無法忍耐。今日她還沒提出要回崔家，那頭娘家大嫂便將她東西收拾好了，楊氏哪裡還不明白這意思，不過崔世福沒來接她，一來她是沒臉面回去，二來也怕自己回去了崔世福不讓自己進門。

既然這事都是因為崔薇而起的，楊氏自然是將心思落到了崔薇身上，她知道崔薇每次趕大集時都要給林府的人送東西過去，娘家的人也怕她這回不走，已經是出嫁的姑奶奶了，崔世福平日對楊家這個岳家又不差，楊家也不好直接趕了楊氏離開，又想著要替楊氏解決一些矛盾，這才今日隨了她一塊兒過來在這兒等著。誰料早晨一大早起身趕了幾個時辰的路，天沒亮便在這兒候著，候了半個時辰卻沒瞧見崔薇等人的影子，楊家人自個兒又要賣東西，深怕來不及了，又去搶了位置便宜著將東西賣了，之後又在這兒等了恐怕有大半個時辰了，楊氏才總算將女兒等到了。

頂著太陽曬了這樣久時間，雖然陽光並不烈，但楊氏心裡火氣也是一波波跟著湧了上來，看到崔薇幾人有說有笑的樣子，她頓時便覺得礙眼得厲害，一邊抱了崔佑祖，一邊忍了氣，也沒去看崔薇，只與崔敬平喚道：「三郎！」

看到了楊氏，崔敬平愣了一下，接著才將手裡的繩子交到了崔薇手上，朝楊氏衝了過去，一邊拉著楊氏的袖子便高興喚道：「娘、外公、外婆，舅舅、舅母、表哥，還有表嫂！」

崔敬平雖然這幾天沒有提起過楊氏，不過母子連心，加上楊氏對他一向又是捧到了手掌心裡，他這會兒見到楊氏高興也是理所當然的。崔薇也沒有心裡吃味，只遠遠站著與崔敬平一般輕聲喚了楊家人一句。

難得同時看到這樣多親戚，平日誰家裡都有點事，不是天天都能走街竄戶的，除了農忙時期，一般也只有過年過節或是有誰生日時能瞧過這些人一回。崔敬平有些興奮，一邊與那邊的人行了禮，一邊就道：「就連小立全也過來了。」崔敬平衝一個約四、五歲的小男孩兒招了招手。

崔薇來到古代這樣久的時間，王氏生孩子時她也見過楊家的人，知道崔敬平嘴裡所說的這個小立全是楊家大表哥的小兒子，按照家裡那一代的排字輩取了個全的名字，寓意希望福壽雙全的意思，平日在家極得寵，也是一個天不怕地不怕的角色，跟以前的崔敬平倒是極合得來，不過性格很惡劣，時常捉弄崔薇。

崔薇本來的記憶裡，看到這個小表弟不由自主地便覺得害怕，這小東西平日在家得寵慣了，又是楊家頭一個長孫，家裡人瞧得跟眼珠子似的，連楊氏對這個侄孫兒都多有維護。雖然是個小孩子，不過崔薇吃了他不少的虧，回頭他一哭，反倒崔薇還要被楊氏打罵一場，這小東西慣會惡人先告狀。

這會兒一看到這小孩子，崔薇心裡就生出防備來。

「立全說想你了，非要過來找你玩耍。」楊氏先是慈愛的摸了摸兒子的頭，又問了他最近的情況，深怕他冷著了餓著了，不過聽崔敬平活得好好的，也沒有瘦一點兒半點兒的，不由有些訕然。

崔薇想，幸虧剛剛出了鎮上，王家與聶秋文兩個想晚上留在崔薇那兒吃飯，爭著搶著揹背簍，否則恐怕楊氏這會兒見到兒子揹著東西，要說自己虐待崔敬平了。

「三表叔，你們去了鎮上買了什麼好吃的呀？」那小孩子說話時還帶了些奶聲奶氣，長得黑不溜丟的，卻是虎頭虎腦，平日調皮得很，可偏偏楊大郎卻認為這是自己兒子活蹦亂跳福氣好的證明，在鄉下裡看來就是這樣的孩子才好養活，因此不但不多加管教，反倒是對楊立全極為縱容。這會兒他一開口說話，便要朝崔薇撲過來，一邊嘴裡道：「表姨！」

崔薇下意識地就想躲，誰料這小孩子也精明，一下子撞過來便死死拽著崔薇不肯撒手，一面伸了手在她懷裡摸了起來。「表姨有沒有買吃的給我？」

崔薇懷裡還放著隨身帶的銀子，自然不能給他摸了去，崔薇原本不過就是比這孩子大了三歲左右，以前在崔家她吃得又並不算好，身高也比楊立全高不了多少，被他這樣一摸說不得便要讓他將銀子拽了去，這小孩子哭鬧撒潑無一不能，要是東西給他要去了，恐怕是要不回來的。給大家瞧見，她更不要想再裝回自己懷裡，尤其是以楊氏的德行。

一想到這兒，崔薇忍不住就推了這小孩子一把。

楊立全被她這樣一推，剛剛也沒有從她懷裡摸到什麼好東西，頓時眼珠轉了轉，退了幾步，乾脆一屁股坐到了地上，蹬著雙腿就大哭了起來。「表姨打我，表姨打我，娘，您給我出氣！」

一看這小東西哭了起來，頓時楊家人便都有些心疼，連忙各自圍了上來，一個年約三十許的婦人蹲在這孩子面前輕聲哄著，她是楊大郎的妻子唐氏，也是楊立全的母親，平日將兒子看得跟寶貝疙瘩似的，這會兒一見兒子哭，頓時心疼得連忙哄他不止。

「四丫頭懷裡是揣了什麼寶貝疙瘩，連摸也摸不得？」楊家舅母刁氏一看自己孫子被崔薇推倒，頓時臉色便有些不好看。這些日子楊氏回娘家，沒少將自己家裡的事情擺談（注）給娘家人聽，幾個婦人坐一塊兒哪裡說得出些什麼好話來，尤其是在楊氏含著怒氣的情況下，也顧不得家醜不外揚，狠狠說了一通。除了至今還在外頭回不得家的王氏外，楊氏說得最多的便是這個如今漸漸不聽話、且讓她吃過好幾回虧的女兒了。

刁氏現在對這個一向便沒什麼印象的外甥女兒感覺極不好，尤其是看她竟然敢伸手推自己孫子，頓時臉色唰地一下就陰沈了下來。

「死丫頭，如今妳長大了，膽子也大了起來，連妳表侄兒也要欺負，妳信不信老娘今兒打妳？」刁氏恨恨瞪了崔薇一眼，厲聲衝她喝了一句。

以往崔薇沒少吃楊立全這小傢伙的苦頭，並被他告過不少黑狀而挨過很多打，這會兒見到刁氏一來就袒護自己孫子，頓時便捂了腰露出痛色來。「楊立全打我，娘，您是不是也要幫我出一回氣？」崔薇捂著腰，正大光明也指著楊立全道，理直氣壯地胡說八道，絲毫沒有心虛內疚的意思，一邊就看到楊氏臉色青白交錯，頓時眾人一句話也說不出來。

坐在地上的楊立全頓時愣了一下，沒料到崔薇竟然會這樣誣衊自己，他平日壞事是幹得不少，也沒少這樣誣陷過別人，可被人這樣陷害還真是頭一回，頓時吃了一驚，半晌竟然沒有說得出話來。

楊氏也是有些尷尬無比，這還是崔薇頭一回理直氣壯告楊立全的狀，以往她是吃了自己娘家侄兒不少虧，可她都不敢聲張的，也不知今兒是怎麼的，她竟然會當眾說出這樣的話。楊氏明明跟女兒如今離了心，被她這樣一說，頓時如同被架在火上烤一般，抱著崔佑祖說不出話來。

半晌，楊氏才道：「妳這死丫頭，立全年紀小小的，哪裡懂得了什麼事，興許是不小心碰到妳。妳一個當人表姨的，怎麼下這麼重的手推他？妳信不信我今兒打了妳，回頭妳爹也不得說半句？」

崔薇剛剛說那句話本來就是為了讓楊氏難堪，自然沒有想過要她真正幫自己撐腰，聽到她這樣顛倒是非黑白的話，冷笑了一聲也不以為意。「娘也要回得了頭再說，楊立全打我該不該推開他，我想爹肯定心中也有說法！」

崔薇一句毫不客氣的話才讓楊氏想起自己如今還在外頭連家都回不得，崔世福沒來接她，她自個兒也怕回去了進不了屋門，被女兒這樣一說，頓時便惱羞成怒，可也真不敢上前為這事打她，怕引得原本就不滿的崔世福對她更不待見。這回丈夫發火，終究是讓楊氏心裡犯起怵來，否則若是換了平時，恐怕早一個巴掌抽上去了。

楊立全坐在地上任唐氏拉了半天也不起來，卻見自己破天荒沒動手被崔薇推了一下不說，還沒人幫自己教訓她，頓時大怒。他一向性格跋扈慣了，乾脆一把抓起地上的石頭泥沙

注：擺談，交談之意。

就朝崔薇劈頭蓋臉的砸了過來，嘴裡罵道：「妳這小賤人，敢推我，我打死妳這臭東西！」他年紀還小，說不定連小賤人是個什麼意思都不明白，唯有平日聽大人說了他才跟著學罷了，這會兒一罵出來，崔薇頓時大怒。

「小賤人你罵誰呢？」她身上被沙子砸到好多，這楊立全人小力氣卻不小，有些小石子砸到臉上硬生生的疼，那被她牽著的羊也疼得跟著咩咩叫了起來。

「罵的就是妳，我跟姑奶奶學的，我娘說了，妳就是個小賤人！」平日楊立全這樣的童言童語能逗得楊家人與楊氏俱都歡聲大笑，可這會兒他罵了出來，眾人卻頓時尷尬了起來，楊氏更是臉色青白，這小賤人只是她的口頭禪，罵人時只要是女人，便都習慣性的用上這一句。鄉下的婦人大多說旁人時都是這樣，可不知為何，這會兒被孫侄兒罵了出來，她卻是有些不自在了起來，連忙便要拉了楊立全讓他不要開口。

那頭唐氏早就不好意思了，不消楊氏提，自個兒便捂了兒子，好聲好氣哄道：「娘的小祖宗欸，可不興話亂說的，娘什麼時候說過你表姨是個小賤人的。」說這話時，唐氏還有些不自在。

可惜楊立全平日囂張慣了，家裡又寵得很，一聽他娘不承認，頓時雙腿一擺蹬坐在地上就哭了起來。這下子可是要了楊家人的命了，俱都圍了過去哄了起來。

崔薇冷眼望著這邊的鬧劇，回頭就看到聶秋文等人有些不耐煩的模樣，頓時拉了羊便要走。

住。

崔敬平有些尷尬的看著這情景，忙就朝崔薇跑了過來，楊氏拉了他一把，不過哪裡拉得一看兒子不要自己了也跟著崔薇走，頓時令楊氏大怒，心裡越發恨崔薇了些。

那頭楊立全一看崔薇要走，也顧不得哭了，抓了一把路上的細小石子朝崔薇砸了過去。「砰」的一聲，不只是崔薇後腦勺挨了一下，連那羊身上也挨了不少。

旁邊聶秋文也遭了波及，頓時惡狠狠轉過頭來，瞪著楊立全道：「哪家的小崽子，再砸到我，信不信我打死你！」聶秋文平日在家裡就是一個橫著走的主兒，孫氏寵他寵得厲害，從小到大除了挨聶夫子打，平日孫氏連手指頭都捨不得碰他一下，在家裡就跟霸王似的，這下子挨了砸哪裡還忍得住，將背上的背篼交給王寶學揹著了，一邊就衝著地上嘻嘻哈哈拍了手笑的楊立全惡狠狠地罵了一句。

惡人自有惡人磨，聶秋文凶狠的樣子讓平日在家裡也同樣受寵的楊立全嚇了一跳，到底是個小孩子，頓時便怕了起來，一下子撲進了唐氏懷裡大哭了起來。

刁氏看到孫子被人吼哭了，有些心疼，雖說是自家理虧，不過仍是衝聶秋文凶道：「哪家裡的混小子，沒看到他只是個小孩子，你跟他計較什麼！」

聶秋文也是個橫的，一聽她這話，冷笑了一聲從地上一下子抓了一大把石沙起來，狠狠一把就朝刁氏等人砸了過去！那石頭子兒砸在身上讓人生疼，夏天穿得本來就薄，聶秋文平日這砸東西的事就沒少幹，那做出來是一個嫻熟，直砸得刁氏等人捂著臉便嗷嗷叫了起來。

石子打在人身上疼不說，且那沙子正飄進眼裡才受不了，楊家人氣得暴跳，脾氣最火爆的楊大郎頓時捏著拳頭便要上來。

聶秋文也不怕，也學著楊立全的樣子拍了手笑。「我也是個小孩子，你們一些大人跟我計較什麼？要想打我？也不看看你們有沒有這個膽子，我爹可是小灣村的秀才，如今正在縣裡給大貴人教書的，碰到我一根手指頭，我拉你們去見官！」

也不知這小子哪來的膽大包天，不過這會兒見他收拾了楊家人，竟然還抬出了聶夫子的名字唬人，一看這架勢便知道這傢伙平日同樣的事情沒少幹，說得那叫一個溜熟，面對這麼多人，竟然連怵都不怵。但也不得不說，刁氏連帶著一旁的楊氏被聶秋文一砸，崔薇心裡頓時說不出的痛快，看楊氏忍了疼卻偏偏一手捂著面前的孫子，崔薇嘴角不由自主的就勾了起來。

楊家人果然被聶秋文這話給唬著了，連那坐在地上不肯起身的楊立全也嚇了一跳，他雖然調皮歸調皮，可也不是個傻的，見爹、娘、祖父母等都不敢找聶秋文麻煩，自然也不敢再鬧了。

剛剛聶秋文砸東西過來時，唐氏給他將石子全擋了，這會兒渾身上下都是泥沙，身上也火辣辣的疼，嘴裡剛欲咒罵上幾句，可又怕被兒子學了去，他不懂事，若說給別人聽真是天大的笑話，因此話到嘴邊，又硬生生吞了回去。

一大早過來等了這麼久，沒料到最後結果竟然是這樣，楊氏看著滿臉不快的娘家人，頓時心裡既是有些過意不去，也有些犯怵。她在娘家是住不下去了，自然今日是要回崔家的，猶豫了一下，她這才看了一直沈默著沒有開口，鐵青著臉的老頭、老太太道：「爹、娘，這兒離我家也不太遠，如今天時不早了，不如去我家吃頓飯吧。」

楊老大與兒子楊大郎站著沒吱聲，刁氏唐氏婆媳面色難看，唯有那一直沒有說過話的老夫婦嘆了口氣。

楊氏的母親吳氏轉頭看了崔薇等人離開的方向，回頭便衝女兒沒好氣道：「回頭世福可要妳進屋了？也不知妳怎麼弄的，竟然鬧成這樣，真是一把年紀活到狗肚子裡頭去了，越活越回轉去，讓人笑話！」剛剛崔薇只是喚了她一聲，並沒有過來親近，雖說楊氏這個女兒一向有些懦弱，也不像崔敬平一般會哄得她開心，可是今兒瞧起來也實在太過生疏了些，不知楊氏怎麼鬧的，竟然使得這丫頭變了這麼大模樣來。

「兒子女兒都是妳自個兒拉出來的，如今瞧不上妳當初怎麼不掐死了事，如今再來嫌棄，妳倒是吃飽了撐著沒事幹，覺得這日子太好過了，非得要給自己找些罪受？」吳氏一想起這事鬧得也火大，女婿崔世福是個性子憨厚的老好人，不過不代表老好人就是沒有脾氣的，楊氏如今觸了他逆鱗，居然讓他都動手打人了，可見楊氏辦的事不只是一點、兩點的讓人火大而已。

被母親罵得一句話也不敢吭，楊氏雖然說心裡有些不忿，但此時哪裡還敢與母親頂嘴，幸虧吳氏看到女兒這模樣，也沒有繼續再罵她下去，只是臉色難看道：「女兒在家能留得了幾年？我瞧著薇兒如今年歲不小了，再過幾年說了親嫁出去，若是嫁得遠，妳就是想得心肝疼都不一定能看得到一面，如今妳橫吧，往後有妳哭的！」吳氏說完這話，乾脆也懶得理楊氏了，氣沖沖的朝著崔薇方向走了幾步。「走吧，我送妳回崔家，我不相信世福會不給我這老婆子臉面，我去了，他怎麼也要讓我進門的，妳回頭就給他賠個不是，不要再倔了！」

吳氏一走，楊家人自然都跟著她一起走了過去。楊氏心裡鬆了口氣，只要自己老娘肯給她面子，願意替她撐腰，今兒自然是能進得了崔家門的。

第三十三章

楊家一群人回來時，自然是引起了村裡許多人的觀望，若是換了平常有親戚來自己家裡，楊氏巴不得嚷得整個村子裡的人都知道。可如今不同，她現在這是被人打了灰溜溜回家，若被人家提起，自己也沒臉面，往後她還要在小灣村住的，楊氏又一向要強，自然受不了這個。

眾人回到崔家時，今日因趕集怕家裡沒人，崔世福便留了在屋裡，也沒下地，反倒是砍了兩根竹子在屋裡頭編著東西，準備等下給崔薇送過去，院門也敞開著沒關，一群人進來時崔世福愣了一下。

那頭楊立全已經朝崔世福撲了過來，一把撞進他懷裡，大聲道：「姑爺爺，表姨欺負我，您要給我報仇！」

崔世福丈二金剛摸不著頭腦，那頭吳氏已經恨恨瞪了孫媳唐氏一眼，自個兒這才衝楊立全招了招手，沈了臉道：「全哥兒，過來。」

小孩子慣會看大人臉色，楊立全一聽吳氏語氣，頓時應了一聲，乖乖朝楊家人走了過去。

崔世福這才拍了拍手上的竹葉渣子，一邊站起身來，看也沒看一旁抱著孩子的楊氏一眼，就與吳氏等人招呼道：「爹、娘，大哥大嫂也來了。大郎，屋裡坐。」

楊家這回四代同堂都過來了，見到崔世福沒有將人往外趕，楊氏不由自主地鬆了口氣，一邊也連忙放著抱在胸前的孩子，一邊進屋裡端了椅子出來遞到吳氏等人手上。

「世福呀，我這女兒不懂事，惹了你不快，這不，我已經教訓過她了，現在給你送回來，你有什麼事只管和我跟你爹說，你要不方便動手，咱們兩個老的來收拾她。」吳氏笑咪咪的衝崔世福說了一句，那頭楊氏低垂著頭也不肯吭聲。

崔世福聽出了吳氏這話裡的意思，顯然除了是要將楊氏送回來外，還有責怪他對楊氏動手的架勢。若楊氏一回來便討饒，說幾句軟話或是錯話，說不得這一節崔世福便揭過去了，他本來就是個敦厚人，可這會兒一旦心裡生了氣，現在火氣還沒有全消，楊家人一來又說著這話，崔世福頓時有些不痛快了起來。

崔世福雖然沒有明著頂撞吳氏這話，不過卻是將手裡做了一半的簸箕推到一邊，站起身來拍了拍身上的竹筒渣，一邊就衝吳氏道：「既然娘這樣說，那我也就提了。她辦這事，原本我都不大好意思張嘴，如今娘既然要教訓她，我也不替她兜著！」

吳氏原本以為自己這樣一講，崔世福多少會看在她的臉面上將這事揭了過去，誰料他反倒一副還在氣頭上的樣子，頓時心裡也有些好奇，不知女兒是做了什麼事，惹得他這樣的火大。楊氏回家之後哪裡好意思說自己是將女兒給賣了，因此只含含糊糊說了些自己中了王氏圈套，以及跟崔薇的矛盾，並沒有提三兩銀子的事情。

崔世福也不客氣，直接將楊氏賣女兒的事情說了，末了沒待吳氏回答，直接便衝楊氏道：「妳今兒要是將三兩銀子交出來還給薇兒，讓她交給林老爺了，我便當作這事什麼都沒發生過。不過妳要是捨不得，那我也不說了，妳自個兒瞧著辦！」那三兩銀子雖然崔薇已經說了並不是向林老爺借的，不過崔世福現在還氣不過，自然故意在這會兒提出來，也是想讓楊氏將錢還給崔薇了，一家人好好過日子的意思。

楊氏這吃進嘴裡的肉，哪裡還捨得吐出來，她還要給崔敬忠辦婚事的，崔敬懷娶媳婦兒還沒過幾年，家裡日子過得緊巴巴的，若是沒有這點兒錢墊著，哪裡能行？因此聽了崔世福的話，目光躲閃著不肯開口。

而一聽到崔世福說楊氏還有錢的大舅母刁氏頓時吃了一驚，連忙道：「什麼，阿淑身上還有幾兩銀子？」話音一落，刁氏頓時又氣又是不滿，楊氏身上有錢，可也不知道貼補娘家，這些日子楊氏天天住在家裡吃喝，連半點兒好處也沒扣出來，也實在太過吝嗇了！刁氏一想到這兒，翻了個白眼，看到婆婆警告的眼神，頓時氣呼呼地自個兒進屋裡端了一把凳子便出來坐下了，一邊招呼著楊立全過來抱在了腿上。

見楊氏沒有要還錢的意思，崔世福臉色也跟著難看起來，半晌沒有張嘴。

吳氏一看糟了，連忙打圓場。「這事我也聽阿淑說了，她是要為二郎存著的，你也是個當爹的，知道該給二郎打算，如今二郎眼瞧著出息了，年紀也到了，總也要說親的不是。」一邊說著，吳氏一邊便狠狠剜了楊氏一眼。自個兒的女兒什麼德行自個兒清楚，可是偏心兒子偏心得很，不過她問自己的親生女兒要了三兩銀子，總歸是有原因的。楊氏為人雖然潑辣，可也不是那等平白無故便要逼死女兒的，不用猜，一準兒便知道是為了兒子。

果然一看到楊氏躲躲閃閃的目光，吳氏便知道自己猜得對了，一時間心裡又罵了女兒幾句，一邊伸手戳了戳自己身邊坐著的老頭子的腰，示意他幫著自己說話，一邊笑道：「這一切我聽著都是大郎家的攛掇的，她在哪兒，一叫出來，問問就知道了。老頭子，你說對不對？」

那老頭子一聽她問話，想也不想腦袋就點得跟雞啄米似的了。

楊家一向女強男弱，崔世福的老丈人是個性格軟和的老好人，又不愛豪強霸占的，楊家幾乎都是吳氏作主，楊氏性格便隨了她娘。崔世福平日對這個老丈人也多有同情，這會兒看他點頭，哪裡便會當真，恐怕吳氏指著太陽說是方的，這老丈人說不得都要點頭的。

聽到吳氏將責任全怪在了王氏身上，崔世福心裡有些不大痛快，臉上的笑容冷了些下來。「回娘家去了。阿淑這樣大個人了，還是當人婆婆的，若是光聽兒媳婦的，自個兒也沒臉，讓人拿捏做了這樣的蠢事，還能怪得了誰？」

場面一時間便有些尷尬了起來，崔世福沈了臉沒再吭聲。

那楊家老太太也是個厲害的，見到這樣的情況，便知道崔世福心裡還有氣沒消，也不再提給楊氏求情的事了，一下子轉了話題，又開口道：「我今天趕集看到崔薇，倒是瞧到這小丫頭幾段時間不見長高了些。」

說到自己的女兒，崔世福果然板著的臉開始漸漸緩和了下來，也不好與老丈母娘總擺著臉色，因此笑道：「這小孩子正是長身體的時候，娘您也許久沒見薇兒了，難怪覺得她長高了些，我天天瞧著倒是覺得沒怎麼變樣。」

兩人說起話來，旁人坐著就不敢開腔，那邊楊立全有些坐不住，唐氏抱著漸漸有些吃力了，眼珠轉了轉。「姑爹，我今兒瞧著薇兒幾人揹了好多東西，不知道買了些啥，手裡還牽了一頭羊，全哥兒也好久沒見崔薇了，想這個表姨了，不如讓薇兒過來陪全哥兒玩吧。」她帶孩子帶得有些吃力了，便想找個替死鬼過來幫她瞧著，今日看這架勢，恐怕楊家人要留下來過夜了。吳氏肯定是要留下來的，而自己若是留下來，崔世福這個姑爹要是招呼客人，肯定要割些肉買好吃的，她自然不願意回去，也想留下來。

楊立全一聽到找崔薇玩，頓時便從他娘膝蓋上跳了下來，嘴裡嚷嚷道：「我不和這小賤人……」話沒說完，便被他娘一把將嘴給捂住了，唐氏有些尷尬，也有些慌張，還沒來得及開口，楊立全已經在她手掌上狠狠咬了一口，疼得唐氏下意識地驚呼，便將手收了回去，楊立全這才得意的笑了起來，唐氏也顧不得手疼了，連忙要抓他。

一旁刁氏瞧著不好，忙向孫兒招了招手笑道：「你表姨那兒買了不少糖，你要是再胡說八道，可不讓你去和她玩了！」

一聽到吃的，小孩子忘性也大，頓時便吸了兩下口水，果然也顧不得多罵，轉頭便拉著崔世福要讓他帶自己去找崔薇玩了，崔世福被他晃得難受，再加上多少也知道這小子的脾氣，完全就是一個混世小魔王，自家女兒性格好，常受他欺負，不過平日小孩子間的事，他這個大人不好張嘴多說罷了，又沒親眼瞧見過，才沒有多提。

如今看唐氏推著讓他去找崔薇，崔世福心裡有些不快，連忙就順手將楊立全抱了起來，一邊拍了拍他背道：「別去了，看著時辰不早了，我等下讓你大表叔去割些肉回來，咱們全哥兒留在這邊吃肉吧，好不好？」

在農家裡肉也是個稀罕東西，比糖還少，楊立全雖然是楊家的長孫，不過楊家又不是多有錢的人家，逢年過節能吃上一回便已經不錯了，這會兒聽到崔世福這話，連忙就點了點頭，抱著崔世福的脖子便歡喜大叫。「我要吃肉，我要吃肉，姑爺爺真好！」

雖說這孩子性格調皮，不過嘴巴也確實能來事，又會哄人，崔世福原本心裡對他的惡感也減退了些，臉上便露出一分笑意來。

楊氏一聽要買肉，就猶豫了一下，屋裡這樣多人，恐怕割上五斤肉還怕不夠吃的，要花二十來文錢了，因此期期艾艾就道：「買什麼肉？割少了也不夠吃，我剛剛瞧著薇兒牽了一頭羊，不如讓她將那羊殺來吃了吧，正好大傢伙兒在這兒，也免得她一個人吃不完。」

楊氏這話一說出口，眾人都沒吱聲，顯然認為她這話說得是個理，不過吳氏等人是覺得節約些錢為好，反正吃肉哪一樣肉不是吃的，女婿家裡過得也緊巴巴的，倒不是真存了想要占崔薇便宜的心。可惜楊氏自認為自己已經夠體貼了，但崔世福理也沒理她，自個兒抱了楊立全進屋裡去了，自顧自拿了一袋子銅子兒出來。

楊立全一把就將錢袋子搶了過去，打開袋子就看了起來，一邊嘴裡跟著道：「我要吃羊，我要吃羊！」

被他吵得有些頭疼，崔世福忙哄道：「羊有什麼好吃的，一股膻味，豬肉才香哩。」豬肉是比羊肉這樣煮出來香一些，不過那不是要花錢嗎！楊氏心裡有怨。一想到剛剛崔薇對她無禮的樣子，心裡便憋著一團火，不過這會兒哪裡還能惹了崔世福不快，頓時忍了氣不吱聲了。

那頭崔敬懷從地裡趕回來拿了錢要去買肉，楊立全非要跟著去，一邊又拉著崔世福跳，撒嬌說要吃糖，崔世福有些無奈，又多掏了兩文錢給崔敬懷，讓他給這小子買點兒零嘴，才算將人給打發走了。

眾人坐在屋裡，剛剛楊氏提議了一回吃羊，又惹了崔世福心裡不大痛快，吳氏一瞧忙瞪了女兒一眼，又打起了圓場，氣氛才漸漸活絡了起來。

吳氏一面拿了扇子搖著，一面就道：「既然要吃飯，親家母怎麼還沒過來？」

楊氏看了崔世福臉色，連忙討好地道：「等下我去喊。當家的，不如將薇兒也喚過來吧，她手藝好，讓她煮飯，說不得大家吃得更開心一些，正好也能在這邊讓她吃頓好的。」楊氏自認為自己是夠體貼崔薇了，也算是放下了臉面，但崔世福卻不領情。

這樣一大家子的飯菜讓崔薇去做，也就只有楊氏說得出來，還像是人家占了便宜似的，她不清楚，崔世福可知道崔薇自個兒有錢能吃好的，剛剛回來時便已經請過他去吃飯了，說是買了肉。要是她過來，累了半天，楊家人又這樣多，恐怕一人撈不到幾筷子，留給她的就更少，能沾到點兒肉末碎子便已經不錯了，哪裡有她自個兒留在屋裡吃個痛快來得自在。

崔世福冷了臉看楊氏一眼，沈聲道：「不用了，妳當初不是跟她說過，往後各立門戶各管吃穿？咱們有好吃的不要喊她，她有好東西妳也不要再去惦記了！」

一句話說得十分不客氣，讓楊氏臉色登時又難看了起來，聽得出崔世福還在怨她，頓時忍不住紅了眼眶，轉過身去拿衣裳擦起眼淚來了。

崔家這邊熱熱鬧鬧的，楊氏又去喚了崔世財一家過來，院子裡都坐滿了人，說話聲音大得隔壁的幾個孩子都聽到了。

崔薇幾人回了屋裡，聶秋文幾個連家也不回了，非要留在這邊吃午飯，反正也是買了菜的，崔薇也沒有趕人。村裡眾人也都知道聶家與王家的小子跟崔敬平要好，不過是幾個孩子留頓飯，也沒什麼人說閒話。孫氏是巴不得兒子天天頓頓留在崔薇這邊吃好的，自然不會過來讓兒子回去，若是可以，她都巴不得能天天過來吃，不過就是沒那個臉面而已。

先將山羊關進了早就備好的幾間畜牲欄裡，這地方當初建時便弄得寬敞，如今只放了一隻羊，根本占不了多少地方，仍顯得寬。崔薇回來便先提了水讓聶秋文幾個給羊刷了身子，看到羊鼓脹脹的乳房，連忙洗了個桶又讓聶秋文幾個幫著擠奶。

這樣的事倒也好玩，幾人都興奮異常的樣子，不過小孩子沒個輕重，估計是將那羊擠得疼了，不時傳來羊的慘叫聲與孩子們的驚呼聲，熱鬧倒也不輸隔壁崔家。

那邊崔家買了肉，也沒人過來喚幾個孩子，崔薇心下微微鬆了口氣，剛切好菜和肉正準備做飯時，楊氏倒是過來喚了兒子一趟讓他回去吃飯。今兒午時吃好東西，楊氏虧了誰都不會虧了自己兒子的，不過崔敬平卻死活不肯回去，與一桌人搶東西有什麼好吃的，倒不如留在這邊，還能吃個痛快。

楊氏拿他也沒辦法，只能自己鬱悶無比地回去了。她如今收了崔薇的錢，連罵人的底氣都沒有，再說自己兒子不回去，又不是人家拽著不肯讓走，她心裡就算氣得厲害，卻也是有火無處發，不過煮飯時，卻依舊給崔敬平趕了些出來留到一旁。

晌午過後聶秋文幾人吃得肚子滾圓，被孫氏與劉氏分別帶了回去，孫氏一副理所當然的樣子，還防備著崔薇，深怕兒子被她拐走了般，帶走吃飽喝足的兒子時連句謝意都沒有，她如今跟崔薇算是翻了臉，自然臉上再擺不出笑容來。倒是劉氏覺得不好意思，與崔薇說笑了幾句，回頭便讓兒子給送了一大簸箕菜來。

下午楊家的人陸陸續續回去了，不過楊氏的母親吳氏倒是留了下來，同樣沒走的還有唐氏母子，楊氏這次一回家，一看自個兒老娘留下來撐腰，自然便是順勢不走了。

林氏教訓了她一回，又數落了崔世福幾句，兩人之前打架的事便算是揭過去不提了。崔家地方不大，也住不下這樣幾個人，唐氏今日下午看過崔薇的房子，便想著要帶兒子過去住一住，誰料崔世福卻像是早猜到了唐氏的想法一般，等楊氏燒了水給眾人洗完澡，自個兒便穿了一雙布鞋往外走，一邊道：「房間裡留給娘妳們住，我瞧瞧去大哥那邊住一晚上。」

楊立全非要鬧著跟崔敬平睡，楊氏深怕他吵到了自己二兒子唸書，因此好說歹說哄了這個侄孫兒住到了自己房間裡頭。她心裡也不是不知道自己侄孫兒德行，也知道以前自己女兒吃過他不少虧的，不過因為楊立全欺負的不是自己心愛的兒子，自然便是睜一隻眼閉一隻眼而已。這會兒見到要吵到自己二兒子，哪裡肯幹，崔敬忠要趕考了，今年十分重要，若是能考中一個秀才，往後說親時底氣要更足一些，他年紀小，若是現在便中了秀才，往後前途更好，到時就是那劉家老爺回頭要將女兒嫁過來，她也不見得肯幹了。

兩母女睡一個屋，一旁又躺了一個唐氏，自然是說不完的話，楊氏如今回到了自己家裡，心情才算放鬆下來，也顧不得有晚輩睡在旁邊的床上，與吳氏便說了大半宿的壞話，幾乎都是說崔薇的。吳氏勸了她一回，又罵了她幾句，不過事已至此，自然也沒什麼挽回的，崔薇搬了出去，又自個兒立了門戶，最多往後不提她，免得兩夫妻再吵架打架的就是了。

也許是難得過來女兒女婿這邊一趟，吳氏便住了下來，那唐氏見祖婆婆不肯走，自然也是不願意離開的，在崔家幹活輪不到她，成天只是耍，又有好吃的侍候著，她哪裡捨得離開，巴不得就這樣在崔家住下去了。第二日吃過早飯便抱了孩子跟吳氏打了聲招呼，自個兒厚著臉皮便往崔薇那邊去了。

這會兒正上午時間，崔薇看著太陽好，把前兩日崔敬平幾人採回來的木耳等攤到院子裡曬了起來，又把騰空了蜂蜜的蜂巢放在了院子，剛把羊奶擠了，又給那隻羊洗了個澡，還沒想著要將這奶怎麼辦，那頭院子外便有人敲起了門來。

連忙把羊奶桶放進了廚房的大水桶裡，拿水冰鎮上了，又蓋了個竹蓋子在上頭，崔薇擦了擦手這才趕緊去開門。她這邊難得有客人過來，平日幾乎都是聶秋文與崔敬平幾人過來的，除此之外倒少有串門兒的，正疑惑著這是誰大早的就過來，一打開門就看到唐氏抱了兒子站在外頭，一見她開門就邁了腳往裡頭鑽。

「薇兒真能幹，這麼早就起來了。」

就算是沒起來，她這敲門的模樣，恐怕也早將人吵醒了。崔薇翻了個白眼，喚了聲表嫂，也沒有要請唐氏坐的意思，誰料唐氏抱著兒子在院子裡左右瞧了瞧，嘴裡便發出一陣陣感嘆聲，根本沒有要崔薇招呼的模樣。

唐氏放了早就不耐煩的兒子下來，拍了拍楊立全的手，一邊慈愛道：「來了你表姨家裡，也不要客氣，自個兒隨便去玩吧！」

一得了這話，楊立全頓時歡呼了一聲，撒開腳便四處望啊望，接著看到院子角落裡曬的木耳等物，頓時便跳了上去，一下子踩爛了不少還沒有曬乾的新鮮木耳。

崔薇一下子就火大了起來，連忙上前阻止道：「楊立全，這可是不能踩的，不能在這邊踩！」若不是瞧在崔世福的面子上，崔薇早將這母子二人趕跑了，楊立全被她攔著估計覺得這樣一個讓踩一個不讓踩的挺好玩，又故意偏要伸了腿去踩，崔薇火大了，忍不住就推了他一把，瞪了眼睛大聲道：「這個不能踩，否則我要不客氣了！」

估計是昨日崔薇推他的樣子令小孩子這會兒還記憶猶深，一看到崔薇這模樣，他嚇了一跳，退了幾步，撇了撇嘴就要哭起來。

唐氏一見心裡就有些不滿，連忙過來護著兒子，不以為然地訕訕道：「不是想過來作個客，給妳打個伴兒嘛，瞧妳這邊也太冷清了些，小孩子調皮，妳一個當長輩的跟他計較什麼。就是些山菜而已，下回再採不就是了。」

崔薇冷冷看了她一眼，也乾脆不攔了，一邊讓了開來。「表嫂這樣說，那若是楊立全踩壞了，等下便要煩勞表嫂進山一趟了。」

唐氏嚇了一跳，下意識地就要反駁，誰肯進山裡去，裡面蛇蟲鼠蟻的不少，她坐在屋裡玩耍著不知有多痛快，哪裡肯出去受那份罪。一看崔薇不像是說假的，再加上崔世福又疼愛這個女兒，為了崔薇連楊氏都打了，說不得等下楊立全要真將崔薇的東西踩了，若是這死丫頭讓自己進山採了東西來賠，崔世福真要讓自己去的。她剛剛來崔家才耍了一天，不願意現在就回去，自然也不想在這個時候就得罪了崔世福，因此忍了氣，一邊抱了兒子起來，也不顧他踢打個沒完的腳，一邊訕笑道：「不踩就是了，本來是一家人，說話怎麼如此見外。」

看她這樣子，崔薇忍不住翻了個白眼，頓時也懶得搭理她，只盼著唐氏自個兒覺得不好意思，趕緊離去了。她這邊做著事情，也沒理睬院中的唐氏母子二人，那頭唐氏卻並不是個客氣的，領了兒子進屋，便看著那些嶄新的家具，一邊嘴裡就讚嘆不止。楊立全進了屋就跟魚兒回到水裡般，一面拉了張椅子，便騎在上頭蹦躂了起來，直將椅子搖得在地上敲得「砰砰砰」地作響，崔薇在廚房裡也是聽得一清二楚，頓時心裡一股無名火就冒了起來。

不多時唐氏在客廳裡傳來喚崔薇的響聲，崔薇還沒有出去，就聽到院裡山羊傳來淒慘的「咩咩」叫聲，崔薇腦袋一脹，連忙出來，就看到楊立全騎在山羊身上，一面趴在上頭，撈了山羊的鬍子拽著，一面還伸手扯人家脹鼓鼓的乳房，雪白的奶水跟著湧得一地都是。楊立全嘴裡發出歡笑聲，不住道：「駕、駕，騎大馬，騎大馬！」院裡銀耳被人踢得到處都是，一些木耳被踩得稀爛。

一看到這些，崔薇腦門裡只覺得「啪」的一聲有根筋斷了，心裡一股無名火湧了上來，對這楊立全可是新仇舊恨全湧了起來，還沒來得及收拾他，那頭唐氏便已經衝崔薇招手道：「四丫頭過來，妳表侄兒剛剛拉了泡屎，妳拿個鏟子弄些柴灰來給掃了。」

聽這話，崔薇腦子一片空白，下意識地進了自己的房間，客廳裡一片凌亂就不用說了，她暗道不好，連忙鑽進自己房間裡頭，就看到床鋪上頭一片凌亂不說，屋裡一股惡臭還傳了出來，原本乾淨光滑的地板上頭一堆小孩子剛拉出來的東西。唐氏倒不是個客氣的，自個兒將她之前才在鎮上買的瓜子等物抓了一大把出來，殼扔得滿屋都是！崔薇再也無法忍耐，外頭羊還傳來慘叫聲。

唐氏估計也受不了屋裡的氣味，忙坐到客廳來，手裡抓了一大捧的東西，嘴裡還問道：「四丫頭，有什麼吃的沒有？給端些出來，妳表弟餓得快……」

她話音還沒有落，崔薇便再也無法忍耐，沈著臉出去找了個掃帚進來。

唐氏還只當她是要來掃大便的，頓時忙指揮道：「還加些柴灰，掃得乾淨！」她自認自己是個好心提醒崔薇的，免得她不知道，誰料崔薇舉了手中的掃帚便朝她劈頭蓋臉的揮了過來，唐氏冷不防臉上挨了一下，頓時打得她一下子跳了起來，她沒猜到崔薇是來打她的，連手也沒來得及伸過去擋，頓時打在了臉上，火辣辣的，比被人賞了個耳光還慘，唐氏吃了一驚。

崔薇卻尖叫道：「給我滾！滾出去，再不滾，我打死你們！」崔薇一邊說著，一邊手上用力，又狠狠抽了唐氏好幾下，出了心頭的惡氣。想到剛剛騎在羊身上的楊立全，頓時氣不打一處來，拿著掃帚便要朝圈裡去。

那頭唐氏被打得懵了，不過見到這樣的情況也顧不得自個兒喊疼，深怕連兒子被打，連忙追了出去。

那頭崔薇心裡一股惡氣湧出來，楊立全還騎在羊身上鬧著，那羊嘴裡發出慘叫聲，四個蹄子已經打起了哆嗦，不安地移動，就想把背上的孩子甩下來。這羊不過幾十來斤，楊立全都五歲上下的年紀了，身材長得又壯實，怕也有三、四十斤了，那羊哪裡駝得起他，又被他折騰著，眼見要倒了下去。崔薇拿了掃帚便一下子朝楊立全抽過去，小孩子叫了一聲，回頭捉著掃帚，滿臉凶狠的就朝崔薇看了過來，一邊跳下羊，就要朝崔薇撲過來。

崔薇哪裡會怕他，拽了這孩子劈頭便一巴掌抽了過去！

「啪」地一聲耳光脆響，楊立全凶性剛起，又被打散，他在家裡就跟個霸王似的，還沒哪個敢這樣打他，被崔薇這樣一打，頓時愣了一下，接著張嘴便「哇」的一聲大哭了起來。

看兒子被打，唐氏簡直比被打在自己身上還要疼，一邊卻看崔薇回頭還在找東西，隨手就抄了只鏟子，唐氏這下子可不敢以為她只是做清潔衛生的，深怕這東西拍到自己兒子背上，立即張嘴便嚎了起來。「打死人啦，打死人啦！」

崔家就在隔壁，唐氏這樣一喚，對面便都聽得分明，崔薇乾脆手上動作不停，拿了鏟子就朝唐氏母子走了過去。一見到這樣的情況，唐氏嚇了一跳，連忙抱了兒子慌忙便奪門而出，深怕慢了一步就要被崔薇拍死在這屋裡頭了。

「打死人了啊！」唐氏一邊吼著，一邊逃跑。這會兒一旦抱了兒子出來，她既是心疼兒子，又是有些後悔沒有在崔薇屋裡多抓把吃的。看到兒子剛剛被崔薇打得臉都紅了半邊，幸虧崔薇年紀小，力氣也不大，沒將楊立全真打出個好歹來，頓時心裡又更火大了些。

楊立全這會兒是懵住了，他沒料到一向任由自己欺負的崔薇這會兒發起火來竟然是這麼一個模樣，頓時嚇得渾身哆嗦。剛剛崔薇那樣子跟要吃人似的，讓他現在想起來還害怕，一邊就往他娘懷裡拱，嘴裡哭道：「娘，我怕！」

一句話聽得唐氏臉色又扭曲了些，回頭決定將楊氏等人一併叫過來與她討個公道，誰知沒等唐氏回到崔家，剛剛在那邊聽到唐氏哭喊的吳氏等人這會兒已經連忙趕了出來。唐氏走沒幾步就看到楊氏等人，頓時便一屁股坐在地上，抖了抖雙腿氣憤道：「奶奶、姑母，崔薇那死丫頭打了咱們家立全啊！」她說完，便坐在地上哭了起來，一面拍著大腿，衝兒子使了個眼色，一面嘴裡就嚎叫道：「天啊，打死人啦，這樣小的孩子，那死丫頭也下得去手，也不怕老天爺來收拾她，這個短命的東西！」

楊立全看到母親使的眼色，他也是真怕了，一見到吳氏等人擔憂心疼的臉，連忙便撲了進吳氏懷裡，一邊張嘴便大聲哭了起來，聲音尖銳又大聲，傳得四面八方都能聽得到。

楊氏看到侄兒媳婦滿臉憤恨的臉，頓時也感到有些尷尬，更是氣崔薇不給她臉面。唐氏好意帶了兒子過去玩耍，她竟然連小孩子也要打，這死丫頭倒是越長膽子越大了！楊氏被侄兒媳婦唐氏看得臉上掛不住，頓時將手往圍裙上一擦，一面要去抱楊立全哄他。「咱們全哥兒乖啊，表姨欺負了你，姑奶奶給你打她去，那死丫頭，要反了天了，瞧我收拾她，替你出氣！」

以往一旦楊立全告了狀都是讓楊氏去打了崔薇讓他歡喜的，這會兒楊氏一哄，楊立全頓時便相信了，臉上立即露出一個笑容來，鼻涕一下子噴了出來，他卻不以為意，伸袖子擦了擦，一面惡狠狠道：「姑奶奶，打死她，打死她，她敢打我！」小孩子奶聲奶氣的，不過這眼神裡的凶狠卻是看得楊氏打了個哆嗦，見唐氏耷拉得老長的臉，頓時又笑著哄了他幾句，抱著楊立全朝崔薇家走去了。

這會兒崔薇猜到楊氏等人恐怕要來給楊立全出氣的，楊氏一向就是這樣，不論誰對誰錯，頭一個打的就是她，更別提這回她打了楊立全耳光，楊氏不過來收拾她一回崔薇都不相信。她也正好等著楊氏進來，因此連大門也沒關，只是安撫了那黑羊一頓，見牠安靜了下來，這才抱了胳膊站在院子裡。

楊氏一進門時便臉色一沈，大聲道：「死丫頭，妳一個當長輩的，幹啥要打立全？他年紀還小，妳不知道讓著他一些？妳這樣子我就是打了妳，妳叫妳爹回來也沒用！」

楊氏這話音剛一落，崔薇便冷笑了一聲。「我打他？誰瞧見了？難不成表嫂說什麼娘就信了？」

她話音一落，唐氏竟然沒料到她會這樣反駁，頓時吃了一驚，她還沒遇著過像崔薇這樣的人，著急之下連話也說不出來，半晌之後才急忙道：「打了的打了的，姑母不信問立全就知道！」

「這小子成天謊話連篇，問他誰肯信？」崔薇冷笑了一聲，她以前沒少吃過楊立全給她設的冤枉虧，就是沒做的事這小東西恐怕也能給她編一個出來，看她挨打了，在一旁拍著手歡樂。如今她也跟著來了一個死活不承認，自然也算是替之前的崔薇出了一口惡氣了。

楊立全臉上白白淨淨的，崔薇打他時本來就是往腦袋上頭拍的，再加上她力道本來又不像大人一般，這會兒打了自然看不出什麼印子來。

楊立全這傢伙愛撒謊，估計吳氏自個兒也是知道的，聞言便猶豫了一下，果然有些懷疑的盯著楊立全看了起來。

唐氏一瞧見吳氏這架式，頓時著急了，連忙大聲道：「就是她幹的，剛剛全哥兒在她房裡拉了泡屎，讓她掃了她也不幹，不過是捉了她的羊幾下，我又吃了她一些瓜子，她就不高興了，這才拿東西打人的。」唐氏說完，急忙目光在院裡掃了一圈，看到了那掃帚，眼睛一亮，指著那邊就道：「她就是拿那個打我的！」

崔薇聽她自個兒將事情說了出來，頓時便衝楊氏笑了笑。「表嫂不請自來，一來還真沒把自個兒當外人。楊立全在裡頭拉了一通，娘您既然過來了，正好也掃了吧，我是不會掃的，不然我就將這事告訴爹去！」

楊氏開始時聽到唐氏說的話還有些火大，這會兒又聽到崔薇讓她掃屎，她哪裡肯幹，不過這事情本來是唐氏自個兒做得不大地道，聽崔薇說要告訴崔世福，她頓時就蔫了。崔世福現在還生著她的氣，昨天雖然楊氏回了崔家住了下來，不過一整天崔世福連話都沒跟她說過，若是知道楊立全過來在崔薇這邊鬧了事，恐怕他心裡不大痛快的。到底是自己的娘家人，楊氏哪裡願意看到崔世福對楊立全生了惡感，頓時忍了氣，拿了掃帚又鏟了些灰，忍著噁心，進屋裡將屎掃了出來。

吳氏見到這情景，頓時也尷尬了起來，不知道崔薇啥時候變了這樣的性格，不過她也只當自己的孫媳婦太過分了，才讓崔薇無法忍耐，畢竟自個兒這曾孫子調皮，連她有時候都忍不住火大，也難為崔薇發了火。因此斥責了唐氏幾句，這才衝崔薇笑了笑，原是想留下來勸說她幾句的，不過因為唐氏的事，崔薇臉色不太好看，吳氏這會兒也說不出話來，原本是過來興師問罪的，最後幾個人反倒是灰溜溜地退了出去。

雖然逼著楊氏將屋裡抹了一道，但崔薇仍是忍著噁心，又打了水進屋裡擦了一通，將被楊立全踩爛的木耳撿出來扔了，又把銀耳也攏了回去，這才將門給鎖緊了。

第三十四章

忙了這樣半天，屋裡也收拾乾淨了，但崔薇想到那唐氏母子，依舊忍不住恨得直咬牙，坐了半晌，又將屋裡進進出出收拾了一趟，她這才想起了自己廚房裡放著的羊奶，心情才稍微好了些。

這羊奶膻味大，不過也不是沒有法子去除的，崔薇想到前兩日崔敬平等幾人進山時採了些青葡萄與杏兒等物，她也沒有吃，那東西酸得很，她都扔在簸箕裡放著了，準備用來做種子的，這會兒連忙翻了出來。

那杏兒放了兩天倒有些乾癟了，她連忙取了些出來，一面進了廚房裡洗了鍋，將羊奶倒了進去，雪白的羊奶散發出濃郁的奶味，不過裡頭那種膻腥味卻也衝鼻得很。崔薇挽了柴將火生了起來，待那羊奶煮沸時，膻腥味更濃了些，讓人聞著便難受，她連忙洗了幾個杏仁丟了進去，不多時那味道倒是淡了些下來。待羊奶全部煮沸時，將裡頭幾個已經被羊奶泡得有些發白的杏仁取了出來扔開，崔薇小心地拿了個舀子沾了些羊奶嚐，一股純純的奶香味一下子就盈滿了口腔，雖然仍是有些膻腥味，不過卻是極淡，幾乎是聞不出來，若是能放些糖壓一壓，恐怕那膻味便更是感覺不到了。

想到前幾日時崔敬平幾人給自己掏的蜂蜜，崔薇頓時眼睛便亮了一亮，連忙倒了一碗羊奶出來，又拿勺子去舀了一小勺黃澄澄亮晶晶的蜂蜜，倒進羊奶裡轉了轉，她再端起奶喝時，果然裡頭羊奶的腥味便幾乎聞不出來了，只剩了純正的奶香味帶著蜂蜜的甜而已，味道好得令崔薇忍不住一連喝了好幾口！

這羊奶多得很，一天幾乎能擠出一大桶來，那羊產奶量又足，每日擠個好幾回，越擠倒是越多，吃不完的也是浪費了，這會兒又沒有冰箱，崔薇也怕羊奶壞了可惜，這羊產奶也只得那幾個月時間。她想了想乾脆將火燒得更大了些，也不知現代那些奶粉是怎麼來的，不知道高溫加熱成不成，反正這奶多了，浪費一些也不可惜，若是真能製成奶粉，她以後放著，就算這羊斷奶了，自己也能泡上些羊奶喝。

鍋裡燒得乾了些，鍋邊上漸漸乾了之後那些羊奶沫就變成了粉末落進了鍋裡，這一招果然有效，崔薇一見這情況，興奮異常，乾脆將桶裡剩餘的羊奶便全倒了進去。過了一段時間，果然這大半桶羊奶弄了一些奶粉出來，喜得崔薇連滿身大汗都顧不得了，連忙就洗了個乾淨的罐子拿布擦乾了，不留一絲水氣，又放到灶上烤了一陣，這才將奶粉裝了起來。這可是純天然的東西，而且是自己一手弄的，不是現代的各式樣毒奶粉，吃著也放心。

她拿勺子舀了些倒進嘴裡，這弄乾的羊奶粉奶味十足，竟然比新鮮擠出來的羊奶鮮奶味還要濃得多，比起現代崔薇喝過的奶粉更是有過之而無不及，那股味道聞著便香甜，若是能用這東西做些點心或是零嘴吃，就如奶糖等，說不得比如今鎮上賣的糖果要強好幾十倍了。

一想到此處，崔薇眼中不由閃過一絲興奮之色來，她之前一直擔憂著沒了賣木耳這條路自己該做個什麼來掙些錢，如今一看到這些奶粉，她頓時便計上了心頭。這東西全是自己弄的，不過就是費些功夫而已，不過若是弄了出來再拿出去賣，卻是勝在新穎別致。外頭就不賣了，不過若是送到林家，以林家人的大方，以及之前賣木耳的態度看來，恐怕用這些羊奶，做些東西出來說不得還能再賣上一大筆錢！

崔薇手裡捧著裝了奶粉的罐子，忍不住就笑了起來。

存了這樣的心思，她簡直是恨不能立即便再去羊身上擠些奶出來，不過今早上剛擠過一回，那羊奶也不是無限量的，因此也只得將這個念頭忍了下來，只是一想到剛剛楊立全扔在地上的羊奶，崔薇這會兒想起來心都在滴血了，恨不能再逮到那孩子再教訓上一回。

她這廂弄了羊奶心情倒是快樂了些，而另一頭楊氏卻是老大不痛快。唐氏回來之後便一直後悔著沒有在崔薇家裡多抓些零嘴回來，一直都在唸叨，連吳氏臉都黑了半面，更別提楊氏，剛剛才替她收拾善後，這會兒聽得心裡都嘔了起來。

可惜這是自己的娘家人，不好意思與她翻了臉，尤其這還是一個小輩，楊氏心裡窩火，既不能在女兒那兒發出來，面對著唐氏又得忍著，心裡別提有多難受了，就算勉強告訴自己不能擺臉色，可難免眉眼間還是露了幾分出來。

吳氏教訓了唐氏一回，可唐氏並不以為然，原想說幾句的，但看到楊氏的臉色，也怕自己真說過了，楊氏發了火把她趕回去，因此滿心不痛快的將這口氣忍了下來。只是她忍得了卻不代表楊立全忍得了，他一回來便鬧著要去崔薇家吃東西，早將剛剛的不痛快忘了。

小孩子忘性大，可大人卻忘不了，他這樣一鬧，唐氏既覺得臉面上過不去，又心裡窩著火，便也難得板了臉斥他。「吃什麼吃，沒聽說你們表姨金貴著呢，誰敢吃得她一口半口的，小心她打死你！」

這話說得，楊氏心裡更加火大，正在這會兒，崔敬平卻是打著呵欠從屋裡出來了。昨日楊氏等人在隔壁說了大半宿的話，而楊立全也不是個省事的，在隔壁哭鬧著，一會兒又折騰這個一會兒又折騰那個的，連累他也沒睡好。早晨二哥崔敬忠起來滿臉漆黑，看得出來心裡都窩著火。

崔敬平一起來後，楊氏原本還有些不大痛快的臉色突然間便變了個模樣，臉上露出慈愛之色來，連忙朝崔敬平迎了過去，一邊溫和道：「三郎起來了？可是餓了？娘在廚房裡頭給你留了些飯菜，這會兒給你端上來，吃了再出去玩，啊？」楊氏一邊說著，一邊進屋裡打了水擰了帕子就要給兒子擦臉，忙完了還要替他端早飯上來，若是換了以前，這些事便是崔薇給她做的。如今她給兒子做著，不只沒覺得哪兒不好，反倒是心裡極為快樂，像是看兒子吃得高興她也歡喜般，不時還替崔敬平理理頭髮。

吳氏抱了不安分想跳下地的楊立全在懷裡，坐在院子中就與楊氏笑道：「妳家今年這玉米倒是收得不少，夠吃上一段時間了，恐怕那豬今年也長得不小。」

院子裡的玉米前兒淋了些雨，這兩天崔世福也不敢收，這兩天楊氏回家之後便天天都將玉米挑出來曬上一段時間，一些曬得乾硬的玉米便被收進屋中，閒暇時拿起來剝。這一天時間她手腳也快，閒在家裡陪著娘家人說話，正好便將那些玉米剝了一大堆出來，剝好的玉米核便往外扔了曬著，正好可以用來當柴燒。

雖說是來女婿家裡作客的，但若是總閒著吳氏自個兒也閒不住，她不像是唐氏，就跟王氏一般懶得厲害，這會兒一有空閒便幫著楊氏做些家事，不是剝玉米便是幫著生火做飯或是割苕藤的。吳氏年紀雖然五十來歲，但身板倒也硬朗，有事倒搶著做，雖然為人強勢了些，不過也因為她勤快，家裡家外打理得井井有條的。楊氏就隨了她，可惜楊氏重男輕女的性格，與吳氏不一般，以致偏心太過，如今鬧得家裡亂糟糟的，連一向老實的崔世福都對她動了手。

兩母女一邊說著話，崔敬平一邊三兩下將楊氏給他準備的飯菜吃了個乾淨。早飯是昨兒個楊氏給他留下來的肉一併炒在裡頭的，雖說是肉，不過楊氏這手藝跟崔薇可是沒法比的。崔敬平最近時常在崔薇家裡吃東西，這會兒嘴倒是養刁了，皺著眉頭將碗裡的東西吃完，想著自己剛剛迷迷糊糊中聽到的鬧劇，到底是不放心，連忙吃完飯將空碗一推，丟了一句自己要出去玩，也沒等楊氏叮囑挽留，喚了一聲吳氏，一瞬間工夫便跑得不見蹤影了。

楊立全原本也跟著說要去的，不過看崔敬平跑得快，頓時撇了撇嘴就要哭。楊氏算是怕了他，連忙從懷裡掏出一個銅板塞到小傢伙手上，這才看他抹了抹眼淚，住了嘴。

楊氏平日為人小器，連自己的兒女都捨不得輕易時常給零花錢的，這回為了堵楊立全的嘴，算是大方了一回，唐氏忍不住彎了彎眉頭笑。

吳氏皺了眉頭道：「妳家裡不寬裕，如今二郎又要說親，妳哪裡這樣慣著他，錢拿回去。」

吳氏這一開口，唐氏深怕要糟，沒等楊氏說話，連忙抱了兒子便說出去串串門兒，一下子也跟著溜了。

而這會兒崔敬平出了門之後也不像往日一般朝聶家找聶秋文去了，反倒是直接就朝崔薇這兒跑，剛一敲門，崔薇就來開了，一身的奶香味，崔敬平忍不住猛的抽了兩下鼻子，一邊有些驚喜道：「什麼東西，這麼香？」

崔薇在廚房裡頭待了半天，實在是熱得很，渾身上下都被汗淋濕了，衣裳也貼在身上，黏乎乎的極為不適，一身汗臭味，偏偏崔敬平還說香，她不只是沒有惱羞成怒，反倒是笑著拉了崔敬平進屋，自個兒將門鎖上了，一邊將早就煮好的一杯羊奶給崔敬平端了過來。

那碗裡乳白色濃稠的東西讓崔敬平猶豫了一下，看得出來這東西是羊奶，昨兒才給羊擠過奶的，他開始瞧著還有些好玩，自然對這東西不陌生，不過聞著味道倒不像是昨天那樣難聞了，反倒是香甜了許多。

崔薇在裡頭加了些蜂蜜，使得羊奶味道更是香氣撲鼻，一邊看崔敬平有些猶豫的樣子，一邊就催促他道：「三哥，你喝呀。」這羊奶可是個好東西，吃多了比羊奶好處還多，而且若是堅持每天喝，以崔敬平如今的年紀，說不得以後長得還要身材高大一些。

崔敬平卻是閉了閉眼睛，雖然極力忍耐，但面上仍是露出了一分嫌惡之色來，捏了鼻子有些犯噁心。「這東西能吃？不是給畜牲吃的嗎？」

剛剛崔薇才喝過不少，這會兒聽他說是給畜牲喝的，頓時氣不打一處來，忍不住冷笑了兩聲，乾脆端著碗遞到了崔敬平面前，簡單命令道：「喝完！」這羊奶如此好的東西，竟然被崔敬平這樣嫌棄，崔薇頓時有些氣不過。

看妹妹真有些著急了，崔敬平這才忍著反胃的感覺，一邊捏了鼻子，一邊深呼了口氣，跟喝藥一般，連忙就端著這奶一口氣喝了個乾淨。

雖然這羊奶裡頭崔薇已經放過了蜂蜜，事實上真正喝起來味道極為不錯，但鄉下人哪裡吃得慣這個。崔敬平自脫了娘胎起，便再沒有喝過奶子，一碗灌下肚雖然極力忍耐著，這羊奶味道也不錯，但一想到這東西是奶，頓時肚子裡便是一陣排江倒海，連忙跑出去，捂著嘴一下子全吐了出來！末了還用力乾嘔幾聲，他吃不慣。

崔薇臉色漆黑，嘴角不住抽動了幾下，看崔敬平吐出來的羊奶，頓時想到那樣大一碗，特意給他留的，這小子卻偏偏給吐了，讓她恨得牙癢癢的，決定以後每天都給他端上一碗逼著他喝了，往後也可以使崔敬平身體更好一些，這是除了在平日吃飯外，給他補身體的最好東西了。

既然崔薇心裡認定這羊奶不差，自然晚上擠了奶煮過之後便沒忘了讓崔敬平給大房林氏與崔家那邊各自端了一碗。但誰料林氏一聽到這東西是奶時，頓時便變了臉色，還沒喝就乾嘔了幾聲，末了將那碗奶給潑了出去，回頭便讓崔敬平帶話，說她知道崔薇的孝心，不過這東西她聞著實在噁心，自然不能吃了，以後讓她不必再送了。

崔世福等人也同樣吃不慣，不過到底是女兒一番心意，家裡沒人碰這個，崔世福忍了噁心倒是全喝了，不過結果跟崔敬平差不多，也跟著全吐了出來。如此這兩邊自然也不用再送羊奶了，崔薇聽到這話時，忍不住眼皮就跳了好久。

趁著趕集前的這段時間，崔薇倒也弄了很大一罐奶粉出來，她每日早晚各喝一碗鮮羊奶，喝不完的反正也沒人喜歡，除了崔敬平每天要被她逼著最少喝上一碗外，其餘人對這個東西都是謝敬不敏的，剩餘的羊奶她便也全部弄成了奶粉。

林家的人不要木耳了，她時間也就空了下來，除了做女紅的功夫，便想著如何將這些羊奶做成點心糖果等，偶爾她也加一些果汁進去，雖然味道不錯，但也並不如何驚豔。反倒是她做出來的蜂蜜羊乳糖崔敬平嚐過一回之後就饞，也顧不得這是讓他噁心的羊奶了，成日便都想著吃這個。

見他喜歡，崔薇乾脆做了一大板塊的羊乳糖出來，切成整整齊齊的約有兩個指甲蓋大小的方塊了，便拿來將其烘乾，變成一塊塊的硬糖。想到趕集的時間還有幾日了，她乾脆找崔世福幫著給自己編了一個精巧的籃子，正巧用來裝羊乳糖，瞧著不只是精緻，倒也好看。

不知道是不是老天爺將崔薇帶來了這麼一個地方，也覺得過意不去，而給了她一項天賦，崔薇做出來的東西，就只是隨便洗洗切切，一樣的東西做出來的就是要比別人的好吃一些。除了她煮的羊奶崔敬平因為心理原因而喝不下之外，其餘崔薇弄的不論是糖果點心還是飯菜，他都很喜歡，尤其是這會兒崔薇弄了一樣羊奶糖，簡直令崔敬平要發了瘋，成天便都惦記著。

眼看著離趕大集的時間沒幾天了，崔薇想著還剩了一小半沒做完的東西，也顧不得再弄那些奶糖了，只將之前做好的細細封在精緻的竹籃子裡頭，外面拿東西封好了，這才將全部心思放在了荷包帕子等物上。

林家給崔薇的布總共十丈恐怕還有多了，林總管又沒特意指明說要多少套東西，不過想著上次的分例，崔薇依舊是各自做了十套物件出來。這回的緞子一瞧就不是凡品，摸上去細緻光滑不說，而且那手感還輕柔無比。崔薇記得林總管的吩咐，說是她將這東西做得好了，林夫人還有打賞，因此也不敢放鬆，每日要繡圖案之前都是再三在地上比劃過，覺得有了把握才敢繡到緞子上頭。這樣一來做出來的東西便更顯得精緻了不少，因緞子的不同，原本瞧著只是可愛的小東西立時便上了幾個檔次。

幾日時間很快便一晃而過，一大早的崔敬平知道今兒崔薇要去林府，這幾乎是每次趕大集的慣例了，他一般都是早早的過來崔薇這邊候著。

崔薇一大早起身燒了水梳洗了身上，收拾妥當之後又開始清點起這一次自己趕集時要買的東西來，看了看自己要賣的準備好的幾籃子奶糖，崔薇小心地放在了中間，上頭細心地拿乾淨的白布遮了，又將準備好的抱枕與帕子等物裹在了布中，仔細放好了才擱進去。

現在她再給林家做這些東西時，便不用再塞些東西進去，第一回塞東西是為了讓這枕頭看起來漂亮一些才如此，林家想來看不上那些破布巾的，上回崔薇只送枕頭套過去時，林管家並沒有拿這事說嘴崔薇便看得出來。正想著自己這一趟出去要買的家裡缺的東西，外頭崔敬平就已經過來敲門了。

將早已經熱好的羊奶端了出來遞給崔敬平，看他苦著臉喝過了，崔薇忍不住露出一絲笑容來。見他三兩下將羊乳喝盡了便把碗擱在桌子上，興許這幾天崔敬平也喝得有些習慣了，這會兒並沒有反胃，只是臉色多少有些不好看罷了。

崔薇一面撿了碗，一面與崔敬平道：「三哥吃早飯沒有？鍋裡我溫了些粥，先吃幾碗吧，我去將羊給餵了。」

崔敬平一起來穿了衣裳便朝這邊過來，早飯是肯定沒有吃的，聽了崔薇這話，答應了一聲，調頭便往廚房裡去了。崔薇轉頭拿了草扔給羊，餓了一晚上的黑羊一看到有吃的連忙便站了起來。趁著牠吃草的工夫，崔薇洗了手之後拿了桶子過來接在羊身子底下，伸手過去擠了一些。她動作溫柔，又是黑羊看慣的主人，因此連掙扎也沒有，溫順的任由崔薇擠了奶，自個兒才又叼了草吃起來。

這會兒工夫崔敬平將東西吃得差不多了，崔薇忙又遞了一小籃子奶糖給他，看崔敬平眼睛一亮的樣子，不由臉上露出微笑來。

這糖吃多了她也怕崔敬平長蛀牙，崔敬平如今剛剛換了牙，若是長了蛀牙可是一輩子的大事，雖說平日崔敬平看著懂事，但到底事實上還是個孩子，一沾著糖便沒了節制，崔薇少不得便要幫著他克制一些。因此雖然明知崔敬平喜歡吃這個，但仍沒有由了他性子來，反倒是不時給他一顆。這會兒崔敬平接了籃子，看到裡頭排著整整齊齊的奶糖，猶豫了一下，接著又朝崔薇遞了過來。「妹妹，這東西是妳要賣的，要不妳先賣了再說。」

崔薇正將牛奶拿到水裡冰鎮著，一聽到他這話忍不住就笑了起來。「一盒糖，又不是只少了這一點兒，若是林家吃得喜歡，我下回多做些送去就是。這是給三哥的，待會兒三哥和聶二哥他們分著吃就是了，我也差不了這一點兒。」

吃的東西都圖個新鮮，這羊乳製成的奶糖乳香味十足，雖然崔敬平等人喜歡，不過他也只是喜歡奶糖而已，那羊乳他又喝不慣。崔薇原本倒是有些信心的，不過這會兒心中也猜不準那林家人喜不喜歡吃這些，便只是碰個運氣而已，當然沒必要連給崔敬平吃的東西都要留了下來。

崔薇看崔敬平有些猶豫的樣子，便又道：「三哥，這本來就是留給你的，其餘的糖我都撿著呢，你瞧！」說完，拿了背篼裡放著的包裹，又揭開了下頭蓋著的白布，果然露出下頭約有五、六個竹籃子的模樣來。

這些竹籃子大小一致，瞧著倒也是可愛喜人，都是用來裝羊乳糖的，崔敬平看到這些，才相信崔薇沒有哄自己，心下頓時一鬆，也不再擔憂了，忙不迭撿了顆羊乳糖便塞進了嘴中，頓時甜得眼睛都瞇了起來。

兩人摸索了一陣，瞧著外頭的天色不早了，夏季本來白天就長，亮得早不說，黑得也晚。雖說現在不用去擠攤位，不過去了林家崔薇還想再買些東西，家裡的蜂蜜如今用了一些，約剩了還有大半罐子，雖說現在瞧著倒不少，但因為崔薇做的東西也不多，若是林家的人喜歡，她還準備多做一些羊乳糖，以及用羊乳製些奶油點心等出來賣給林家呢。真如此，那現在這些蜂蜜瞧著便有些不夠用了，此時雖然有蔗糖賣，不過蔗糖的味道總歸比不過蜂蜜甜，普通人家倒也罷，可若是換了林家那樣的富貴人家，一般都有些講究，恐怕便瞧不上蔗糖做的糕點了。

崔薇主要是將東西做出來賣給林家這樣的大戶人家多掙些錢的，畢竟若是拿到街上賣，這東西製作起來繁忙不說，且本來她又只得一頭羊，東西不多，賣又賣不了幾個錢，倒也是白忙一場。她自己要如何做，心裡清楚得很，對於這樣的材料，崔薇自然不可能為了一些小便宜，便去貪了心省些小錢下來丟了大買賣。

兩兄妹收拾了東西，崔薇又鎖了院門，二人一前一後便朝外頭走，崔敬平將奶糖放在自己的胸口前，恨不能立即便找到聶秋文二人拿了這東西出來獻寶。兩人腳步也快，路過崔家時竟然意料之外的發現楊家人到這會兒竟然還沒有走，唐氏抱了昏昏欲睡的兒子站在門邊，楊氏朝這邊看過來時，就見到兒子給崔薇揹著背篼的樣子，臉色一下子就沈了下來，大聲喝道：「三郎，如今天色還早，你趕緊回屋再睡一會兒！」楊氏這會兒氣得發瘋，平日裡她自己都捨不得讓崔敬平幫著做一些事情，崔薇這死丫頭倒好，還讓她三哥揹東西！

楊氏瞪了崔薇好幾眼，可惜崔薇只顧著與崔世福打招呼，理也沒理她，崔敬平自個兒又揹著背簍不肯放下來，楊氏倒是想去搶過背簍給崔薇扔了，不過她不敢。自上回兩夫妻打過架之後，她這回回來時崔世福表面看似不說什麼，可實則心裡跟她是生分了些，再加上侄兒媳婦唐氏這段時間一直住在她家裡頭，崔世福便都去了隔壁崔世財那兒睡，連屋也沒回。兩夫妻除了吃飯那會兒，幾乎一整天連話都說不上半句，她也服不了個軟，如今自然不可能在崔世福還不痛快時便找崔薇麻煩，只能暗示地瞪了崔薇幾眼，誰料這死丫頭瞧也不瞧她，倒將楊氏氣得夠嗆。

「薇兒，早晨時霧氣重，天氣也涼，妳自個兒多穿件衣裳，不要受了風寒，有事就該讓妳三哥做，那是應該的。」崔世福呵呵笑了一句，一邊摸了摸女兒腦袋。

楊氏聽了他這話直咬牙，卻並不敢反駁，只是又瞪了崔薇一眼，那頭崔敬平連忙從懷裡掏出竹籃子來，掀開上頭包著的白布，一邊撿了塊乳白色的小奶糖遞到了崔世福面前，一邊道：「爹，這是妹妹做的，您嚐嚐。」

崔世福還沒有開口，那頭唐氏便有些忍耐不住了，也要伸手過來拿。「什麼好吃的東西藏著，給咱們家全哥兒也嚐一塊。」

崔敬平有些不大痛快地避讓了開來，他竹籃子裡頭又沒有幾塊奶糖的，平日崔薇不肯讓他吃多，怕他牙受不了，這回可是好不容易才給了他一整盒，若是被唐氏嚐過，恐怕顧不得他是孩子，一整盒怕是都要被她搶了去。

唐氏上回住在了崔家便捨不得回去，吳氏臨走時拉了她走，可她住在崔家有吃有喝又不用幹活的，時常出去與村裡婦人說些閒話，一整天回來就吃飯，日子不知過得有多舒坦了，便死活賴著不肯走，直到今日楊氏受不了了，才給她收拾了東西要送她離開。

「姑爹，我倒不是嘴饞貪孩子的東西，不過咱們家立全還小呢，看到這些吃的便忍不住。」唐氏一邊說完，一邊看著趴在自己肩上愛睏的兒子，連忙搖了他幾下，非將這小東西搖醒了，看他有些即將發火的模樣，連忙就哄他道：「全哥兒，你表叔那兒裝著糖呢，還不趕緊讓表叔拿一顆來嚐了？」

被搖醒的孩子原本還有些不大痛快，不過一聽到吃的，頓時眼睛就亮了起來，連忙揉了揉眼睛掙扎著跳下了地，看到崔敬平手裡的東西，跳著便要去拿來吃。崔敬平總共沒得幾顆，哪裡肯給他，連忙就遞給了崔世福。那楊立全一看到這情景，連忙就要往地上坐，崔世福看他這樣子，頓時無奈地就將手裡的乳糖塞到了楊立全嘴裡。

楊立全一含到糖，頓時眼睛便亮了亮，也不哭了，連忙便伸手到嘴裡掏了一陣，拿了糖在手裡把玩著看了一眼，弄得滿手都是乳白色的口水了，這才又將變了些顏色的糖塞進嘴裡，一邊伸手就去抓崔敬平，嘴裡道：「表叔，我還要！」

崔敬平眼睜睜的看著自己的衣裳袖子上無端多了幾個手指印，霎時眉頭就挑了起來，臉色一下子陰沈得能滴出水來。

他以前跟楊立全兩個關係好，不過那只是偶爾在一塊兒玩玩，果然是應了遠香近臭那句話。原本久而久之碰一回面恨不得時常在一塊兒玩的兩個人，一旦相處了超過十天左右，頓時崔敬平便開始有些不喜歡這個表侄了起來，不只是愛哭不說，而且楊立全還渾不講理，比他還要無法無天。再加上身邊又有唐氏這樣一個樂得自己不帶兒子、將孩子丟給別人自個兒卻去玩耍的母親，崔敬平跟楊立全相處的時間多了起來，就越看越避之而唯恐不及。

本來崔敬平就不過自己都是個孩子，就是有些耐性也用在了崔薇身上，如今一旦遇著楊立全，多少就有些不耐煩。這會兒看到他將黏乎乎的手指弄到自己身上，頓時就有了一種想揍他的衝動。不過看到身旁的楊氏等人，他依舊是咬了咬牙，用力將袖子抽了回來，臭了臉說道：「沒有了！」

「怎麼會沒有，我剛剛明明看到有的，三郎，你是長輩，可要讓著小的一些。」唐氏有些不大快活了，勉強擠出笑容來說了一句。

崔敬平理也懶得理她，那楊立全見他不給，自個兒便到胸口去掏，崔敬平頓時火冒三丈，一下子就推了他一把。這一下推得倒不重，不過態度卻是擺明了不會給楊立全糖。剛剛那種奶糖是加了蜂蜜與羊乳又去了羊乳裡的膻腥味做成的，香得讓人直流口水，楊立全嘴裡含著一個奶糖，這會兒嚐過之後就還想要吃，見崔敬平不給，頓時坐在地上就大聲哭了起來。

楊氏一下子便心中有些不大痛快了，瞪了唐氏一眼，也不說要讓崔敬平給他糖的話，畢竟侄孫兒她雖然喜歡，可到底隔了好幾層，哪裡比得上她自己肚皮裡頭爬出來的。雖然顧著親戚的顏面，沒有立刻開口，但面上多少還是流露了些出來，故意與崔敬平道：「三郎，你還有沒有，若是沒有了，就跟你表嫂說吧。」楊氏說完，忙低下身就去哄楊立全了。

瞧楊氏那態度擺明了就是不會讓崔敬平給糖的意思，唐氏恨得牙癢癢的，頓時看了崔薇一眼，連忙就要伸手朝崔敬平背上抓。「這東西反正是四丫頭做的，這背筧裡肯定還有！」

崔薇立即警告似地便看了她一眼，回頭便與唐氏道：「表嫂可不要隨便拿我的東西，妳也知道我不高興起來可不是人的！」

一句話說得唐氏眼皮不住跳，上回她去崔薇家裡被人趕了出來時，嘴裡可是來來回回罵了這幾句，如今聽到她提起，只當崔薇是要打自己了，也有些犯怵。再加上一旁還有崔世福夫妻，她也不好做得太過了，因此便將這口氣硬生生的忍了下來，冷哼了一聲，心裡極不舒坦，卻是不敢動了。不過她也不去哄地上哭鬧不止的楊立全，只讓楊氏自個兒想辦法了，幾人都被小孩子吵得頭昏腦脹，唐氏看了這才心裡痛快了些。

崔敬平拳頭忍了好幾次才沒落到楊立全身上，這孩子實在太討打了些！他一面扯了扯崔世福的袖子，又看了看外頭的天色，說道：「爹，時間不早了，我跟妹妹要走了。」等下若是走到一半天亮了起來，太陽一出來熱得難受，再加上崔敬平想去找聶秋文幾個，才不願意跟著唐氏母子走一塊兒。

「走吧，我們也一起走。」崔世福也被吵得受不了了，以前瞧著楊立全這孩子挺乖的，嘴巴又能說會道，哄得人心裡開心，雖然有些調皮，但想到他只是個孩子，便也釋然了，反倒認為孩子調皮更可愛一些。誰料在他家住了幾天，別說楊氏自個兒受不了，連崔世福都想趕人，這孩子在家不是逗豬就是抓雞，或是弄了玉米粒等扔著玩，有時嚇得崔家雞都不敢回來了，讓崔世福火大。

原本還想與崔世福說了讓他幫著編幾個竹籃子的，可誰料現在的狀況看來崔薇也懶得說了，那頭楊氏也哄累了楊立全，這傢伙好說歹說就是不起了，跟四季豆似的，不進油鹽。看到一旁唐氏袖手旁觀的模樣，楊氏心裡火一把就冒了起來，連忙自個兒沈著臉鎖了大門，問唐氏道：「妳還不趕緊哄了立全走了，要是再拖下去，天亮了。」

又不是自己要去賣東西，唐氏當然不著急，聽到楊氏這樣說便一攤手。「姑母，可不是我不哄他，您也知道全哥兒的性子……」

「好了好了。」楊氏懶得跟她囉嗦，聽到她這樣一說話心裡就火大，一面拉了崔世福幾人道：「妳願意磨蹭就磨蹭吧，我們先走了。」

唐氏一聽這話不由有些歡喜，又想著自己能留在崔家，不用回去了，那頭楊氏卻說等下趕集時要喚了楊大郎過來接她。唐氏心裡有些不快，可一想到若是楊大郎過來，楊氏總要買些吃的招呼，能再留下吃頓飯也好，下午再走，多少又能磨去一天，因此倒是高興了起來，更加堅定了不去趕集的心。

面對這樣的人，楊氏也拿她沒辦法了，畢竟是自己的親戚後輩，因此忍了心裡的鬱悶跟著崔世福等人就出了門。

第三十五章

現在天已經濛濛亮了，這下子去也不知道能不能占到好位置，楊家人賣的是自己攢了十來天的蛋以及地裡摘的一些黃瓜、絲瓜等物，賣這些東西的人多不勝數，若是去得晚了恐怕連位置都沒有。楊氏這會兒急上火了，又看崔薇自個兒不揹東西而讓自己兒子揹的情況，乾脆眼不見心不煩，拉了崔世福走在前頭。

崔薇二人去喚了聶秋文跟王寶學一塊兒，幾個孩子一面吃著奶糖，一面慢悠悠地走，倒是不知有多舒坦。

到了鎮上時果然天色大亮了，崔薇放了崔敬平的假，讓他和聶秋文二人去玩耍，自個兒則是先是去了林家。估計這一趟林夫人要崔薇做的東西極為緊要，那林管事這會兒已經候在了府中，一聽到崔薇過來了，連忙就讓人將她引了過來。

這回崔薇做的東西確實精緻，再加上緞子又好，做出來的東西那林管事捧著便點了點頭，一邊笑著道：「夫人肯定會滿意，妳先等著，我去給妳問問。」他說完便轉身要走，可是眼角餘光瞧到崔薇背簍裡幾個精緻的小竹籃，每個約有巴掌大小，看著倒是可愛，上頭分別搭了幾塊剪切得方方正正的乾淨白布，頓時就有些好奇。「小丫頭又帶了什麼吃的過來？」

「林大叔，這是我專門做了要送給您以及夫人的。」崔薇一見他主動提起，連忙就拿了一盒，揭開上頭搭著的白布，一面就露出了裡面方方正正的羊乳糖，擺在竹籃子裡頭，一股濃郁的乳香味傳了出來。

林管事雖然一向有些潔癖，可這會兒聞著倒忍不住有些嘴饞，連忙撈起一塊糖就放進了嘴中，只是舌尖剛一沾到奶糖，頓時他眼睛就亮了亮，指了指背簍裡的幾個竹籃子，乾脆道：「這個給我帶上一籃新的，我一併拿去給夫人嚐嚐。」

他這也是幫著崔薇的意思，崔薇一向會做人，再加上她又懂事，在林家接了活兒，可是卻並不討人厭，拿出來的東西不只是讓送東西去給林夫人瞧的林管事有臉面，而且做的東西也精緻，吃食更是可口。每回送她的東西去給林夫人嚐都有好驚喜，自然這會兒也樂得幫她。

崔薇心裡欣喜地點了點頭，連忙裝了一籃子奶糖放在了林管事另一隻沒有抱著布包的手上，這才乖乖的坐在屋中等他了。

不出意料的，那奶糖幾乎所有吃過的人都喜歡，林夫人自然也是愛吃，留了下來不說，還讓崔薇以後每次趕集都送一些。除了那布又再打賞了五兩銀子之外，為了這些奶糖，林家竟然又另外再給了五兩銀子。崔薇懷裡揣著十兩銀子，以及之前存下來的十兩銀子，頓時心裡就踏實了下來。如今她恐怕算是小灣村裡比較有錢的人了，這些錢就算是她不做事可勁兒的花，也要花上七、八年了，更別提這乳糖林夫人看似挺愛吃的樣子，一次就給了五兩銀子，以後若是要再送，銀子恐怕還少不了她的。

一想到這些，崔薇心裡頭更是安定，回頭裝了銀子，想了想自己回去要做的東西，又與林管事說下回再送吃的給他，這才被林管事令人將她送了出去。

崔薇興奮異常地出了林家大門，先是去上次趕集時買羊的地方瞧了瞧，可惜這回再也沒有看到賣羊的，也只能掃興而回。她如今也沒什麼養雞鴨的心思了，倒是買了不少蛋裝在背篼裡頭。她記得當時自己賣野味時還有人賣蜂蜜的，聽崔敬平說這東西偶爾也有人賣，雖說不是時常有人賣的，但每隔一、兩次趕集，總是有人賣的。

崔薇原是想過去碰碰運氣，誰料她去了賣野味處時，果然就看到有人在賣蜂蜜，一大罐子蜂蜜，看樣子比她屋裡的還要多，那人賣三百文錢，估計價格太高了，因此也沒人去買，看的人倒是多，可真正下手的人少。

這會兒可沒有什麼作假的蜂蜜，也還沒有人工飼養蜜蜂，要想嚐蜂蜜，可得自己去掏蜂窩，被蜜蜂螫了不只是疼，而且要腫個大包，若是多來幾口，恐怕還有危險的。許多人都不敢碰這蜂窩，蜂蜜自然價格也高，如此一來想買的人自然不多。幸虧沒有遇著像林家這樣的人家，崔薇連忙湊了過去，數了錢便將這罐子蜂蜜買了下來。

買了這樣多東西，崔薇又隨便買了些新鮮的蔬菜，背篼裡便裝得滿滿的了，又買了一塊肉藏在背篼下頭，上面拿菜葉子遮了，外頭也瞧不出來。如今她正是長身體的時候，自己又有了錢，在吃食上她當然不會委屈了自己，又看到沒人買的大骨等物，乾脆一併買了裝在背筧裡，這才朝與崔敬平等人集合的地方轉了過去。

這會兒時間已經不早了，再耽擱下去恐怕回家都要吃午飯了，幾人也沒有再耽擱，回了小灣村時果然許多戶人家裡都燃起了煙火，崔家大門敞開著，楊氏等人已經回來了，屋裡歡聲笑語的，聽著像是有客人的模樣。崔敬平拉了拉背筧帶子，跑過去瞧了一眼，沒等楊氏將他喚住，便又跑了回來，輕聲道：「大表哥過來了！」

他說的大表哥就是唐氏的丈夫，楊立全的父親，平日對這個表哥崔薇印象也不太多，畢竟年紀相差大了，以前又不可能玩到一塊兒，更何況那時本來的崔薇膽小懦弱，自然楊大郎更瞧不上她。崔薇只記得這傢伙也是個性情暴躁的，原本想過去與崔世福說幾句話的，一聽到這兒，崔薇便打消了主意，連忙拉了崔敬平自個兒回自己家了。

聶秋文兩人剛剛都被人喚了回去，聶氏喚兒子回去那是因為聶家父子回來了，兒子若還在外頭不回家，要是聶夫子知道兒子天天是在崔薇家吃飯的，恐怕要揍他，孫氏免不了也要被說上一頓，她自然不敢在這會兒讓兒子過崔薇那邊吃飯，因此將不情願的聶秋文逮了回去。

而另一邊王寶學的母親劉氏是覺得兒子時常在崔薇家吃飯有些不好意思，人家本來就是一個小姑娘，平日裡又沒父母幫襯，偶爾吃一次都不好意思了，哪裡天天要讓兒子過去。可惜王寶學喜歡吃崔薇煮的飯菜，不肯在家裡頭，她也是沒辦法了，只得常摘些地裡的東西送過去，心裡才稍微舒坦了些。不過一看到兒子平常吃得油光嘴滑的臉，多少心裡還是有些歉疚，這會兒聽到孫氏都將兒子叫回去了，她自然也將不情願的王寶學留在了屋裡，寶貝兒子不痛快也顧不得了，只得好聲與他哄著。

沒了兩個蹭飯的，中午自然只得兄妹兩人。崔敬平肯定是不回去吃飯的，楊氏來喚過幾回，說是家裡割了肉，可他就是不肯走，楊氏也拿他沒法子，只得傷心自己兒子如今跟自己不親近了，心裡將崔薇恨上了，也沒喚她，自個兒沈著臉回去了。

崔薇哪裡會理睬她，回來便先將羊奶擠了，一面又給羊兒餵了草料，添了一些黃豆在裡頭，估計是改善了口味，那羊吃得倒挺痛快。趁著吃飯的工夫崔敬平又出去給她割了些鮮嫩的草回來。午飯就兩兄妹自個兒吃，倒也歡快。

這回沒有再接做女紅的活兒，崔薇多少也鬆了口氣，想著上回給崔敬平做了大半的衣裳，乾脆趁著中午時便給他做了。崔敬平家裡熱鬧得很，又有楊立全那煞星，他也不肯回去，乾脆跑到崔薇屋裡的地上躺著睡了一覺，等他醒來時，崔薇就將做好的衣裳指給他瞧，讓他自個兒試一試，而她卻連頭也沒抬，手裡還在給崔世福做著衣裳。

崔敬平有了新衣裳，歡喜得傍晚回了自個兒家一趟時便是穿了新衣裳回去的，直讓楊立全羨慕著也要新衣裳。若不是崔敬平的身段與他的不同，恐怕這會兒早哭鬧著讓崔敬平脫下來給他了，直到唐氏自個兒都被吵得受不了，與他說回頭便扯了布給他做這才算消停了。

唐氏雖然不願意離開，不過楊大郎都來接了，她哪裡還敢不走，太陽還沒落山時，這一家三口到底是被送走了。楊氏想著這些日子以來的生活，突然間鬆了一口氣，楊立全走了，讓她耳根子終於安靜了下來，頗有一種劫後餘生的感覺。

這會兒包裡有了錢，崔薇也不著急了，平日閒暇時就拿了喝不完的羊奶要麼熬些奶粉存著，要麼就是用來做些奶糖或是其他點心糖果等物。十來天下來倒是又弄了幾樣精緻的點心出來，若不是上回趕集時忘了買麵粉，恐怕這會兒崔薇都能試著做些蛋糕了。眼見著趕集的日子到了，崔薇先是去了林家又交了幾籃子的奶粉，並將自己做好的幾樣糕點都帶了過去，最後又得了二兩銀子的賞賜，只是這樣一來崔世福之前閒著給她編的竹籃倒是有些不夠用了。在鎮上記著買了些麵粉等物，原是想走到鎮上肉攤處買些肉回去吃的，但每回都是買些淨肉吃，這回崔薇想了想乾脆買了兩隻豬蹄裝在了背簍裡。

豬蹄吃多了對女孩子可是有好處的。她以前住在崔家幾乎是吃得最差，卻幹得最多的一個人，楊氏雖說心裡沒想著要多刻薄女兒，不過她偏愛其他幾人慣了，崔薇生活自然說不上好。已經八歲的孩子了，崔薇外表看起來還瘦瘦弱弱的，豬蹄吃多了又美容，最主要的是崔薇也有些發饞了，反正她現在也不缺錢，乾脆就買了兩根。

現在正好是蓮藕成熟的季節，崔薇又買了些蓮藕裝在背簍裡頭，直將背簍裝滿了，這才沒有再買東西。

快晌午之前先回家取了柴火洗了一口大鍋，將蓮藕洗淨之後切成嬰兒拳頭大小的一塊，一併和已經脫過次血水去了腥氣的豬蹄放進了鍋裡。

宰這豬蹄時崔薇自己沒有力氣，還是喚了崔敬平過來幫的忙。將火生上了崔薇拍了拍衣裳，連腰上的圍裙也沒解，想著自己家裡如今不多的一些竹籃，便估摸著要去崔家一趟。

崔敬平這會兒要留在這邊擠羊奶，他是不想回去的，反正家裡也沒什麼好玩的，自然也就不過去了。崔薇自個兒拿了這段時間給崔世福和崔敬懷做的衣裳，這才出了大門。

這會兒崔家裡頭已經生起火來，崔薇進屋時崔世福父子倆都在，兩人趕集回來都閒不住，拿了個籮筐裝了滿滿的玉米在院子裡頭剝著，看到女兒過來時，崔世福很是高興，連忙站起身來。「薇兒來了，趕緊進來坐坐，今兒中午留在這邊吃飯吧，妳一個人也懶得做了。」

他說話時，屋裡的楊氏聽到了動靜，連忙就拿了火鉗朝外頭走了過來，站在廚房門口處便朝這邊冷笑。雖說她如今回了崔家，但一想到當日因為這死丫頭而被打的情景，楊氏依舊氣不過，又想到崔薇在羅里正那邊說得斬釘截鐵的話，頓時忍不住就冷笑道：「當日不是說得那樣有骨氣，還說不要過來吃，我們這做爹娘的也不要享妳的福氣嗎？」

楊氏話音剛剛一落，崔世福回頭就瞪了她一眼，估計是剛剛才挨打沒有多久，楊氏這會兒還心有餘悸，因此頓時撇了撇嘴角，不再張嘴說話了。只是她也沒有回廚房去，反倒就站在了門口邊，那雙目光跟監視人般，眨也不眨地就盯著崔薇看。

「爹，我早前說給您和大哥做的衣裳，這幾天趕了出來，就給您送過來了。」

崔薇話音一落，崔世福心裡更是軟乎乎的。

楊氏一聽到不是過來吃東西的，而是來送衣裳的，頓時表情訕訕的，雖然不想跟女兒開口說話，但仍是道：「妳二哥好歹是個讀書人，一碗水也要端平了，眼見著要趕考了，妳二哥還是要穿身體面的衣裳出去才是。」楊氏想著崔薇給崔世福父子三人都分別做了一身衣裳，當然她是捨不得說哪一個的，不過看女兒只給崔世福以及大郎三郎做，獨獨就漏過了二郎，心裡難免就有些不快。

沒待崔薇開口，崔世福已經瞪了她一眼。「一碗水端平，妳先自個兒做得到才有臉來說別人！」當初崔薇在家時楊氏就是個偏心眼的，如今年紀大了越發糊塗，竟然將主意打到了這兒。崔世福又警告般瞪了她一下，這才回頭變了個笑臉，看著手裡簇新的衣裳，頓時有些依依不捨地摸了幾下，一邊道：「多好的料子，多好的衣裳，不過就是浪費了些，若是賣了能換些錢，也好給妳貼補一些。」

崔薇笑著就搖了搖頭，也沒理睬一旁酸得險些忍不住的楊氏，一邊就道：「布是早就買好的，我那邊還有餘的，準備給奶奶也做上一身。爹您就只管穿吧，二哥那邊是我已經給了三兩銀子，實在沒辦法籌出多的好處來，這才沒有做的。娘手裡有錢，想給二哥做幾身衣裳都行。」如今搬了出來，不用受楊氏的氣，也不用看她的臉色，崔薇自然便不輕不重地刺了她一下，看楊氏頓時臉色有些變了，像是要發火的模樣，這才衝崔世福笑了笑。「我這趟過來也不是全送衣裳的，我想請爹您幫我多編一些之前那種小竹籃，我瞧著挺好看的，平日若是用來裝些吃的也好看，送到林家人家也喜歡。」

一聽到女兒過來是找自己幫忙的，崔世福竹片手藝編得好，這村裡人都是知道的，如今聽到女兒誇獎，頓時忍不住就得意的挺了挺胸，忙就一口答應了下來。「那有啥了不起的，只要妳說，要多少我也給妳編著！」

看到這幾人一副有說有笑的樣子，一旁崔敬懷雖然不說話，但卻拿了衣裳在身上比劃，楊氏自個兒手裡卻空落落的，沒人給她送東西，她也不是嫉妒崔世福父子，只是看女兒有了好處頭一個想到的不是自己而是別人，心裡有些不是滋味。想著全是白生了她一回，早知道當初真不如人家所說的，一生下來就掐死算了，免得現在還來給她氣受！

楊氏心裡氣得半死，臉色也不好看，拿火鉗敲了敲牆壁，一邊就冷笑道：「如今瞧著就要割稻穀了，哪裡有閒暇的時間給妳弄這些玩意兒，妳當咱們家一天到晚沒事幹，像妳一樣能有大戶人家照顧著嗎？妳既然這麼能幹，如今還能自立了門戶，有本事也不要回來求著妳爹幫忙，自個兒找人幫妳呀！」

楊氏心裡實在是氣不過，又有些酸溜溜的，也顧不得崔世福遞過來的眼色，頓時便忍不住譏諷了一句。

崔薇氣定神閒地看了她一眼，直看得楊氏有些不自在了，半晌之後才道：「我找爹幫忙，自然是要給銅錢的，不會平白無故要爹耽擱地裡的活兒，若是娘認為爹忙不過來，我晌午後就去村裡找別人問問。」

這話一說出口，楊氏頓時眼皮就跳了一下，看崔薇表情冷淡的樣子，恨得心裡咬牙，又見崔薇說完這話便假意轉身要走，頓時有些著急了。一聽到銅錢兩個字，也顧不得自己剛剛才說過崔世福沒空，連忙就道：「等一下！」她一說完，頓時便有些惱羞成怒，一看到崔薇那張平靜的臉就來了氣，也顧不得被崔薇看輕了自己看重錢，一邊怒聲道：「有好事不知道便宜了自己人，那外人哪裡會真正幫妳幹活的？再說妳爹編竹片的手藝可是村裡出了名的，妳還能找得著誰？」這前後自打嘴巴的話一說完，楊氏自個兒也覺得有些不自在，連忙就將頭低了下去。不過就算是這樣，她好像依舊也能感覺到崔薇的目光落到了她身上，頓時臉上便慢慢的燙了起來。

「一家人，還談什麼錢不錢的，再說妳娘做事本來就不厚道，要說錢，我還欠著妳呢，也不要提這些了！」崔世福忍了怒氣，也沒回頭看楊氏，便衝女兒叮囑了一句。

崔薇心裡打了主意，收了竹籃時就給崔世福錢，這會兒自然也不跟他理論，只抿嘴微微笑了笑，一邊談了這事，就準備回自個兒家裡去了。

正在這時，外頭一個人影卻是探頭探腦的朝院裡看了過來，崔世福一下子就警惕了起來，深怕是哪個要偷東西的人過來踩點（注）的，頓時站起身來，大聲喝道：「哪個在那兒偷偷摸摸的張望，再不趕緊出來，馬上扭了你送羅里正那兒去！」

話音一落，那人影果然就站了出來，一面怯生生的跪在了外頭，一面目光躲閃的喚道：「爹、娘，我回來想看看小郎。」

王氏說話時，目光躲躲閃閃的，楊氏頭一個就不信。

王氏穿著一身打滿了補丁的寬大褂子，一看就不是她自己的，不過是半個來月工夫而已，王氏竟然瘦了一圈，那頭髮也亂糟糟的，一副沒有梳洗過的模樣，看上去跟以前又胖又結實的樣子比起來，簡直就像是換了一個人般。崔薇吃了一驚，竟然第一時間沒有認出這個又瘦又面有菜色的人竟然是王氏，回頭看崔世福等人的表情比她還要吃驚。

崔敬懷嚇了一跳之後，頓時又一下子捏著拳頭站了起來，衝她厲聲喝道：「妳還回來幹什麼？滾出去！」

上回王氏竟然敢跟婆婆對打，不管楊氏自己是個什麼德行，但始終是長輩，而且還是崔敬懷的老娘，崔敬懷自然心中不痛快。這會兒對她哪裡還有好臉色，沒有立即便衝上前打她，便已經是看在了兒子崔佑祖的分上了。

王氏身子顫抖了一下，這會兒也顧不得看兒子的幌子，一下子便哀嚎了起來，跪在地上便往院子裡挪。「大郎，我錯了，你饒了我吧。爹，您看在小郎不能沒有娘的分上，也原諒兒媳一回，我以後再也不敢了，你們打我一頓吧，小郎不能沒有娘的。」她來來去去只得這麼兩句，哭得鼻涕眼淚不住流的，看得出來這段時間王氏沒有少吃苦頭。

對於這些事情崔薇不想搭理，她如今又沒跟崔家攪和在一塊兒，王氏要留要走，自然她也懶得去多看。崔世福的性格一向溫和老好，恐怕王氏這樣一哭，說不得他真會看在崔佑祖沒了娘的分兒上讓她回來，往後崔家裡可有得鬧了。王氏跟楊氏打過一架，兩婆媳算是撕破

注：踩點，提前熟悉場地，以求做到進退自如。

臉了，以後他們煩心的事還在後頭。幸虧自己是搬出來了，以前有自己這樣一個出氣筒，那兩婆媳都針對著自己衝突，自然勉強相處得下去。如今自己一旦搬出來，二人便都翻了臉，要想和好如初，哪是那麼容易的。

崔薇看著王氏蓬頭垢面的模樣，嘴角彎了彎，雖說如今王氏已經不配她去多看一眼，不過能瞧到她現在這麼倒楣落魄的樣子，不得不說實在心中歡喜得很。崔薇走出院子，果然就聽到崔家裡頭傳來楊氏高聲的怒罵，間或夾雜著幾聲打罵與哭喊，一家裡鬧得不可開交，她又站了站，這才朝自個兒家裡走去。

崔家一鬧就是鬧了大半天，到傍晚時才消停下來，崔敬平回去看了一眼，過來時便與她說王氏留了下來，這是崔薇意料之中的事情。崔世福那人性格說得好聽一些便是希望家和萬事興的敦厚人，願意一家人和和美美過日子的；說得不好聽一些就是太沒性格了，而且他認為的事情又不一定非是正確的。可是崔世福活到這把歲數，性格固定了，恐怕別人就算勸說他也不會聽，除非自個兒吃了苦頭。

晚飯時鍋裡燉了大半天的蓮藕豬蹄湯便已經軟爛了，一股香味直竄進人鼻孔裡，原本還說這樣燉著吃沒味道的崔敬平不住圍著灶臺轉，就希望天色早些黑下來。

崔薇看他這模樣，忍不住笑，乾脆將他支使出去摘些鮮嫩的辣椒回來，自個兒則是抽空又將羊奶擠了些，替羊刷了刷毛，又給餵了些豆子，混雜切好的青菜等物，那頭崔敬平便捧了個簸箕回來了。他並不是一個人過來的，身邊還跟了揹了一個背篼的王寶學，這兩人一進門便與崔薇招呼了一聲。

王寶學也不要崔薇招呼，自個兒將背篼放在院子角落裡，一邊就替崔薇收拾起院子來，一邊與崔薇道：「崔妹妹，我娘讓我給送些菜過來。」

這小子精明，一看送了東西過來有好吃的，頓時就不想走，不過他嘴上不說，但行動卻是表明了出來。一面拿著掃帚替崔薇掃著院子，一面就要拿個菜板子抓了草給羊切，這殷勤的舉動看得崔薇忍不住想笑，一邊就道：「王嬸真客氣，時常給我送菜，哪裡好意思，猴子哥，要不你晚上就在這兒吃飯吧。」

王寶學一聽她邀請了自己，頓時眼睛便是一亮，手上動作更迅速了些，三兩下將草切好了放在圈邊的籮筐裡頭晾著水氣，一邊又要擰了帕子進去給崔薇擦地板，一副極為上道的模樣。

將崔敬平摘回來的青椒三兩下切成一小條，洗了三個小碗倒了進去，一邊又各自挑了一小塊豬油在三個碗裡，灑了些醬油進去，切好的細蔥大蒜等物都放進去，還抓了些青花椒、乳白的豬油與翠綠的小蔥段，再加上又紅又綠的新鮮辣椒，看上去就極為養眼。又拿了勺從錫鍋裡舀了些豬蹄湯出來淋在碗裡頭，那原本還凝固著的豬油被這熱燙一澆，頓時便化了開來，成為油珠浮在碗上。崔薇自個兒洗了枝筷子挑著嚐了，也忍不住滿意地瞇了瞇眼睛。

調出來的作料又麻又辣的，絲毫不輸前世在飯店裡吃飯的大廚水準，雖然這個時候沒有味精，但不知為何，自從重生之後，崔薇做吃的手藝便日漸增長，隨手弄的小調料也這樣好吃。

拿了杯涼開水喝了，去掉嘴裡的辣味，崔薇一面喚了屋裡崔敬平出來端東西，一面又倒了小半勺子煮過去了味的羊乳在湯裡頭，又添了鹽，自個兒勾了些嚐，便忍不住一下子高興得眯了眯眼睛。吃飯前照例給崔家與林氏那邊各端了一碗去，幾個小的這才圍在飯桌子前吃起飯來。

湯味鮮美不說，而且那蓮藕燉得極軟爛，再加上好吃的豬蹄拌在調料裡頭，用來下飯最好不過。眾人個個都吃得肚子滾圓的，那頭剛擱下筷子，外頭便響起了敲門的聲音，崔薇愣了一下，連忙就朝外頭喊道：「誰呀？」

「薇兒，是我，妳大伯娘，我來給妳還碗的！」劉氏的聲音在外頭響了起來，崔薇忍不住捂了捂肚子，這才起身去開了門。

劉氏拿了碗站在門邊，那碗已經是洗過了，只是她手裡拿著的可不止是一個而已。崔薇愣了一下，便抬頭看了劉氏一眼，一邊眉頭微微皺了下。

劉氏笑了起來，一邊說道：「薇兒，那湯還有沒有？妳奶奶喜歡吃得很，這不，一個人全部吃光了，說是還想要再吃一些。」她說完，目光微微閃了閃，一邊有些不好意思地遞了碗過來。

崔薇眉頭頓時便皺了起來，一看劉氏這模樣表現得就不像是林氏要吃的，而且一來便將碗遞來，根本不像是與她商量的語氣一般，反倒像是理所當然的樣子，令崔薇心裡微微有些不快。心裡懷疑是劉氏自個兒想吃了才過來的，畢竟端過去的一大碗湯就是林氏再能吃，一個人也絕對完全吃不下並且還要再來一碗的，肯定是崔世財家自個兒共同吃了那碗湯，如今不夠了，劉氏才過來了。

崔薇想著林氏好歹也是維護過她幾回，到底沒有開口，臉色淡了下來，衝劉氏道：「還有一些，奶奶既然喜歡吃，我便去給她裝上，只是不多了。」

那頭劉氏似是沒有聽到她最後一句話般，想了想道：「妳燉的是豬蹄子吧？這東西年輕的姑娘可是吃不得的，妳將肉全部給裝上，那蹄子妳不能吃，我端過去讓妳伯父嚐嚐。」

什麼她不能吃肉要給別人嚐的，崔薇頓時臉色就有些不好看了起來，劉氏平日裡瞧著溫溫和和的，沒料到也是個這樣愛占便宜的性子。她乾脆將手一攤，一邊就道：「大伯娘，那肉可沒有多少了，您要是還要湯我就去裝，您要是不要了，那把碗給我就是！」

一看崔薇有些不大高興了，劉氏頓時便愣了一下，猶豫了一會兒，這才像是吃了些虧一般，有些不快。「那算了吧，妳多裝些，蓮藕也行的。」她一邊說著，一邊到底是心中有些不舒坦，想了想道：「那豬蹄女孩子是吃不得的，吃了以後自己的好姻緣要被岔掉，妳下回再燉這個，自個兒便少吃一些。」

鄉下裡亂七八糟的規矩也不少，什麼忌諱之類的也多，崔薇聽了劉氏這話便心中有些不快，什麼自己吃了就要被岔掉好姻緣，她自個兒吃就不會的。若是有這樣的事，她還不知道要給自己的三哥、給自己父親吃啊，哪裡要去便宜了劉氏？說到底，她如今跟崔家可是脫離了關係的，對林氏最多有幾分尊敬罷了，若是真論起來，自己吃了東西就是不給他們端也沒哪個會給自己說嘴的。以往這樣的情況崔世財家裡可沒往崔家端過，她能盡個心意已經不錯了，劉氏若是這樣貪得無厭，崔薇自然對她也不會客氣。

「大伯娘就不用操心了，我不能吃，我還可以給三哥吃。」說完，一邊拿過劉氏手頭上捏的碗，一邊進了屋裡，也沒說讓劉氏進來的話。

劉氏訕訕地站在門口，眼睛往院子裡瞟了幾眼，眼中露出幾分羨慕之色，又想到剛剛崔薇的語氣，心裡罵了聲死丫頭，怪脾氣，這才自個兒端了崔薇遞來的湯，有些不大痛快地走了。

第三十六章

自從崔薇開始往崔世福兄弟兩家都送菜後，這兩家人日子便改變了不少，估計是昨兒送的蓮藕湯起了作用，崔薇一大早過去崔世福那邊拿竹籃時楊氏難得沒擺臉色，不過看到崔薇數了幾十個銅板非要遞給崔世福時，楊氏臉上卻依舊忍不住露出笑容來。

再過兩天就要收割稻穀了，地裡的活兒又做得差不多了，崔世福也沒有外出，反倒天天就在家裡幫著崔薇編竹籃。楊氏看到有錢可以拿，連玉米棒子都不要崔世福剝了，成天就讓他安心幹這個，一邊自個兒則是領了大兒子與王氏在家裡幹活。

這頭崔薇前腳剛走，崔敬平連忙就要跟過去，楊氏一見兒子要跑，連忙就將他喚住道：「三郎，外頭天熱，有什麼好跑的，別成天跟聶家那小子湊一堆，他是個不成器的，他那個哥哥就算往後有了出息，你又靠不上，別被他帶壞了，在家裡陪著娘說說話吧！」

一旁王氏一面拿腳夾著玉米剝粒，一面拿了扇子討好的給楊氏搧著風，她這些天到底死皮賴臉地留了下來，對於楊氏更是討好了些。前陣子她被趕出崔家，娘家不收，在妹妹那邊住了幾天，小王氏那婆婆便開始給她使臉色叫她滾了，王氏沒有容身之所，又不敢回崔家，死皮賴臉多留了幾日。沒料到後來小王氏那邊把門都鎖了不讓她進，她只有找了個草堆躲了幾天，又餓又累，平日偷些別人地裡的瓜果也顧不得生的就吃，最後忍不住了，這才回的崔家來。

吃過苦頭了，王氏哪裡還敢真跟楊氏打起來，深怕又被人趕了出去，因此難得倒是安分了幾天。

「娘，我是去妹妹那邊的，我又不去找聶二。」到底是自己的兄弟，平日崔敬平雖然說起聶秋文也沒個好的，不過這會兒一聽到楊氏這樣說，心裡多少還是有些不大痛快，連忙撇了撇嘴，一邊與楊氏頂了句，仍是要往外走。

楊氏一聽他這樣說，頓時火大了起來，連忙將手裡剝了一半的玉米扔到地上已經剝了一大堆的玉米粒裡頭，大聲道：「不准去！也不知道她給你喝了什麼迷魂湯，讓你如今連老娘都不認了，天天過去給她做事，人家自個兒沒長手的，要你去幫忙，你今兒不准走，要是想過去吃飯，等中午了再去，留在屋裡幫我剝玉米！」

楊氏這樣一番厲喝，嚇得著旁人可嚇不著崔敬平，他就是怕崔薇也不會怕楊氏的。聽到楊氏這樣一說，崔敬平頓時衝她嘿嘿一笑，咧了咧嘴，又吐了吐舌頭，一邊邁了腿飛快地跑了，氣得楊氏忍不住恨恨地跺了跺腳，嘴裡罵了一聲兔崽子，不過到底是沒有將他追回來。這兒子，打又捨不得打，罵還捨不得罵重了，如今見他樂意給崔薇做事，楊氏也無奈，只能心裡將崔薇給怨上了。這個做妹妹的也太不懂事了些，不過女大不由娘，更別提還是分了家的女兒。那銀子揣懷裡還沒揣熱乎呢，哪裡好意思現在就過去罵她，唯有再等段時間瞧瞧了。

這邊的小插曲崔薇並不知道，她前腳拿了約有二十來個籃子一併裝在一個大簸箕裡頭提回家，後頭崔敬平便跟著過來了。不用崔薇提醒，崔敬平先是給山羊擠了奶，一看到崔薇在煮羊奶，那味道熏得他不住反胃，連忙捂著鼻子自個兒奔出去割羊草了。

崔世福用幾天空閒的時間給崔薇編了約有百十來個籃子，一併放在屋裡一溜兒，他漸漸也開始忙不過來了，村裡家家戶戶的已經開始收割起稻穀來。幸虧這些竹籃子能裝不少的東西了，就是每次送出去一些也能用很久，說不定還能撐到等崔世福閒下來之時。

崔薇心裡自然也很歡喜，一共給了崔世福五十個銅錢，多的她也不敢拿出來，就怕楊氏惦記著，崔世福是不肯要的。可惜拗不過楊氏，再加上崔薇執意要給，家裡又正是缺錢的時候，因此最後勉強仍是將錢收了下來。

先是崔世財家的稻穀請人收割了，崔世福去幫過忙之後，又給村裡好多戶人家都幫著忙收割了稻穀，這才輪到了崔家。村裡一旦到了這個時候，家家戶戶之間幾乎都是相互幫忙的。崔世財家裡割稻穀時劉氏曾在崔薇這邊打探了好幾回，大意就是問她有沒有買肉的，嘴裡還說奶奶林氏最近嘴裡寡淡無味，想吃肉了，問崔薇什麼時候能給她端些過去。

崔薇見劉氏這樣子，自然心中有些膩味，端不端東西過去那是她自己的心意，又不是非得明文規定了要這樣做，她願意端就端，不願意端就不端，明明好好的一份心意被劉氏如今跟追債似的問著崔薇也煩了。每回一聽劉氏敲門也懶得搭理她了，幾天下來，劉氏就是傻的也能看得出崔薇心意，沒有再過來了，但恐怕背地裡沒少罵，不過只要自己沒聽見，也就隨她去了。

崔家裡這幾天收割稻穀雖然大家都是人情往來幫忙的，不過至少也要整治一頓飯請人家吃，而且一些沒有去幫過忙的人家也要花錢請的，否則若是過幾天稻穀再不收割，在地裡捂久了不好不說，而且太陽若是收了，穀子曬不乾，生了花才是最大的問題。鄉下裡指的稻穀生花就是怕穀子裡再長苗出來，若是這樣，稻穀就毀了，因此一時間家家戶戶都忙得團團轉，四處的農田裡都能看到有一群人忙碌割稻穀的身影。

在這個時候是一年之中最忙的時間了，楊氏這會兒就算是再心疼兒子，也免不了要讓崔敬平幫著做一些簡單的事情，比如說幫著給田裡做工的人送些飯菜，或是割些豬草等。雖然活兒不多，但崔敬平也不像以前那樣清閒，崔薇一旦忙完的事情也幫著他弄一些，楊氏對此自然是睜一隻眼閉一隻眼的，能讓別人幫自己的兒子做些活兒，那自然是再好不過，若不是她忙不過來，恐怕她自個兒也捨不得喚兒子去做的。

兄妹二人割了一背篼草走到崔家大門口時，便聽到院子裡傳來一陣怒罵與尖叫的聲音，聽著那聲音，倒有些像是王氏的。崔薇與崔敬平相互看了一眼，兩人都不約而同的加快了腳步，院子裡楊氏惱怒的聲音不住傳了過來，一面就道：「王花，妳這個殺千刀的東西，妳瞧瞧妳惹了個什麼好玩意兒回來，老娘今兒打死妳！」聽著那架勢，倒像是罵王氏的。

崔薇倒是有些好奇了起來，王氏這回回來之後本性沒有變，不過她吃了苦頭，卻懂得裝乖了，雖然仍沒變得多勤勞，不過表面楊氏喚了不會像以前一般半天才動一下甚至不動，楊氏也知道她性格，沒有與她見氣，否則那氣哪裡吃得完，而王氏又知道奉承她，這對婆媳不管心裡如何想的，最近表面還是安安分分的，沒料到吵了起來，也不知道是為了什麼事情。

一邊想著，一邊兄妹二人便走到了崔家大門前。院子裡楊氏氣得臉色脹紅，王氏目光躲閃、面目猥瑣的站到一旁，一看就是惹了禍有些心虛的模樣。原本屋裡幫著做事的眾人們個個都站得離這對婆媳遠遠的，沒有哪個敢靠近過去，崔薇站在門口也不進去。

屋裡楊氏氣得發了瘋，一面就要找東西打這王氏，顯然是心裡火大得很了，也不知道是什麼東西讓楊氏氣成這般模樣，崔薇好奇地拉了旁邊一個婦人便問道：「大娘，我娘今兒怎麼氣成這樣，我嫂子又幹什麼了？」

人家正瞧熱鬧瞧得津津有味的，一聽崔薇問話，回頭又看了她一眼，頓時見她好奇的模樣，這婦人也知道崔家丫頭跟楊氏鬧得凶，因此也樂得將這事說給她聽，也不怕她說給楊氏知道，小聲道：「妳嫂子不知從哪兒惹了一頭蝨子回來，估計好多天了，妳娘現在才發現，這會兒正火大得很，要打她呢。」說完，這婦人便一臉幸災樂禍的模樣，忍不住又朝那邊看了起來。

此時的古人留的可都是長頭髮，不拘男女的。而且這會兒人們認為身體髮膚皆受之父母，平日除了一些必要的修剪外，幾乎是不動頭髮的，家家戶戶都是一頭長髮，若是一旦惹了蝨子，恐怕一家人染上了便沒有法子，要想根治難之又難！崔薇一聽到這話，頓時寒毛便豎了起來。她下意識地看了崔敬平一眼，見他還朝自己這邊探著頭過來瞧，連忙一巴掌就拍到他腦門上，尖叫了一聲。「三哥，你離我遠一點兒！」

一聽到蝨子兩個字，崔薇渾身雞皮疙瘩直冒，只覺得自己頭皮也開始癢了起來，仔細回想起自己跟崔敬平這幾天有沒有什麼近距離的接觸，認真想了半天兩兄妹沒有做過並排走以及靠近一步的距離，她這才驚魂未定地鬆了一口氣。一想到蝨子她頭皮都有些發炸，看崔敬平的神色都有了些警惕，一雙杏仁似的眼睛緊緊盯著崔敬平，不准他再靠過來，一邊又不著痕跡地離他遠了幾步。

幸虧崔薇之前便搬出了崔家，否則若是給惹上這東西，恐怕好幾年都消不脫，那才是真正的難受，而且她根本不能忍受，甚至從來沒有想過竟然會親眼看到有人長蝨子的。

崔敬平一看妹妹有些嫌棄的眼神頓時有些受不了，連忙歪了歪頭，那邊崔薇就往一旁又退了幾步。崔敬平有些委屈，他是男孩子，若不是最近一段時間跟著崔薇變得愛乾淨了些，一天到晚也是在泥裡打滾的貨，蝨子對他倒並不是崔薇那般怕得厲害。不過這會兒看到崔薇的眼神，深怕她以後連門都不讓自己進了，連忙解釋道：「妹妹，我沒有蝨子，我天天跟妳玩，我都沒怎麼在家裡待過！」

這倒也是實話！崔薇一面護著頭，一面小心靠近崔敬平打量了片刻，剛想瞧瞧他有沒有蝨子，剛剛與崔薇說話的那婦人卻是極快地將崔敬平的頭拽了過去，一面伸手三兩下就跟雞刨沙似的翻了一遍，半晌之後略有些失望的放開手來，一邊搖了搖頭道：「沒有蝨子，放心吧！」

被這大娘慓悍的動作驚得半晌沒有回過神來，院中楊氏二人還鬧得正厲害，崔敬平一邊整理著自己亂糟糟被扯得七零八落的頭髮，一邊鬱悶至極地看了崔薇一眼，在她指示下自個兒將背篼放在院子裡頭，然後兩人趁著楊氏與王氏正在抓扯著，趕緊溜了出去。

崔家的人幾乎都被惹上了滿頭的蝨子，崔敬平一旦那日知道情況之後便連忙央求著崔薇暫時搬到她那邊住，平日連家都不敢回。楊氏等人頭上很快布滿了這些東西，也不知道王氏是從哪兒惹回來的這些，楊氏就算氣得咬牙切齒，可依舊是毫無辦法。在此時若要除蝨子，唯有用一種密集異常的梳子不停梳頭髮才成，梳一下便有蝨子不停掉落下來，但這情況也是治標不治本的，那些蝨子一旦在人頭上安了家，便瘋狂繁殖。崔敬平自個兒回家裡去看過一回，見到崔世福幾人忍著劇烈的頭癢、全都留在家裡時常梳頭的情況，嚇得毛骨悚然，也不敢再回去了。

王氏因這一件事被崔家人不知道打了多少回，眼淚都流乾了，在家裡養了半個月的傷，這件事估計崔家人是氣得很了，揍她沒有留手的，王氏面腫皮泡，好幾天都沒敢出門見人。

崔世財家裡因之前割稻穀的緣故，也給染上了，眾人都將王氏怨得不行，王氏自個兒的情況最為嚴重，可惜她卻不敢嚷嚷。崔佑祖頭上也被染了，楊氏便逮了空閒趁崔薇過來取竹籃時與她商量道：「薇兒，如今家裡這樣一個情況，這孩子也是可憐見的，被咬得難受，不如妳將小郎抱過去住一段時間吧。」

那蝨子一時片刻的可弄不乾淨，更何況楊氏這話倒是有些意思，到時一旦崔佑祖過來了，自己要分神照顧他不說，且王氏還要偶爾借著看兒子或者是餵奶的名義過來，天長日久住下來了，以後房子豈不就是正大光明給了王氏？

更何況就算王氏不過來，崔薇憑什麼要給王氏帶孩子，她對於崔佑祖可不像楊氏一般疼得厲害，王氏以前沒少借著兒子給她小鞋穿，崔薇一聽楊氏這話，自然是斷然拒絕。「小郎如今年紀還小，娘直接將頭髮給他剃了不就成了，我不會帶孩子，而且也沒時間來照顧他，娘一向心疼孫子，您自個兒多瞧著一些吧。」

她這樣斷然拒絕的話令楊氏有些惱羞成怒，頓時罵道：「妳這沒良心的東西，這可是妳親侄兒，妳還有沒有點愛護之心了，早知道妳是這樣一個心狠手辣的，當初就不該生妳下來！」

楊氏心裡還真存了想將王氏一家慢慢弄到崔薇那邊去的心，雖然說當初崔世福講了那房子是給崔薇的，可她往後一旦出嫁，房子不是空出來了嗎？自己雖然不想便宜王氏，但王氏這賤人就沒個安分的時候，剛消停了些又惹了個這樣的東西回來，她心裡自然就將王氏當成了一個禍害，恨不能將禍水東引，趕緊弄開才是。雖然那房子現在楊氏還覺得是自個兒的，給了王氏心裡也不甘，不過好歹崔敬懷也是自己兒子，崔佑祖又是她大孫子，給他們楊氏稍微心理還平衡了些。

不過楊氏沒有料到的是崔薇現在防她防得這樣厲害，如今連想將小郎送過去她也不同意，頓時一口氣便憋到了喉間，渾身氣得不住顫抖，崔薇卻是理也沒理她，自個兒轉身拿了東西就回去了。

到了七月末時，崔敬忠便沒有再去村裡的私塾，而是在家裡自個兒成天讀著書準備應考了。為著之前王氏頭上染了蝨子給眾人傳染上一事，崔敬忠狠狠與楊氏發了一回脾氣，若是換了其他人敢這樣教訓楊氏，說不得楊氏心裡還有些不大甘心，就是崔世福這樣說她，楊氏恐怕也會辯駁上幾句。而崔敬忠將楊氏教訓了一通，楊氏不只不敢還嘴，心裡還是有些忐忑，連忙好聲好氣地哄了。

楊氏乾脆一咬牙，狠心買了豬油燒化了用來洗頭，再以篦子梳頭，每日弄個三、四回，這樣花了不少豬油的情況下，崔家的蝨子這才被漸漸弄乾淨，屋裡又給裡裡外外都洗了一通，崔敬忠看楊氏的臉色才好了許多。

如今崔家稻穀也割得差不多了，剩下的便只是曬的問題。崔薇趁著這段時間倒是弄了不少奶粉出來，足足有很大一罐子了。最近羊奶少了些，她自己要喝時便拿奶粉兌水喝，雖然不如新鮮的羊奶好，但熬出來的奶粉因為濃郁一些，因此味道也不錯。林家那邊最近崔薇送去的零食小點成了最歡迎的東西，每回林管事看到崔薇時便忍不住讓她多送一些過去，可惜崔薇家裡只養著一頭羊，她倒是想多買一頭，但附近十里八村餵羊的人本來就少，更別提買一頭正在產奶期的羊更少，因此她就是心裡著急，想要快些擠奶，也做不到。

不過也正是如此，林家人想吃時又時常吃不著，心中惦記著，買這些點心時錢給得便不少，一個多月下來，原本崔薇手裡只得二十幾兩銀子而已，如今卻足有三十幾兩之多了。這些錢若是她年紀足夠，或是背後又有靠山，都足夠她自己買幾畝良田，從此租給別人過活不用擔憂生計了。可惜她現在年紀小，就算能買來地，租給別人種，身後又沒人撐腰，恐怕那些佃戶就是種了田也說不得會起些歪心思，再加上她現在的門戶又只是暫立的，因此崔薇想買田的心思自然就歇了下來。

自個兒搬出來住了一段時間，又有崔敬平平日跟著打伴，屋裡倒多了不少人氣。晌午過後崔薇瞧著太陽不大了，便將之前曬乾的木耳收了起來，崔敬平還在屋裡呼呼大睡著，外頭卻是有人敲起了門來。

一天到晚來敲門的人都不是什麼好來意的，如今一聽到這聲音崔薇心裡本能的就覺得有些不大對勁，果然開了門時就看到楊氏與崔敬忠都站在門外。楊氏且不說了，不過崔敬忠可是真正的無事不登三寶殿類型，他上回叫住自己時便沒有什麼好事，如今竟然能親自上門來，崔薇眉頭微微皺了一下，但仍是冷淡地招呼了一聲。「娘，二哥。」

崔敬忠身上穿著一件青布長衫，嶄新的，崔薇瞧著便有些眼熟，崔敬忠身材瘦弱，人也只是中等高，只略比楊氏高出一個頭而已，長年閉門讀書不勞作讓他臉色有些蒼白，皮膚沒有一絲血色，表情有些嚴肅，嘴唇緊抿著，看人時的目光都帶著打量之意。那身長衫穿在他身上輕飄飄的，雖然被人改動過，但崔薇一下子就認出來這衣裳是自己之前做了給崔世福父子的，只是不知道哪個將自己的衣裳給了崔敬忠。

雖說東西送出去自然就是旁人的，不過崔薇見到這情況時，依舊是心裡有些不舒服。

楊氏倒像是根本沒將這事放在心上一般，一面跨進屋裡來，一面就衝崔薇硬擠出一個笑容來，一邊探頭往屋裡瞧了瞧。「三郎人呢？又出去了？」

「在屋裡睡著呢。娘過來是有什麼事的？」崔薇看楊氏這模樣。不像是有什麼好事的樣子，竟然如今還對她擺出笑臉來了，一瞧其中便有詐，心中就更多了幾分警惕。

那頭楊氏聽到小兒子在睡覺，忍不住臉上就露出一絲滿意的笑容來，一邊自個兒進了屋，一邊又招呼著二兒子進來。

崔敬忠倒像是個有骨氣的，見崔薇沒有招呼他進屋，頓時抿了抿嘴唇，任楊氏喚了幾聲他卻沒有動，只是一臉冷傲的模樣站在門外，衝崔薇點了點頭道：「為兄近日裡只知閉門苦讀，倒也未曾有時間來給小妹恭賀喬遷之喜，待此次趕考回來，到時定為小妹寫一封對聯當作賀禮。」他說這話時臉上像是帶著施恩的表情一般。

楊氏在一旁聽著忍不住就露出驕傲之色來，衝崔薇道：「還不趕緊謝謝妳二哥。妳二哥寫的字可是村裡夫子都誇獎的，能給妳寫副對聯，人家都羨慕妳呢。」

這母子二人話一說完，崔薇便似笑非笑地看了崔敬忠一眼，一邊就道：「二哥的好意，我心領了，不過我也不大講究那些，不知道二哥跟娘今日過來是做什麼的？」

崔薇一拒絕，崔敬忠眉頭就微微皺了一下，面皮有些泛紅，眼神一下子跟著就冷淡了起來，心裡雖然認為這小妹不識相又不知好歹，果然是個婦人，頭髮長見識短的，簡直是粗鄙，不過他這一趟過來是有事所求，自然不肯輕易將人給得罪了，也不再提寫對聯的事，又衝崔薇抬了抬眼皮道：「近日趕考時間已經差不了幾日，為兄此趟要進縣裡去赴考，如今村裡距縣中尚有好幾日路程，若是一路無人帶領，不只山路難辨，而且亦要走上大半個月的時間。」

崔敬忠說話時一向喜歡拐彎抹角，也不肯直接言明，非要轉了一大圈才會說，崔薇這會兒隱隱明白了他的意思。想到聶家父子二人昨日好像回到了家中，崔敬忠這趟來又說這些，擺明了就是想搭人家順風車的，不過她不知道這事怎麼也與自己搭上了關係，因此也沒有打斷崔敬忠的話，想讓他自個兒接著往下說。

說完一大段話，卻見崔薇根本絲毫反應都沒有，一副像是沒有聽懂的樣子，崔敬忠頓時眉頭又皺得更緊了些，頗有些不耐煩，只覺得這個妹妹愚鈍不堪，也懶得再與她繞圈子，直接就說道：「我聽說最近聶夫子父子二人回了村中，聶夫子有一馬車，他又時常是出入縣中的，若是能得他捎帶，一路讓聶夫子對我指點一番，也是我的造化。」

果然崔敬忠這話就沒有出乎崔薇所料，他打的就是這個主意，什麼做些指點，估計只是順帶一提罷了，崔敬忠滿臉的傲氣，根本不像是會看得起旁人的模樣。崔薇得到了答案，又跟心中所想相差無幾，忍不住就笑道：「二哥這話不該與我說，聶夫子是個和善的人，聶大哥又是個溫和有禮的，若二哥想跟他們一路，只要與聶夫子說了，他們必定會同意的。」這事本來與崔薇就沒有關係，她實在很好奇崔敬忠怎麼會想著要她來幫這個忙。

崔敬忠眼裡閃過一道不耐，語氣漸漸有些發冷起來。「平白無故，聶夫子如何會指點於我？更何況天長地遠的，若要麻煩人家，總得要有些臉面才是，那聶大郎平日看似有禮，實則又不是時常在村中居住，他的為人如何，妳怎麼得知？也不要被人家三言兩語地給哄著了。」

一旦說起聶秋染時，崔敬忠心裡便莫名的有些煩躁，話語裡多有些不屑之意。聶秋染今年十三歲，比他足足小了三歲，可偏偏這樣一個比他小的人，名聲還比他大。同樣是讀書人，自己用的苦功他哪裡知道，還不過是因為他有個秀才的爹，沾了父親的光罷了，若崔世福是個秀才老爺，如今人人自然都是稱道他的好的。

崔敬忠平日看起來冷冷淡淡的，但實則自尊心卻很強，現在聽到妹妹誇獎聶秋染，心裡便有些不大痛快，若不是沒等到崔薇答應自己的要求，他早就拂袖而去了。

崔敬忠心裡不滿著，語氣自然也好聽不起來，一面態度就有些衝。「我聽娘說那聶家小子時常在妳這兒吃飯，妳去說了，聶夫子必定抹不開面子。上回為兄讓小妹幫著拿林大人的手書，小妹不肯幫忙，這回只是如此一件小事，不過是妳與聶夫子說句話而已，妳該不會不肯吧？」

他態度裡隱隱有著脅迫之意，看著崔薇的目光像是帶了譴責一般，令崔薇頓時就有些不大痛快了起來。

「二哥這是說的哪裡話，先別說聶秋文在我這兒吃過幾回飯，那也是他幫著我做了事的，而且他過來還是三哥的原因，這事娘怎麼不找三哥去說項，非要讓我去說？」崔薇說到這兒時，忍不住就看了楊氏一眼，什麼聶秋文時常過來吃飯的，就是楊氏去說的嘴，平日不知道在家裡怎麼說自己閒話了。

崔薇心中有些不大痛快，回頭又看了楊氏一眼，撇了撇嘴角。楊氏找到她來說，無非就是覺得她是一個女孩子家，為難自己不心疼，而她卻捨不得為難崔敬平罷了，否則崔敬平跟聶秋文關係如此要好，他去說人家只當他順口一提。自己一個姑娘家，如今搬出來住本來就惹人非議了，要是再跑到聶家去說這事，人家背地裡指不定怎麼嘲笑呢。

崔薇一想到這兒，便有些火大，看也沒看崔敬忠那張因她不客氣說完的話而極為難看的臉，又接著道：「更何況我也沒那樣大本事，二哥是讀書人，如此體面都不敢去與聶夫子說道，我一個姑娘家，又哪裡有那樣大的膽子，這個忙我幫不上！」

一聽她說自己不敢去找聶夫子，頓時崔敬忠臉上閃過一絲狼狽之色，強聲道：「我哪裡是不敢，只是如此貿然有辱斯文罷了，妳若不願意幫忙，如此無情，往後若是我中了秀才，難不成妳就沒有倚靠我的時候了？」

崔薇聽到這話，終於忍不住冷笑了起來。崔敬忠平日在家裡頭冷淡高傲得跟個少爺似的，難道他心裡竟然是存了這樣的心思？好了不得，認為自己一人得道難不成屋裡的人就跟著雞犬升天不成？不過若是這樣沾他的光享他的福氣，恐怕這些福氣還不如受氣來得多！要是成天看他臉色，在他不一定能中秀才之前得小心捧著他，討好他，最後付出不少了，以為他靠得住出息了，就算是能得到他一些照顧，恐怕也是要受氣的。這樣看來楊氏現在如此看護著兒子，以後不知道日子是要有多難過了，崔薇倒是忍不住有些期待起崔敬忠中秀才來。

「這一點二哥就不要擔心了，我上次分出崔家來時就跟娘說過了，不要崔家一根線、一粒米，二哥出息了，我自然也不指望著往後要得二哥照顧。」

她話都已經說到這個分兒上了，崔敬忠就算心裡窩火得很，也別無他法了，他是個讀書人，就算心裡有盤算，也不好像楊氏這等潑婦一般去鬧，深恐毀了名聲，因此看了楊氏一眼。

楊氏一見到兒子不說話了，頓時心裡「騰」地一股火氣就湧了上來，指著崔薇就道：「妳這死丫頭怎麼這樣心狠手辣，妳幫幫妳二哥的忙只是一句話，又不是要吃妳的肉喝妳的血，怎麼就這樣難？妳就是分出崔家，妳還能不姓崔？以後妳就不怕找不到一門好婆家，名聲壞了嫁不出去？」

「嫁不嫁得出去是我自個兒的事，就不用娘關心了，若是沒什麼事，我還忙著，就不送了！」

崔薇現在對楊氏是完全沒了客氣，這句送客的話直氣得楊氏渾身直哆嗦，看著崔薇氣恨得說不出話來。

崔敬忠臉色一下子鐵青，狠狠甩了一下袖子，連看也沒再看崔薇一眼，轉身就走。「唯女子與小人難養矣！既然妳不肯幫這忙，我也不求著妳！」說完，連楊氏也顧不得了，背脊挺得筆直，果然就頭也不回地離開了。

崔薇看著他的背影，忍不住就冷笑了一聲，現在他身上穿的衣裳還是自個兒出錢買的，他就能放出來這樣的狠話，往後就算是有出息了，恐怕別人對他掏心挖肺，說不得他也認為是理所應當，人家要靠著他才討好著他的，這樣的人懶得與他多說。

楊氏指著崔薇，恨不能上前拿了東西打她一頓，但她今日過來時是背著崔世福的，若是被他知曉，恐怕又是一地的雞毛，到時平添事端，因此強忍下了這口氣，看著崔薇就咒道：「妳就橫吧，我瞧著妳以後嫁不出去又沒娘家幫持，一個孤家寡人的，老了病了也沒人給添口水喝，死了也沒人給端靈叩頭，妳現在就能耐吧，往後有什麼事，妳別再來崔家找妳爹！」

「我嫁不出去，總有我三哥樂意幫我做事。我不找爹幫忙做竹籃，我找別人去，娘要這樣說，我也無所謂，反正那些銅錢要是給出去，不知多少人樂意替我做事！」崔薇也不是故意要拿此話來說，實在是楊氏說話讓人心裡火大。

楊氏這會兒心中也不痛快，見她不肯幫忙，又嘴巴這樣俐落，竟然敢這樣頂自己的嘴，頓時氣不打一處來，火冒三丈之下也顧不得崔世福了，伸手就要過去打崔薇耳光。

崔薇後退了一步，警告似地看著楊氏。「我如今可是自立了門戶，娘要是平白無故碰著我一下，我馬上去里正那邊找人評理！」

一句話說得楊氏臉色青白交錯，原本滿心的憤怒遇著這話，頓時如同兜頭被人潑了盆涼水般，一下子透心的涼。她倒不是怕去羅里正家裡評理，也不怕人家說閒話，反正連女兒的錢都能收，楊氏如今為了兒子哪裡還顧得了這些，只是她現在剛跟崔世福關係好一些，崔世福的性子她瞭解得很，若是在這會兒鬧出事情來，一準兒會記往心裡去。不如等過段時間，等他氣消了，再來收拾這鬼東西！

楊氏心裡打定主意，又新仇舊恨一塊兒湧上心頭來，一想到之前為了房子的事情鬧得自己跟崔世福險些翻了臉，被趕回娘家臉面全無，前些日子要送小郎過來崔薇又不肯，如今這樣一點兒小忙崔薇也不肯幫崔敬忠，令楊氏心裡恨得咬牙，陰陰地瞪了她一眼，冷哼了一聲，頓時轉身出去了。

遇著這樣一個老娘，當真是崔薇的不幸了。可惜這事沒辦法重來，雖然今日沒在楊氏母子手裡吃虧，但多少還是影響了一些崔薇的心情，也懶得再做事了，乾脆回自己屋裡也睡了一陣。

第三十七章

傍晚起來剛準備做飯時，門口又有人敲起門來。這下子崔薇是有些火大了，連忙忍了氣，開門前從門縫裡往外瞧了瞧，竟然看到一個穿著月牙白色長儒衫的人站在門外，背轉著身看不清顏面，不過光看這身材背影就不是崔敬忠，崔家裡可沒錢三天兩頭的給崔敬忠做衣裳，任他心高氣傲，可這就是命的。

一見到不是崔家母子，崔薇臉色好看了些，便將門打了開來。

門外的人聽到開門的聲音，一下子轉過頭來，聶秋染含著笑意的面容，眼睛就跟會發光似的，溫和而明亮，一邊就與崔薇打了聲招呼。「崔妹妹打擾了。」

這是上回聶家父子捎帶了崔薇進鎮裡之後兩人頭一回見面，雖說聶秋染上次不知道是不是故意將自己早帶了過去，但坐了人家的車就要領人家的情，崔薇臉上露出一絲笑容來，一邊就與他招呼道：「聶大哥過來了，請屋裡坐。」

小女生這些日子吃得好了，又天天喝羊奶，且又用些羊奶洗臉，肌膚看起來比之前亮眼了許多，雙頰飽滿剔透，泛著嬰兒般的粉紅光澤，頭髮也長好了些，不像以前枯黃的模樣，果然是女大十八變，倒令聶秋染看得愣了一下。聽她邀請，他也沒有遲疑，就進了屋裡來，一邊左右看了看，見只得她一人，便笑道：「崔三郎不在？」

聶秋文不也是不在他身邊麼！親眼見過這少年短短的幾次，他幾乎都是為找弟弟而來的，可是聶秋文只要聶夫子一在家，他就不敢隨便到處亂跑的，昨天就被他娘拘在了家裡頭，沒出來過。

崔薇聽聶秋染這會兒問起崔敬平，只當他是來找聶秋文的，頓時一邊先進了屋，一邊給聶秋染拉了張椅子道：「聶大哥，聶二哥不在這邊，昨兒就沒來過了，我三哥出去給羊割草了，也不在屋裡。」

「我知道，秋文在家裡頭，我過來是找崔妹妹的。」聶秋染溫和地衝崔薇笑了笑。

他這模樣這外表一看就跟溫和可親的五好少年一般，一看就讓人心裡生出好感來，只是崔薇卻知道這少年的真實性格，哪裡會被他給迷惑。雖說聶秋染長得跟花樣美少年似的，但她現在外表年紀還小呢，哪裡會去想到其他，因此絲毫不受他笑容影響。

她聽了聶秋染這話有些吃驚，不過這聶秋染是來找自己的，想了想忙就將屋裡的瓜子等物端了出來，末了又端了一小籃子乳糖擺在桌子上，又倒了杯涼開水擺在聶秋染面前，將待客的姿態擺足了，這才也跟著拉了張椅子坐在聶秋染對面，一邊就笑道：「聶大哥難得回來，也不知找我有什麼事？」

崔薇跟聶秋染並不怎麼熟悉，能說得上話還是因為聶秋文，今日聶秋文都不在自己這兒，聶秋染卻仍是過來了，倒是令崔薇有些好奇起來。

聶秋染眼裡含著笑意打量了小姑娘一眼，看她眼巴巴坐在椅子上望自己的模樣，倒很是可愛，忍不住就低下頭端了涼開水抿了一口，杯子擋住嘴時嘴角邊不由自主的露出一絲笑意來。放下杯子時，聶秋染又拿了粒奶糖吃了，忍不住就瞇了瞇眼睛，看崔薇有些好奇的樣子，突然間開口笑道：「崔妹妹，妳二哥最近跟我一塊兒趕考進縣，不知哪一日起身？」

聽到這話，崔薇頓時覺得有些不大對勁了，崔敬忠幾時上路跟聶秋染有什麼關係，值得他專門過來跑這樣的一趟？崔薇眉頭微微就動了動，默不作聲地垂了下眼皮，接著才抬起頭來看著聶秋染道：「聶大哥這話是什麼意思？我二哥要不要趕考、何時去，又與我沒有關係。聶大哥怎麼會專門為這事跑過來問我？難道是我娘去找過你們了？」

崔薇說到這兒時，語氣一下子就冷了下來，心裡也跟著湧出一團火來，楊氏若當真打了自己的名義去聶家讓聶夫子幫忙帶一下自己的兒子，那可真是有些好笑了，崔薇臉色雖然強忍著沒變，不過手掌卻是握了起來，眼中神色也微冷。

聶秋染沒料到她竟然像是不知道這事的樣子，正猶豫著自己要不要說時，外頭卻突然間又有人拚命地捶起門來，孫氏的大嗓門在外頭響了起來——

「崔薇妳這個死丫頭，不過我家兒子在妳那兒吃了些飯，妳就要威脅著讓我們家夫君帶妳那二哥去趕考。家裡既然窮就不要學人家讀什麼書，連趕考的路錢都出不起，光想著打人家的秋風，我呸，妳這死丫頭出來，妳這有娘生沒爹教的小東西，不乾不淨的貨色……」

孫氏聲音大得四面八方都能聽得見，從她說這話崔薇就猜了出來，楊氏恐怕是打著自己的名義去過聶家一趟了，應該說話語氣還算不得好，因此孫氏這潑婦才闖上了門來。她心裡騰地一下子湧出一股火氣來，頓時四處找了找，欲將孫氏趕出去。雖然聶秋染還在身邊，當著人家面打人家老娘有些不太好意思，不過孫氏嘴裡說話不乾不淨的，實在罵得她火大，自然顧不得其他。

聶秋染臉色也跟著沈了下來，看崔薇鎮定的睜著眼睛四處望，頓時便拉了拉她的胳膊，衝她搖了搖頭，自己則是拉了崔薇去開門。孫氏站在外頭還扠著腰罵著，冷不防地門一開便看到自己兒子似笑非笑地站在屋裡頭看她，孫氏嗓音一頓，霎時聲音就停了下來。

與楊氏對崔敬忠略帶討好又略有些害怕與喜歡的情況相比起來，孫氏對這個大兒子其實心裡還要犯怵一些，也不知道為何，這小子從小就不讓大人操心，更是自小就被她家男人帶在身邊，輕易不肯讓孫氏插手這兒子的事，長大了這個兒子跟她也並不像聶秋文一般的親近。孫氏心裡其實是很得意有這個大兒子的，也很以聶秋染為傲，可不知為何，她就是怕他，看到聶秋染就跟看到了聶夫子一般，甚至比看到聶夫子還要怵一些。

孫氏這會兒一見到兒子，頓時便住了嘴，訕笑了兩聲，這才道：「大郎，你怎麼來這兒了？」孫氏話音一落，又看到一旁的崔薇，以及兒子拉著這姑娘的手，頓時臉色就變了變，忍不住眉頭一挑，頓時就罵道：「小東西，年紀不大，倒也挺會勾搭的，咱們家秋文這兩天沒出來，妳便耐不住了想來勾搭我們家大郎？這才幾天哪，妳當真這樣不甘寂寞的嗎！」

「娘！」聶秋染眼神一下子冷了下來，雖然臉上還帶著笑意，但孫氏卻是覺得渾身發冷，打了哆嗦，連忙住了嘴，聶秋染看著她慢條斯理道：「是我來崔妹妹家裡的，娘這樣說，是不是認為爹枉教了我一場聖賢書，我這個兒子也只會幹些這樣下三濫的事情了？」

他說話時聲音有些緩慢，聽得孫氏臉色都變了，要是聶夫子知道她這樣故意壞了兒子名聲，恐怕回頭饒不了她。平日聶夫子雖然對孫氏並不打罵，但光是一個眼神就夠令她害怕的了，這會兒聽兒子如此一說，孫氏頓時就慌忙擺了擺手。「沒有沒有，我不是這個意思，我是說這死丫頭……」

「娘過來是要說崔妹妹的二哥要搭咱們車去縣裡的事吧？」聶秋染沒待孫氏說完，便溫和著打斷了她的話。

孫氏正害怕說起這事，見兒子換了話題，立刻就跟著點了點頭，連忙應道：「是的是的，這死丫頭……」

這次沒待她說完，聶秋染溫和地又打斷了孫氏的話，一面就側開半面身子，一面道：「娘先進來再說，崔妹妹有紙筆沒有，可否麻煩給我取一份過來？」

雖然不知道聶秋染問這話是個什麼意思，不過崔薇如今搬出來住了一段時間，家裡倒是真斷斷續續買了不少的東西，這紙筆等等旁人寫不來，不代表她就用不來的。雖然平日崔薇不大會用毛筆，可是買紙墨時總歸是一套買了，因此這會兒家裡倒還有，聽聶秋染這樣說，本能的就覺得他不會害了自己，猶豫了一下，便點了點頭，一邊要進屋裡去。誰料她剛走了幾步，才發現自己的手被聶秋染拉在了手裡頭，頓時便用力掙扎著，從他掌心將手扯了回來，一邊進屋裡去了。

有。

「娘進來。」雖然是在別人家裡頭，但邀請人進屋時聶秋染絲毫不好意思的表情都沒有。

孫氏被他說得暈暈乎乎的，這會兒在兒子面前慓悍與潑辣完全派不上用場，有些發懵的便踏進了崔薇院子中。這院子孫氏還是頭一回進來，以往喚兒子回家時雖然站在門口瞧過無數次，但真正進來瞧倒是頭一回。孫氏看著院子，以及地上糊得乾淨整齊的壩子，不知比自己家裡強了多少，頓時就有些豔羨，連忙踩了踩壩子，一邊就道：「多好的壩子，若是用來曬些穀子，那該是多好，也不用去和人家搶地方了。」

聶家裡雖然聶夫子在縣裡替有錢人家的少爺教書是有束脩拿的，不過孫氏在家裡也多少種了些地，家裡還有兩個女兒，孫氏哪裡捨得讓她們閒著吃飯的，自然要讓女兒幫忙做事。平日收割稻穀時，便也讓女兒幫忙，她家種的地不多，也沒怎麼請人，孫氏又捨不得錢，自然就是自己和兩個女兒一起做。曬穀子時她自個兒家裡沒地方，便挑到小灣村一處平日大家共同修建的壩子去曬穀子，平日為了爭點地方吵得不可開交的，這會兒孫氏瞧見這樣大個壩子，若全是自己的，不知該有多舒服，忍不住一時間就感嘆了起來，連剛剛與崔薇的齟齬都忘了，一心想著若是這崔薇嫁給自己小兒子，往後光是這棟房子便已經賺回來了。

聽到孫氏這話，聶秋染將眼皮垂了下來，也沒有搭理她，進屋時崔薇已經將筆墨紙硯都擺了出來，一邊還倒了涼開水在硯臺裡磨了好一會兒。

聶秋染開始時問她有沒有這些東西，見她點頭時心裡還有些訝異，此時見她真的將這些東西拿了出來，而且瞧樣子並不像是撿人家扔的東西，反倒樣樣都嶄新，不由就又抬頭看了崔薇一眼。自個兒拿了筆，一邊攤開一張紙，衝一旁有些發懵的孫氏道：「我跟娘算一筆帳。」

孫氏聽他這樣說，頓時就傻愣愣地點了點頭。

「平日秋文調皮，總跑崔妹妹這邊，給她添了麻煩，娘每日不用再盯著二弟，讓他跑山裡去或是到人家屋裡惹禍，這也算是崔妹妹幫著照顧了二弟一回，若是按照縣裡一般人家的規矩，要幫著人家照看孩子，尤其是像秋文那般調皮的，一天總要給十文錢。」聶秋染說著，就要拿筆沾了墨往紙上記，一邊道：「秋文在崔妹妹這邊按照一個月十日計算，我是娘的兒子，自然站在娘的這邊，就按三個月算吧，多的我也不說了，總共三十天，一共是三百文錢。」

被他說得昏頭昏腦的，但是那崔薇給自己照看孩子，自己要給錢孫氏卻是聽明白了，頓時有些發懵，雖然她不懂什麼算數之類的，不過一聽說三百文，霎時就險些跳了起來，連忙道：「怎麼這樣多，一天誰幫著瞧孩子十文的，若是換了我，給我五文也幹了。」她說完這話，頓時覺得有些不大對勁，可究竟是哪兒說得不對，孫氏一時間又說不上來。

聶秋染以有些無奈的表情看了孫氏一眼，頓時改口道：「也好，我是娘的兒子，娘說五文便五文吧，那總共也是一百五十文錢。」

他這樣一說了，孫氏才明白過來究竟是哪兒不對勁，頓時就跳了起來，連忙要擺手。這村子裡鄉里鄉親的，一般人家幫著看下孩子誰要收錢的，若是這樣莫名其妙的就讓她說自己欠了崔薇一百五十文錢，她倒不如成天讓聶秋文出去追人家狗打人家雞，禍害人家就是了，何必要白給這樣多錢。孫氏一面搖頭，一面就不肯承認。

聶秋染一見她這樣子，頓時臉色就沈了下來，拿筆在硯臺裡輕輕點了點，一邊眼神溫和地看著孫氏。「娘是想要反悔？」

不知為何，被兒子這樣一瞧，孫氏只覺得自己渾身寒毛都要立了起來，她是真的想反悔，不過在此時的聶秋染眼神下，她哪裡敢說這樣的話，頓時便閉了嘴不應了。

聶秋染這才滿意的點了點頭，一面就在紙上記了崔薇替孫氏照看兒子三十天，孫氏付一百五十文的字樣。幸虧孫氏不識字，這會兒才沒有立即鬧起來。

聶秋染寫好了這幾句，又回頭看了孫氏一眼，接著道：「崔妹妹雖然幫著照看了秋文，不過每日還提供飯食等物，一日按兩餐飯算，一餐飯五文錢吧，一天十文，三十天娘就給三百文好了。」說完，聶秋染還以一副崔薇吃了虧的模樣看了孫氏一眼，一面又記上了三百文的字樣。寫完這個，聶秋染又照著給孫氏唸了一遍，孫氏頓時呆滯了，聶秋染這才好心地讓崔薇找了塊朱砂出來，倒了些水浸濕了，又溫和地捉過孫氏的手，將手指頭染紅了，一面便在那張剛剛寫好的紙上印了一下。

剛印完這東西，孫氏頓時忍不住就跳了起來，像是才回過神一般，有些驚恐。「大郎，你讓我印啥了？」

「別擔心，娘，只是一張借據而已，四百多文錢，您讓崔妹妹寬限一些時日，您慢慢存著還就好了，我不會將這事告訴爹的。」聶秋染溫和地安慰了孫氏一句，直嚇得孫氏渾身一哆嗦。

她是有些不滿意崔家人搭自家的順風車，這才氣不過跑來與崔薇罵了一遍，不知為何，便被兒子哄著簽了一張借據，孫氏頓時有些驚恐了起來，沒想到不知不覺間自己就背上了一筆巨債，四百五十文，賣了聶秋文恐怕都不一定有人願意出這個數買！孫氏頓時額頭大汗淋漓，剛想反悔，卻見聶秋染拿了這張紙細心地吹乾了，交給崔薇疊了起來，孫氏眼看著崔薇不懷好意地笑著將紙疊了放進懷裡，頓時眼前一黑，後背唰的一下就嚇出一身白毛冷汗。

「我沒有欠錢，那手印，不是我印的。」孫氏這會兒哪裡還看得出之前凶神惡煞的模樣，說話時聲音都有些結結巴巴了起來，險些一下子哭出聲來。

聶秋染極好心地安慰她道：「娘，不怕，不過就是四百多文，若是您還不上，給爹說一聲也成的。」

「不能告訴你爹！」孫氏下意識地就搖了搖頭，話一說完又覺得有些不對勁，連忙苦了臉道：「不是不是，我的意思是說我沒有欠這錢。」

「那紙條上可是娘您自己的手印，若是崔妹妹告上官府，恐怕您欠錢不還，要被以賣身抵債的。」聶秋染溫和的衝孫氏笑了笑，笑容俊美可愛，但是這會兒卻嚇得孫氏一個勁兒搖頭，連責問崔薇也不敢了。

孫氏嘴裡慌忙道：「我沒有欠錢，我不跟你們兩個說了，先回去了。」說完，孫氏臉色青白交錯，身後像是有惡鬼在追一般，連忙就火燒屁股似的跑了，眨眼工夫而已，竟然就跑出了院子，連人影都瞧不見了。

親眼看了這樣一場熱鬧，雖然早知道聶秋染是個腹黑的，可沒料到他黑成這個地步，三言兩語間就將孫氏給解決了，而且還溫和有禮，便將孫氏嚇得連找她麻煩都忘了。這傢伙可真是一個有前途的，能不翻臉用這樣的態度將自個兒老娘吃得死死的，往後不知哪個要嫁給他，恐怕婆媳關係不用愁了，一切交給他來應付。

崔薇看著他對付起孫氏來得心應手，絲毫不感為難與緊張的，嘴角不住抽搐了幾下，這才將剛剛收進懷裡的孫氏怕得跟見鬼似的借據取了出來，放到聶秋染面前的桌子上。這傢伙面白心黑，果然是個標準的笑面虎，崔薇可不敢與他打交道，怕哪日自己被他賣了恐怕還要給他數錢。她有些小心翼翼地離他遠了些，拉了把椅子坐下了，一邊細聲道：「聶大哥，這也是與聶伯娘說著玩的，這東西你自個兒拿了去吧。」

誰料聶秋染搖了搖頭，孫氏走了，他並沒有要走的意思，反倒是又在之前的椅子上坐了下來，悠閒至極的拿了塊羊乳糖放進嘴裡，嚼了兩下，一邊說道：「崔妹妹拿著，以後我娘要是再找妳麻煩，妳拿這東西嚇唬她，指定管用的。」

這傢伙估計平日沒少嚇孫氏，這話說得那叫一個熟練，崔薇眼皮不住跳了跳，看到聶秋染這正大光明坑娘的做法，連絲毫心虛內疚也沒有的，她猶豫了一下。孫氏實在是有些討厭，平日只當她吃定自己了，每回見著都要說幾句話來噁心人，平日崔薇懶得與她計較，就算最後能說得她啞口無言，可自己心裡聽了不舒坦，若是能有個這東西嚇唬孫氏，讓她從此見著自己就要繞邊走，那也是一件挺有意思的事情。

一想到這兒，崔薇也顧不得再跟聶秋染客氣，果然又起身將那張紙疊了收進胸口裡，反正她又不是真想用這張紙在孫氏處訛一筆錢財的，因此也坦然不心虛。聶秋染自己也知道他老娘的德行，今兒還多虧了他將孫氏給弄走，又讓她留了這麼一個罪證。崔薇倒也真感謝他，直接就說道：「那我也不跟聶大哥客氣了，我正好需要這個。」

「不要客氣，舍弟麻煩妳之前照顧著，這也是我應該做的，若是我娘再來，妳往後只管告訴我就是，我來與她說。」聶秋染點了點頭，含著笑意看她將紙收下了，也沒真將這事放在心上，他有辦法能叫孫氏簽了這東西嚇唬她，自然也能叫這張紙其實是絲毫用處也沒有的。若崔薇只是用來嚇唬一下孫氏，不要再讓她來找麻煩那便沒什麼，自己老娘的德行他自己清楚，有時候實在離譜，嚇嚇她收斂一些也好，可若是崔薇起了別的貪財念頭，他自然也有方法讓崔薇偷雞不成蝕把米。雖然在聶秋染心裡，並不以為崔家這小丫頭會做出這樣的事情。

「崔妹妹，不管妳二哥那邊是因為什麼想要隨著咱們一起走，我們是準備三日後啟程，若妳二哥到時要一塊兒，便讓他那時早些過來吧。」聶秋染這會兒哪裡看不出來崔薇恐怕並沒有要讓自己父子捎帶崔敬忠一程的意思，不過不知為何，他本能地就是不想將這事給挑明，打算讓這丫頭有話說不出便成了。不管她往後承不承認，她也是欠了自己一個人情，雖然如今崔薇只是一個小丫頭而已，但聶秋染就是覺得自己恐怕會有用得上這個人情的一天。因此說完這事，沒給崔薇再講話的機會，便站起身來。

好幾次崔薇都想說自己並沒有讓楊氏上聶家門、以自己名義讓聶家父子帶崔敬忠進城，可偏偏不知是有意還是無意，她幾次三番想說話都沒能說得出口，被聶秋染三言兩語地就堵了回來，只能氣悶不已地將人送出門口。末了自己明明一點兒沒拜託他的意思，反倒被他說得像是欠了他一個人情，偏偏他這會兒不計較一般，還讓他打劫了一小籃子奶糖過去。崔薇頓時鬱悶得說不出話來，連剛剛聶秋染替自己弄了一個克制孫氏法寶的喜悅也頓時去了大半。

崔敬平揹了一大筐草過來時就看到崔薇悶悶不樂的樣子，剛剛孫氏跑到門口來罵了一通，小灣村本來就不大，這會兒都傳遍了，他在外頭也聽說了，現在看崔薇不快，頓時便將這事記在了心頭，連忙氣呼呼地放了背篼要出去。

崔薇一見他這架勢，連忙將他喚住。「三哥，你去哪兒？」

崔敬平頭也沒抬就往院子邊跑，一邊氣憤道：「聶二他娘敢欺負妳，我就欺負她兒子，今兒心情不爽，將聶二喚出來打一頓，聶夫子一定會以為他在外面打架，回頭有他瞧的了！」說到後來時，崔敬平忍不住就陰陰地笑了起來。

這傢伙也是個心底腹黑的！為無辜躺著也中槍的聶秋文同情了片刻，崔薇又想著今日孫氏過來的情景，若不是後來聶秋染出乎意料的給她弄了那樣一個東西，說不得她哪日被孫氏給逼得受不了了，也要學著崔敬平的模樣將聶二喚出來打一頓的。

一想到這兒，崔薇忍不住就笑了起來，連剛剛被聶秋染話裡占了個便宜的鬱悶都散了大半，反正聶秋染是在縣裡讀書的，恐怕在小灣村人眼中，自己跟他便是一個天上一個地下的距離。往後他是要趕考的，兩人交集也並不多，他回家的時候少，就算真將這一次崔敬忠要進城的人情算在自己頭上，最多不過自己再請聶秋文吃些零嘴就是了。他也不可能真讓自己給他做什麼，自己只是個小孩子，想來也不會真讓他圖什麼，這樣一想，崔薇心底倒是鬆快了些。

第三十八章

晚飯兄妹倆吃過了便去崔家一趟，崔薇是順便拿竹籃的，而崔敬平則是回去晃晃，免得楊氏一天到晚的總想往崔薇那邊鑽，惦記著兒子。

這會兒崔家人正生著火，看樣子是還在做飯的，屋裡有些冷冷清清的，也沒見著王氏等人的身影。院子裡亂糟糟的，四處堆了剛打下來的穀粒堆，幾隻雞悠閒地站在旁邊撿著地上沒有掃乾淨的穀粒，嘴裡發出「咯咯」的悠閒叫聲。

崔世福在昏暗的月色下還拿了竹籃在編著，手裡動作翻飛，那被切如指頭寬、又如柳葉薄的竹葉片，便像是在他手裡活過來一般，旁邊已放了七、八個竹籃子了。崔世福聽到外頭響動聲時，連忙就抬頭看了過來，一邊拍了拍身上的竹葉渣，有些驚喜。「薇兒過來了，吃飯了沒有？妳娘現在正做著，讓她多加半筒米，要是沒吃，就留下來吃了再回去。」

楊氏在廚房裡聽著就有些不大痛快，一下子站了出來，靠著廚房便罵。「吃什麼，她自個兒都承認了她不是崔家的，連幫個忙都不肯，要吃什麼她這樣硬氣，不會自己弄了？」說話時語氣還有些衝，顯然是為著下午時崔薇得罪了崔敬忠而不大痛快。

若她不說話便罷，崔薇心裡一口氣還忍著，如今聽到楊氏這樣一提，頓時就冷笑道：「娘說的話我倒是不明白了，二哥每回要我幫的都是些我做不到的，而我有句話倒是想問您了，您既然都說了我不幫，那跑到聶家拿我名字來說什麼。若不是下午時聶伯娘跑到我屋門口罵了一遍，我倒還不知道了！」

以往崔薇是個內向膽小的性子，平日楊氏就是罵了她什麼，她也不會還嘴的，不知道為何，現在嘴巴越來越利，如今楊氏說一句，她便也能回上一句，而且還堵得楊氏說不出話來，去聶家的事她現在還心虛著。聽到崔薇現在提起，尤其是在崔世福面前提起，她頓時就有些心虛，也顧不得再想罵崔薇幾句，深怕崔世福等下問起來要發火，若是當著女兒的面被崔世福罵，那面子可真是丟到家了，兩夫妻就算吵架，等下自個兒回了房吵，也比現在鬧起來的要好。

看她還知道要臉面，崔薇就冷笑了一聲。

崔世福聽著覺得有些不大對勁，連忙道：「怎麼了？可是妳娘又找妳麻煩了？」

崔薇也不替楊氏兜著，將晌午後的事情源源本本與崔世福說了一遍，說到孫氏跑崔薇屋門口罵時，他頓時臉色便陰沈了下來，雖然忍著怒氣，但捏著籃子的手卻在發抖，強忍著讓崔薇屋裡坐一陣，自個兒不聲不響地在院子裡將剩餘的竹籃編滿了，也沒進屋喚崔薇一聲，頓時便取了身上的圍腰扔在院子的木凳上，一面出了大門。

屋裡崔薇也有些坐不住，剛想出去走一圈，等下回頭再來拿竹籃子的，誰料剛起身，這會兒崔敬忠便從他屋裡走了出來。看到崔敬平、崔薇兄妹二人時，他愣了一下，接著才冷冷看也沒看崔薇一眼，轉身就要走，顯然是還在為下午的事記恨著。崔薇見他這模樣，也懶得與他說聶秋染跟自己講的事，自個兒拉了崔敬平便出了屋子。

出去走了一圈，崔世福也沒回來，反正離趕集還有兩天，她屋裡的竹籃子也還有些，明兒再拿也是一樣的。崔薇乾脆拉了崔敬平回家，崔家裡頭她也不願意待，索性回自己家裡來得好些。

而剛給羊擠了奶，燒了洗澡水，那頭崔世福就過來了，是給她送籃子過來的，崔世福臉色有些不好看，勉強叮囑女兒崔敬忠的事不要管了，這才回了自個兒的家裡。過沒多久，隔壁便響起了楊氏尖叫的聲音與怒罵聲，第二日時崔敬平回去打聽了才知道崔世福昨兒晚上去了聶家一趟，只說崔敬忠不與他們一塊兒了，回來後兩夫妻便掐了一架。

這下子楊氏心裡有怨氣，為了兒子，她算是拚了，在楊氏看來崔薇不肯幫忙跑一趟，自個兒去又沒煩勞她，不過是用下她的名字而已，又不破皮且不少肉的，也就只有崔世福這樣的木頭疙瘩腦袋才覺得不好。楊氏心裡氣得要死，跟崔世福兩人吵了一架，可是到底崔敬忠最後仍是跟著聶家的人一塊兒上了路。

一旦崔敬忠出門趕考去了，村裡得知消息的，便都說村裡出了兩個狀元郎。楊氏心裡其實是覺得自己兒子最厲害的，聶家那小子雖然名聲厲害，不過到底年紀小些，這趟出去能不能真中那勞什子的童生還不知道呢，自己兒子有多努力她也知道，崔敬忠自小就有志氣，若是這一趟真中了秀才，自己往後才真是能享福的老太太了。

如此一來，那頭崔敬忠剛走不久，楊氏便被人一口一個狀元老夫人的給捧得有些飄飄然了起來，原本還有些不大快活的心情，因為這事倒是多少歡喜了一些。

崔敬忠一旦趕考，不少人知道他情況的，便都想湊著這段時間來與他說親，崔敬忠如今年紀不小了，前幾年讀書耽擱了，不過他現在若考取功名，便是個秀才老爺，現在還不趕緊與他結親，恐怕等他中了，到時他就要瞧不上了。因此這段時間崔家可是人來人往絡繹不絕的，楊氏對這些人一概是好好與人家說著，將人打發走，也不給個准信。崔敬忠的婚事她自個兒心裡有數，不可能現在就給他將親事訂下的。若是他中了秀才，現在訂下婚事，便是虧了他，村裡許多想介紹自己親戚侄女兒過來的人精明著，可楊氏也不傻，雖然不得罪人，但對於兒子的婚事卻死活不鬆口。

她希望崔敬忠爭氣一些，中個秀才，往後能光宗耀祖不說，也能給崔世福瞧瞧，免得他總護著那個沒用的女兒。若到時崔敬忠是秀才了，也給楊氏娶個出身好些的媳婦兒回來，至少不要像王氏一般，人長得醜便罷了，還好吃懶做的，光是個能吃能拉卻半點兒不肯做事又討人厭的東西！

崔薇對崔家的事情並不如何搭理，有時聽也懶得聽，她現在除了趕集的時候，連門都少出。幸運的在鎮上又買了一頭剛產過小羊的母羊，還讓人幫著從隔壁鎮裡也幫著帶了兩頭這樣的羊過來，母羊剛生產完許多人都不肯再養，嫌浪費功夫照顧不說，而且也沒什麼用，羊肉又不大值錢，能養上一回生一窩崽子，許多母羊便沒了用處。她如今願意花錢去收，倒也真收了三頭，屋裡那頭奶已經快完了，要等到生產還不知道是什麼時候，幸虧現在又買了幾隻，如今每天光是擠羊奶，幾隻羊便能擠上滿滿的一大桶。奶粉熬得有多的了，便混勻蜂蜜調了再去水分，如此一來弄出來的奶粉味道更好了一些，連平日不太愛喝羊奶的崔敬平如今見著奶粉也肯喝上一大碗。

羊奶多了，崔薇乾脆專門去鎮上賣零嘴點心的地方買了一些乾杏仁，專門用來除羊奶膻腥氣，她如今有了銀子，賺大錢的機會在後頭，對於買材料的這些小錢，也懶得進山裡去尋，反正也花不了多少錢，直接買了還省事一些。

每日羊奶盡夠了，又有多的能再試著做些奶油與帶了乳香的蛋糕出來，雖然外表並不像前世點心店裡面賣的東西那樣精緻，但光從味道上來說，已經不比前世崔薇曾吃過的蛋糕差到哪兒去了。這還是她廚房裡工具不夠多的原因，若是將廚房再弄大一些，工具齊全一點，她也不是不能試著做出前世的一些小點心來。

而那種混合了雞蛋與麵粉等物再加羊乳調出來蒸了的蛋糕最得林家人的喜歡，崔薇將邊角處不整齊的切下給崔敬平當零嘴，剩下整整齊齊好看些的，則是放在籃子裡送到林家去，半個月時間，這蛋糕竟然就得了林夫人十兩銀子的賞賜！如今崔薇靠著做這些東西倒是漸漸發了些財，對於生活也跟著有了盼頭，若是照這樣的情況下去，她往後就算不是日子過得有多奢華，但也足夠她自個兒揮霍一生了。

她這段時間悶聲發著財，外表悄無聲息的，可是實際上卻存了約有五十多兩銀子了。

崔敬忠等人也走了大概一個多月，如今還沒有消息傳回來。現在孫氏可是正式將崔家給怨上了，她不敢過來找崔薇麻煩，自從上回被兒子軟綿綿的逼著簽了一紙借據之後，孫氏作夢都常夢到崔薇拿了紙張過來讓她還錢，不然就要告到羅里正那兒去。每做一回這樣的夢便嚇醒一回，孫氏躲崔薇還來不及了，又哪裡敢主動湊上前去，心裡就算恨得牙癢癢，不知暗罵了多少回，但明面上看到崔薇時還得硬擠出一個笑臉來，做出慈愛無比的樣子，跟以前橫挑鼻子豎挑眼的舉動完全不同，倒令得許多村裡的人都跟著有些好奇了起來。

但與之相反的，孫氏跟楊氏之間關係則是緊張了起來，兩個婆娘時常為了一點兒雞毛蒜皮的小事便要罵上一回，甚至有好幾回打架都滾到菜地裡去了。兩個婦人打架這並不稀奇，可稀奇的卻是這兩人抬頭不見低頭見的，都是一個村的，竟然還天天都吵，丁點兒小事便能鬧上一回。楊氏雖然凶悍一些，不過孫氏也不遑多讓，她丈夫是秀才，楊氏就算是瞧不起孫氏，可對於聶夫子心裡卻是有些懼怕，因此與她打架還是要收斂一些，也怕鬧得僵了，若是往後自己兒子有依靠聶夫子之時，人家不肯幫忙。

這樣妳來我往的，如今村裡最熱鬧的話題便是崔聶兩家，為了這個事，崔世福不知愁白了多少頭髮，但他連楊氏都管不好，更別提要去管人家屋裡的婆娘，再加上兩個娘兒們一動手，他拉哪個都不好。頭一回這兩人打架時既扯頭髮又撕衣裳，嚇了崔世福一跳，過去勸架時挨了幾下不說，最後那孫氏竟然逮著他便喊捉採花賊，臊得崔世福好幾天沒敢出門見人，又羞又氣。而楊氏還不見得要領他情，反倒嫌他多事，崔世福氣到了，從此看到這兩人打架，他是再也不去管了。

孫氏跟楊氏打架那狠勁完全不輸男人，一般男人間有齟齬，打架那傷口都在臉上，可這兩婦道人家一動起手來，那叫一個慓悍。崔世福曾親身嘗過那樣的滋味，被孫氏撓了一下火辣辣的，好幾天才結疤，這會兒一聽到女人打架，崔世福神色就變了。

村裡熱熱鬧鬧的，崔薇自個兒過著自己的小日子，一邊將崔敬平身體養得好了一些，一邊也將自個兒給養得粉白水靈。每隔幾日她便會去買些豬蹄回來燉湯吃，豬蹄吃多了原本就是補膚色的，再加上她每天又喝羊奶，這幾頭羊多了，奶水也充足，不像以前要省著些用，每日餘下的羊奶這會兒又不能多放的，崔薇便乾脆調些用來洗頭或是洗澡洗臉的。這樣吃著好東西調理著身體，外頭又用羊奶保養著，她原本也是個小孩子，本來就是變化快的時候，這樣堅持了一個月下來，不只是崔薇自個兒感覺到身體好了些，而且那些變化她自個兒也能瞧得出來。

肌膚白得像是能掐出水來，羊奶不是白用的，那原本還枯黃的頭髮在被她將髮梢的分岔部分剪過後，這會兒每回洗頭時拿羊奶洗，食療再美容的，那頭長髮很快便變得烏黑柔亮了不少。崔薇這段時間倒是少有出門，否則恐怕村裡許多人都要嚇上一跳。

到了八月底時，崔敬忠與聶家父子一併回來了，只是這一回他們帶回來的消息卻令整個小灣村一下子沸騰了起來。幾人在縣裡是等著放了榜之後才回來的，一直被楊氏寄予厚望的崔敬忠這一次倒是拿到了一個童生的資格，可是如他自己預料的一般，最後崔敬忠並沒有中到秀才，反倒是十三歲的聶秋染，比他年紀小了好幾歲的聶家大郎倒是考上了秀才。楊氏一聽到這個消息時頓時懵住了，崔家頓時陷入在一片愁雲慘霧之中。

而與之相反的，則是聶家一下子熱鬧了起來，每日上門賀喜與打量的，還有上前來想看聶秋染模樣，打著想早些說親主意的人，簡直都快將聶家大門給踏破了。

這樣的情況自然更讓孫氏心中得意，之前她與楊氏打了好多回架，這個梁子算是結了下來，如今看到楊氏倒楣，而自己的兒子有了出息，孫氏心裡不知道有多高興，簡直都快要發了瘋，逢人便逮著提幾句楊氏，故意寒磣她，羞得楊氏連門也不敢出，心裡不知有多恨了。幸虧最近家裡稻穀收割完了，崔家人也不用再出門去，只消留在家裡剝幾天玉米，等到事情消停一些，應該就好了。

楊氏成天待坐在屋裡頭，平日洗衣裳自個兒都不敢出門，就怕遇著人家來打探崔敬忠事情的，連洗衣裳的事她都交給了王氏去。雖說王氏也不肯做事情，不過若是到了溪邊遇著一些婦人，能與她們說幾句閒話，也比待在家裡頭成天與楊氏面對面的強，因此王氏對於洗衣裳這事倒並沒有抗拒。

崔家裡楊氏成天待在家中剝著玉米，如今拜這股流言所賜，家裡人天天待屋裡，連崔敬懷都沒臉出去見人，一家人的玉米倒是剝了大半。幾人都坐在堂屋裡頭，這兒除了留個吃飯的地方，其餘地點都被收拾出來裝了穀子和玉米粒，楊氏坐在玉米上頭，一邊就惡狠狠的咒罵了起來。

「不就是中個秀才嗎？有什麼了不起的，成天在外頭招搖，深怕哪個人不知道一般，現在時間還早呢，往後怎麼樣誰看得出來？」一邊說著，一邊楊氏就用力倒了一隻洗得乾淨的布鞋倒掛在橫著擺放的凳子腿上，拿了玉米往上頭搓，不多時一粒粒橙黃的玉米粒便滾落下來，顯然她心裡氣憤，是拿這個東西來洩憤了。

看了她一眼，崔世福倒是還極為平靜。「聶家那大郎確實是個好孩子，也是個有出息的，妳就見不得人家好。」

楊氏心裡原本就有火氣，聽了崔世福這話，「騰」地一下子就站了起來，臉色脹得通紅，大聲道：「我怎麼瞧不得他好了？不過是個秀才，有什麼了不得的，孫氏那賤人能生得出什麼好兒子，現在全賴了他那個秀才的爹。若非這樣，他連個屁都不是，你就胳膊肘往外拐，二郎才是你親兒子，難不成你將那聶大郎讚出一朵花來，他還能管你叫一聲爹！」

她這完全是無理取鬧！崔世福臉色氣得通紅，指著她說不出話來，半晌之後才看了崔敬忠房屋方向一眼，忍了氣道：「妳別說了，二郎如今心裡不痛快，這回中不了秀才，下回再考就是，反正孩子現在年紀還小，妳說這些若是讓他給聽見了，不是使他心裡不痛快嗎？」

楊氏見他服了軟，心裡也沒歡喜到哪兒去，一想到崔敬忠這回沒中秀才，那些前來說親的人都跑了個乾淨，反倒都往聶秋染家裡跑，楊氏便是氣不打一處來。

她恨恨地重新坐下，拿了玉米重新剝著，一邊就開始咒罵起那些見風使舵的婦人來，王氏間或在一旁附和她幾句，她正罵得來勁，屋裡崔世福與崔敬懷都沒有理睬她時，崔敬忠反倒是從屋裡走了出來，臉色陰沈，自回來之後他便一直都是這個模樣，看得楊氏心裡既是心疼又是可惜。

看他出了房門，楊氏連忙放了玉米，拍了拍身上的玉米碎屑一邊就道：「二郎，你可出來了，肚子餓了沒？娘去給你煮幾個蛋，吃了你再休息一會兒。」

在這個崔家裡頭，唯有一個崔二郎是從來不會幹活的，王氏一聽到楊氏要給他煮蛋，心裡就不大痛快，可是在這個節骨眼上她哪裡敢開口，心裡也就腹誹幾番而已。

崔敬忠對楊氏討好的神情卻是根本沒有理睬，只是皺了眉頭不滿道：「娘，你們能不能小聲一些，吵得我頭疼！」說完，自個兒轉身進了屋裡。

楊氏唯唯諾諾地跟在後頭又問了他一句要不要吃些蛋，崔世福看到這情景，忍不住搖著頭就嘆了口氣。崔敬忠開完口，堂屋之中倒是安靜了下來，再也沒有聽到楊氏吵鬧不停的聲音了。

而與此同時聶家裡卻是一片喜慶，人來人往的絡繹不絕，不少人都是前來恭賀聶家的，而也有人想要找聶夫子指點一番，畢竟聶夫子自個兒是個秀才，卻又教出了一個十三歲的少年秀才，一時間名聲大震。聶家裡人來人往的，聶秋文被困在家裡好幾天了，孫氏自從上回落了個把柄在崔薇手上，就不准他去崔薇家，深怕他再去吃幾回飯那銅錢還要再加上一些，也怕崔薇來找她要錢，因此也顧不得兒子心中不痛快，硬是將他拘在家裡好幾天。聶秋文早就忍不住了，這會兒聽著外頭的響動聲，忍不住跑出屋裡，就看到外頭熱鬧的情景。

這幾日為了賀聶秋染中秀才，聶家裡是要擺幾天流水席的，村裡許多婦人都過來幫忙了，聶夫子出錢，買了不少雞鴨魚肉等，擺了好幾桌，不少人都過來蹭上一頓飯。

孫氏雖然心疼，不過這是好事，反正那錢就是不花，也落不到她自個兒荷包裡的。聶夫子平日除了給她一些家用外，幾乎不肯把錢給她，孫氏為人雖然潑辣，但卻有些糊塗，說不得手裡有錢便要惹出什麼禍來，因此她錢平日也是剛好夠用些，日子過得緊巴巴的。除了聶夫子父子回來時能吃得一些好的，平日也跟村裡人差不多，但就是這樣，相比起許多過年過節才能吃上一塊肉的鄉下人來說，孫氏已經過得極好了。

只是她手裡沒錢，也是知道欠了崔薇四百多文錢時有些心虛的原因了，因為她根本拿不出這樣多錢來。

聶秋文出來時正好就看到孫氏坐在院子裡頭，一副老夫人的作派，一群婦人圍著她打扇討好的，正說著楊氏壞話，拿她來作踐著呢。兩個姊姊正在做著事情，聶秋文看得有些煩躁，乾脆別過頭去一下子鑽進聶秋染的房間裡頭，就看到自個兒的這個兄長正拿了書本坐在窗邊看著，像是根本不受外頭的熱鬧情景引誘一般。

聶秋文雖然怕父兄，不過這會兒實在無聊了，關在家裡跟坐牢似的，現在也顧不得這個大哥恐怖，連忙湊了過去。「大哥，這書有什麼好看的，咱們出去玩一下吧。」成天待在家裡頭，對於聶秋文這個野猴兒似的人來說，簡直是要悶壞了。

他現在不敢自己出門，孫氏不許他出去倒也罷了，可如今聶夫子還在家裡頭，若是自個兒不聽話跑出去了，他爹打他可不會留手的，反正如今他有了這麼一個有出息的兒子，說不得打死自己他也不心疼。一想到這兒，聶秋文心裡不由有些埋怨了起來，連忙就壯著膽子扯了扯聶秋染的衣裳晃了晃。「大哥。」

看來自己今日是不能再繼續看書了，聶秋文一旦下了決心，還敢來纏著自己，估計就是王八吃了秤砣鐵了心了。聶秋染也不跟他多磨，一下子就將自己的書放了下來，一邊抬頭看了他一眼，一邊道：「那你想去哪兒玩耍？」一般小孩子的幼稚遊戲他是不會陪著聶秋文一塊兒玩的。

聶秋文自己也知道一般孩子耍的大哥肯定不願意，但他現在一天到晚也沒事幹，村裡他只跟崔敬平與王寶學要好，崔敬平一旦改邪歸正，連帶著他也跟著收斂了幾分，平日除了去崔薇那邊，竟然好像是無處可去。這會兒他第一個想到的還是崔薇那邊，猶豫了一下，又湊近聶秋染道：「大哥，咱們去崔妹妹那邊吧，我聽說她養了好幾隻羊，可想去看看了。但不知為何，娘就是不讓我去，之前明明還好好的。」

聽他不住抱怨的聶秋染，神態極其鎮定地端了桌上的水抿了一口，聶秋文不知道他娘為什麼會反常，但一切事情聶秋染卻是心中跟明鏡似的，估計是孫氏自個兒心虛了，或是怕聶秋文再過去吃幾頓崔薇要加錢罷了，上次的事情果然是將孫氏嚇著了。一想到這兒，聶秋染忍不住嘴角勾了勾，輕咳了一聲，將湧到唇角的笑意又嚥了回去，想了想果斷放了杯子，一邊站起身來，動了動手腳。「走吧，去瞧瞧！」

聶秋文一聽他答應了，頓時高興得險些跳了起來，連忙拉了聶秋染就往外頭跑。

孫氏見到這兩人出去，連忙出聲喚人道：「二郎，你這是要去哪兒？」她心裡有些害怕大兒子，自然不敢問他的去向。

旁邊的婦人們一看到聶秋染，眼睛頓時亮了起來，一口一個狀元郎的喚著，眼珠子裡都充滿了算計之色，簡直是恨不能上前來與聶秋染攀談一番，可是又不敢。

聶秋文被孫氏喚住，也不敢說自己要去崔薇那邊，見他娘有些害怕大哥的樣子，頓時眼角一挑。「娘，大哥帶我出去玩，我們先走了。」說完，拉了聶秋染就往外跑，後頭孫氏還要再叮囑幾句，不過轉頭就看到兒子跑得影兒都沒了，也就作罷了。

這會兒崔薇正剛在廚房裡煮了羊奶涼著呢，整個院子裡都瀰漫著一股濃郁至極的奶香味，聽到敲門聲時不消她去開門，崔敬平便已經先將門打開了。

一看到聶秋文時，崔敬平頓時掀了掀眼皮，原是要罵他的，上回孫氏跑到崔薇這邊來鬧，最後聶秋文就少了跟他來往，他這會兒心裡還有氣，不過看到一旁的聶秋染，他這才將氣嚥了下來。向聶秋染先恭敬的行了個禮，端正的打了聲招呼，看到聶秋文時頓時態度就變得冷了些。「聶二郎也來了！」

被這一句冷颼颼的話凍得打了個哆嗦，聶秋文也知道自己娘的德行，上回她跑到崔妹妹家門口罵的陣仗大，村子裡的人都知道了，現在她還在家裡講人家娘的壞話呢。聶秋文平日雖然膽大又皮厚，但這會兒難免還是覺得有些不好意思了起來，一邊嘻皮笑臉地拉了自家大哥頂在前頭，一面與崔敬平打躬作揖陪著不是。「三哥，你也消消氣，我娘是我娘，我是我，都是弟弟的不是，三哥瞧在咱倆以前的情分上，原諒弟弟一回吧！」

情分二字一說出口，崔薇原是站在院子裡聽著的，頓時險些就噴笑了出來。聶秋文這傢伙讀書不成，可偏偏又被聶夫子逼著學了些東西，似懂非懂的，這會兒就拿出來亂用了，讓她忍不住嘴角抽了抽。

那頭崔敬平還沒來得及開口說話，聶秋文就看到了院子裡站著的崔薇，連忙就眼睛一亮，衝她揮了揮手。「崔妹妹，我在這兒呢。」

「誰管你在哪兒，聶大哥可以進來，你不行！」崔敬平心裡雖然因為聶秋文這話舒坦了一些，但面上仍是冷哼了一聲。

聶秋文又陪著笑臉，好話說了一大堆，崔敬平這才看在聶秋染的面上，讓他進來，只是又警告了他一番，說往後若孫氏再過來鬧，便與他絕交。聶秋文賭咒發誓了一回，這才作罷。

廚房裡涼了的羊奶散發出陣陣乳香味來，聶秋文不住抽動鼻子，一邊道：「崔妹妹做什麼，這樣香？」

聽他誇獎自己妹子，崔敬平得意地挑了挑眉頭，一邊與聶秋染道：「聶大哥。我妹妹最近做了些蛋糕，現在我還放了幾塊沒捨得吃，正好用來請聶大哥嚐嚐。」

聶秋文聽到說有好吃的，口水都險些流了出來，聶秋染看他這樣子，一邊笑著看了他一眼，一邊這才與崔薇打過招呼之後進了屋。

第三十九章

崔敬平端了崔薇早晨時做好給他、沒捨得一次全部吃完的蛋糕用來招呼著客人，崔薇原本是想要倒兩杯水出來的，不過想了想乾脆倒了兩杯羊奶出來。

聶秋文看了一眼，想到崔敬平之前喝著險些吐了的樣子，頓時皺了皺眉頭，有些心虛的別開臉，裝作沒看到一般，反倒是聶秋染，道了一聲謝，端起羊奶就抿了一口。

見他要吃，崔薇倒是有些好奇，其實這羊奶她現在越煮越有心得，煮出來的羊奶極其美味。崔敬平不愛喝不過是因為他自個兒心理原因而已，此時人長大了提到喝奶都有些不好意思，再加上羊與牛等在他們看來都是畜牲，人哪裡能喝畜牲的奶，不是本末倒置，反倒將牠們當娘了嗎？而且想想也是噁心。崔敬平雖然不肯喝羊奶，不過對於羊奶做出的零食倒是挺喜歡的，崔薇雖然不能說服他喜歡，不過每日總要給他倒上一杯，逼得他喝了聽到羊奶便要反胃。

羊奶裡調了些蜂蜜，帶著杏仁特有的香味，又甜滋滋的，其實味道極好，喝到嘴中又極為醇厚，聶秋染看到聶秋文不愛喝，索性端過來自個兒三兩下喝進肚中。

崔敬平看得大是佩服，這東西他想想都嫌噁心，沒料到聶秋染竟然能面不改色地喝下，果然不愧是中了秀才的人。他這會兒沒心沒肺的，也不管聶崔兩家的齷齪，反倒是笑嘻嘻地跟聶秋文說起話來，孩子的脾氣果真來得快去得也快。

聶秋染在一旁無事，便跟崔薇說幾句話，崔薇又不是真正的小孩子，雖然對聶秋染抱著警惕心，不過到底還是能與他說上幾句。聶秋染這貨表面看似溫文爾雅，實則崔薇看了出來，這傢伙有些喜歡吃甜點，一會兒工夫，他便連吃了好幾塊糖，倒真像是個小孩子一般。

天色不晚了，家家戶戶都開始生起火來，崔薇也準備開始做飯，聶秋染喚了聶秋文要回家，可是他哪裡肯回去，崔薇這邊做的飯菜不知比家裡做的好吃有多少倍，再加上這邊還有零嘴點心吃，就是家裡天天大魚大肉都比不上。他不肯走，哀求耍賴了一陣，不過不是聶秋染對手，依舊是被人拎著，哭喪著臉被拉回去了。

這兩人剛剛離開，那頭正巧就被出去趕鴨子回家的王氏看到，眼睛頓時亮了亮，一面拿著手中劃破的細竹筒在地上敲了敲，被劃碎成好幾塊的細竹筒便發出響亮的聲音，幾隻鴨子受了驚連忙擺動著身體就往家中跑。一回了屋王氏連口水都顧不得喝上，連忙就放了竹筒往廚房裡衝。

崔世福看到這個兒媳匆匆忙忙的樣子，頓時有些無奈的搖了搖頭，一面自個兒撿了竹筒起來，趕著鴨子進了豬圈後頭，一面將關鴨子的地方把門拉上了，這才出來。

王氏一進廚房，楊氏原本就要罵的，王氏卻興奮道：「娘，您瞧我看到什麼了？」

看她一臉興奮的樣子，楊氏便忍不住想一耳光甩到她臉上去，這會兒聽她興致勃勃的模樣，一點兒也不想聽她說，連忙就耷拉著一張臉，沒有理睬她。

自從上回王氏在自己妹妹處惹了一頭的蝨子回來之後，楊氏費了好大勁才將蝨子整乾淨，可是買油便花了不少錢，心裡對她肯定是氣憤無比的。

王氏也受慣了楊氏的冷臉，並不以為意，連忙湊過去道：「娘，我看到聶家兄弟從四丫頭那邊出來了，您說他們是不是商議著什麼事情！」

若是她說起旁的還好，可偏偏提起了聶秋染，最近楊氏一聽到這個名字就要發火的，現在一聽王氏說聶秋染竟然去了崔薇那邊，頓時心裡一股火氣就湧了出來，一下子站起身扔了火鉗就道：「什麼？那死丫頭竟然還敢與聶家的人來往，她知不知道二郎就是被聶家那小子給害了，現在還與他來往，是嫌咱們家丟人不夠吧！」

王氏看她發火，頓時幸災樂禍，連忙湊過去道：「娘，您又不是不知道四丫頭那鬼東西心裡可有著歪心思的，上回不就給您設了個套，讓您鑽嗎？不只是連累了您，連我都吃了她的虧，這死丫頭精著呢，依我說，娘，您是上當了！」

王氏話音一落，楊氏想到當時的情景，強壓下的火氣越發湧得高，臉色更加難看。

王氏心裡暗自痛快，偷偷地罵了崔薇幾句，一邊恨不能崔薇被楊氏打死才好消了她心裡這口氣呢，因此又故意火上添油。「要我說，娘您上次與她分了家，才讓她給了三兩銀子，可真真是虧了。依我說，這死丫頭倒有些鬼主意，上回找林老爺不是借了三兩銀子嗎？依我看，她能借到三兩銀子，說不得便能借到五兩十兩，娘要是有十兩銀子，不只是可以建個大些的房子，還能多存些給二郎討媳婦兒，這樣多錢，村裡什麼樣的姑娘挑不到，娘，您虧了呀！」王氏說完這話，有些歡喜地看到楊氏氣得身體不住顫抖的模樣，恨不能她馬上就氣死才好，面上卻是不敢露出分毫來。

楊氏本來找崔薇拿了三兩銀子已經跟崔世福鬧得不可開交了，她自個兒開始時覺得有些不自在，不過後來崔薇不肯幫崔敬忠的忙，又不肯在當時抱了小郎在她那邊去住，楊氏心裡就算有些愧疚也早忘得個乾淨了。這會兒聽到王氏的話，她頓時就愣了愣，有些呆住。「妳說什麼？」

「娘，您聽我說。」王氏一見楊氏現在還肯聽她說話，頓時精神一振，連忙又湊近了楊氏面前一些。「四丫頭現在能從林老爺那兒借來三兩銀子，那她肯定是有法子能還得上的，更何況她那房子我瞧著可不便宜，最少要三兩多銀子，她哪兒來的錢？還不是從林老爺那兒掙的，如今她這樣痛快又拿出三兩來，林老爺那是什麼人，又不是隨便哪個都願意借錢的，既然願意借給四丫頭，那四丫頭便一定有辦法能掙錢。娘，您虧了啊，若是過些日子，說不得讓四丫頭拿三十兩銀子她也拿得出來！」

王氏這話純粹是為了糊弄楊氏而隨口亂說的，三十兩銀子，她連想也不敢想，如今王氏手上連三兩銀子都拿不出來，她也就是嘴巴上說說而已，不過就是這樣胡說八道也讓楊氏嚇了一跳，吃驚到聲音都變了。

「什麼，三十兩銀子？」楊氏這會兒被兒媳說得完全亂了方寸，只看王氏傻愣愣的點了點頭，頓時跟著就拍了拍大腿，像是想到三十兩銀子也跟著飛了般，頓時懊悔不已，一邊臉色慘白。「三十兩銀子，可如今她都已經讓羅里正立了契據了。」

要是能有三十兩銀子，崔家馬上便能買些地自個兒種，也能省下一筆不小的錢，就算家中還要繳人頭稅，可至少不用再繳土地稅了，而且還能租給別人。三十兩能買上五、六畝上好的良田，光吃租都夠了，一家人也能像老爺一般成天種些菜吃就是，也不用累死累活的。若到了那個時候，誰還要去考勞什子的秀才啊，天天就在家裡享福了。

「這事不能就這樣算了！」楊氏臉色陰晴不定，眼神閃爍了半晌之後突然之間握了握拳頭，狠狠地將火鉗朝地上一扔，與王氏冷冷道：「妳先生火，我過去瞧瞧。」

沒料到自己進來說了個消息還被人指使著幹活，王氏心裡多少有些不痛快，不過一想到楊氏是去找崔薇麻煩的，又是要讓她多擠些銀子出來，頓時心裡又高興了起來。楊氏手中有三兩銀子只心疼二兒子，捨不得給老大花，可她若是有三十兩銀子，怎麼也得從指縫間溜一些出來，到時就算再少一些，自己也夠用了。

王氏想著這些，也不管崔薇有沒有三十兩銀子，只想著若是這些銀子全是自己的，那不知該有多好，頓時又傻笑起來，坐到了灶臺前。

楊氏那頭急匆匆的走出廚房，陰沈著一張臉，連崔世福問她去哪兒也沒搭理，直接就朝崔薇那邊過去了。崔世福瞧著有些不對勁，剛剛王氏一回來便滿臉神秘的進了廚房，與楊氏二人也不知道說了些什麼，如今楊氏急忙出去了，肯定這事是與王氏有關！

一想到這兒，崔世福不由又驚又怒，連忙也跟了出去，那頭楊氏去了崔薇家，一邊用力拍著門，一邊喚著崔敬平的名字。崔世福過來時就看到楊氏凶神惡煞的模樣，頓時眉頭皺了皺，狠狠扯了扯她的胳膊，一邊厲聲道：「妳幹什麼，才好兩天，妳又要鬧了是不是？」

「我鬧什麼？我接我兒子回家去！難不成一個女兒不要家了，現在我還得賠上一個兒子不成？」楊氏說到這話時，聲音很大，她自己帶回自己的兒子，也不理虧，就連崔世福都沒資格去說她什麼。

果然她這話音一落，崔世福聽她說是來接兒子的，頓時不吱聲了。

楊氏心裡的火氣一波波地湧著，一邊想著王氏的話，一邊又想起這些日子以來崔薇的變化，頓時心裡是火氣更足，手上勁兒又更重了些。

屋裡崔薇過來開門時，楊氏沒好氣的便一把推了她一下，要往屋裡衝，幸虧崔世福眼疾手快將女兒捉住了，才沒使崔薇摔著。

崔世福扶了崔薇站穩了，頓時扯了楊氏一把，臉色有些不好看。「妳發什麼瘋，三郎又沒人拉著他鎖著他，妳要他走，自個兒站在門口喊就是了，一開門便朝人家屋裡衝，成什麼話？」

崔世福這話說得楊氏臉上火辣辣的，又想到剛剛王氏那句三十兩，頓時挺了胸道：「我女兒的家，我想進就進，怎麼的，這就算是青天大老爺，也沒有不准自己娘進女兒屋的道理！」

一聽楊氏這話，崔世福有些吃驚地看了她一眼，連崔薇心裡跟著也湧出一些火氣來，之前楊氏才花三兩賣了自己一個自由身，如今聽她這話的口氣，竟然像是不想認帳，準備耍賴皮了。

崔薇氣得渾身發抖，對楊氏也不客氣了，冷笑道：「娘這話說得好沒道理，如今我跟崔家可沒什麼關係，羅里正那兒還有我自立門戶的單子呢，我見您喚一聲娘，若您要再往我屋裡鑽，下回就照娘所說，咱們去問問羅大叔就是！」

沒料到一句話沒能將崔薇給唬著，反倒是被她威脅了一句。楊氏心裡也有些犯怵，不過一想到那三十兩，以及王氏今兒所說的聶大郎來過崔薇這邊的話，她心裡一股火氣騰的一下就湧了出來，扠了腰便大聲喝道：「去就去，老娘可不承認什麼契約不契約的，我只認一個理兒，妳是我女兒，我生下來的，我愛怎麼樣就怎麼樣，讓妳站著妳就得站著，讓妳趴著就趴著，妳要是不願意，老娘賣了妳去給人家當童養媳去！」

楊氏這話也是氣急之下說出口的，誰料崔世福聽了身子顫抖了一下，想到之前崔薇與他說過的往後怕楊氏沒錢了又要賣她的話，頓時心裡湧出一股戾氣來，一把反擰了楊氏的胳膊就要往外走。

剛剛一時氣憤之下楊氏說了什麼她自個兒都不太清楚，不過現在一回過神來，又覺得自己根本沒有說錯。見崔世福拉她，那胳膊像是要被人硬生生拉落下來一般，楊氏忍不住大聲哀嚎了起來，一邊道：「崔世福，你幹什麼？你要幹什麼？」

「拉妳去羅里正那邊問清楚，薇兒已經自個兒立了戶頭，從此跟妳沒什麼關係，除了還喚妳一聲娘，妳什麼都不是，若她真計較，拚著人家的笑話不怕，拉了妳見官，妳要賣了她，妳就是個拐子，可以拉了妳去砍腦袋，可以拉了妳流放！」崔世福臉色冷得厲害，上回崔薇這樣說了他還不信，可是如今事實卻是由不得他不信，楊氏與他夫妻一場好多年，沒料到妻子不知什麼時候變成了這般模樣。

崔世福忍了氣，手上力道又大了幾分，直扯得楊氏忍不住哭了起來，一面是手臂疼的，一面是被崔世福這話給嚇的，表情有些茫然。「你騙人，我是她娘，人家也有賣兒女給人做下人的，怎麼沒人去抓？父母賣自個兒的兒女，誰管得著？」

看她還真想著這件事，崔世福頓時忍不住怒火湧得更高，一手反扳了楊氏的手，一邊狠狠一巴掌就拍到了楊氏後腦勺上，直拍得她原本束在腦後的髮髻都散亂了歪到一旁，整個人不由自主地腦袋垂了下去，還沒有消氣，一邊就大喝。「我上次去問過羅里正，只當妳沒有這樣狠的心腸，自然害不了自個兒，我倒真是看錯妳了，薇兒如今已經自立了門戶，不是屬於崔家的人，她是孝順，還喚妳一聲娘，真正算起來，她早就不屬於妳的了！」

楊氏挨了一下打，直覺得頭都有些昏了起來，若不是雙手被崔世福剪在後頭拉穩了，恐怕她早就一撲趴在地上了，這會兒聽到崔世福喝出這樣的話，頓時便愣住了，傻呆呆道：「不是屬於我的女兒了？」她聲音有些輕，又像是不敢置信，還像是帶了一絲慌張與失落般，聽得崔世福心裡也忍不住有些難受了起來。

他一邊將手鬆開了些，一邊緩和了些語氣。「對！不是屬於妳的女兒了，就像妳說的，女兒嫁出去的人，潑出去的水，不過現在提前潑了，妳也不必有什麼心中不滿的，若是女兒嫁了出去，妳還能跑到她夫家要賣了她？」

那當然是不可能的！楊氏心裡清楚得很，女兒嫁出去便是別人家的人，她哪裡還有資格去做什麼，最多也就是讓女兒孝順一些自個兒帶些東西回娘家就是了。崔世福這話說得有些莫名其妙，可楊氏卻是懂了，那就是她三兩銀子將崔薇給賣了，如今崔薇再也不歸她管了，她像崔世福所說的，自然沒有隨便進女兒家屋門的道理，若她不讓，自己進去了就是私闖民宅，若自己還打她，她要不顧臉面跟自己鬧的話，還是自己吃虧，這樣一個連名聲都不顧要搬出來住的女兒，也不管人家背後說閒話的丫頭，脾氣又倔的，哪裡肯讓她白打還說要賣了而不還嘴不還手的？

楊氏一想通這些，頓時忍不住坐在地上嚎啕大哭了起來，拍著地便開始嚎天喊地。「我的三十兩銀子啊，妳這死丫頭，殺千刀的東西，當初竟然那樣矇我。」

楊氏嘴裡還在不住咒罵著，但崔薇卻是越聽越有些不對勁，什麼三十兩銀子的，楊氏絕對不知道她有三十兩銀子，那麼她此時說這話，難不成是以為能將自己賣得了三十兩銀子的原因？

一想到這兒，崔薇臉色更加難看，一旁崔世福也跟著面色鐵青，恨不能又揪起楊氏再揍一頓才好。

屋裡崔敬平自個兒收著東西，滿臉沈默，他是想在崔薇這邊住下去，他年紀雖然小，可也知道哪邊住著舒坦。妹妹這邊自己平日就算是幫著做了事也高興，而家裡娘雖然是最喜歡他的，但絕對是最看重二哥的，再加上大嫂又時常吵鬧不休，屋裡亂糟糟的，倒不如崔薇這邊住著好一些，至少每天不用去管王氏鬧騰不鬧騰，崔佑祖哭不哭。

崔敬平不想走，可是他又不得不走，外頭楊氏哭得聲音都快震天響了，恐怕四周的人都能聽得清清楚楚的。崔敬平年紀雖然小，但他一向人小鬼大，也知道楊氏這樣鬧了對崔薇沒好處，因此剛剛楊氏在喚他回去時，崔敬平便自個兒收拾了東西出來。他原本過來住時根本沒帶什麼東西，這一回去崔薇倒是給他做了好幾身衣裳與鞋子，崔敬平眼睛有些濕，低垂著頭抱了自己幾件衣裳走了出來，看到楊氏坐在地上不住撲騰，崔世福竟然一時間有些制不住她，崔薇冷冷站在門口邊看著這場鬧劇，也沒有上前勸說，崔敬平只覺得心裡發酸。

他其實覺得這個妹妹真的很好，又乖巧不說，還對他也好，可偏偏不知怎的，娘就是不喜歡她。崔敬平眼眶有些發熱，抱著衣裳便站到了門邊，沈聲道：「娘，我出來了，走吧。」

崔薇看到他時，也沒有挽留，其實崔敬平對她也好，但是崔敬平是崔家的兒子，他是楊氏的孩子，若楊氏喚他回去，自己真沒有道理硬要將他留下來，因此崔薇雖然捨不得他，但仍是沒有出聲。

那頭楊氏看到兒子出來，得意地便看了崔薇一眼，上次崔薇給了她三兩銀子便害得楊氏最後被崔世福打了一回，可不知她背地裡究竟藏了多少錢，王氏那傢伙雖然懶得要命，平日腦子也不大靈光，但這回總算是說對了一句話，崔薇這死丫頭手裡肯定還有錢！

可惜這會兒崔世福擺明不會讓她再向崔薇要錢了，楊氏一怒之下雖然心裡仍不甘心，但也真怕自己再鬧下去會被人抓去見了官，若這死丫頭不要名聲，心狠手辣也要置自己於死地，她還真沒有法子。

楊氏如今有兒子有孫子，哪裡肯冒這樣一個險，她拿崔薇沒有辦法，便想著小兒子在這邊吃住著，平日回家的時候都少，她每日想得心肝都要碎了，便唯有時常過來瞧一瞧，如今想來崔敬平跟崔薇住的時間久了，若是自己這樣將他喚回家，崔薇肯定捨不得，到時也讓她嘗嘗自己之前那種難受的滋味！

第四十章

崔家人沈著臉走了，楊氏一路對兒子虛寒問暖的，崔敬平卻神色有些怏怏的模樣，像是沒什麼精神的樣子。

楊氏一邊自個兒縮著頭髮，一邊就道：「怎麼了？該不會是住在死丫頭那邊，給你弄得生病了吧？我找她算帳去！」

崔世福一聽這話，頓時火冒三丈，可是他深呼了一口氣，並沒有發火，只是冷冷淡淡的盯著楊氏瞧，聲音極為平靜。「妳今兒去吧，去了往後妳不要再回崔家來，就算是找了妳娘家人過來了，我也不會再讓妳進屋門一步，妳要是闖了進去，別說薇兒，我自己就拿妳見官，妳是死也好、是活也罷，都是自找的！」

楊氏沒料到崔世福竟然會對她說出這樣絕情的話，頓時有些愣住了，看了崔世福一眼，傻愣愣地道：「你說什麼？」

「妳自個兒好自為之吧。」崔世福說完，便乾脆背著手朝屋裡走了。

崔敬平看著楊氏臉色青白交錯，一瞬間像是老了十幾歲的模樣，頓時有些同情，連忙要開口安慰她幾句，那頭崔世福卻已經在喚他了，崔敬平輕聲喚了句娘，這才小跑著跟上了崔世福。楊氏愣了愣，頓時便忍下了心裡頭的怨恨，連忙跟了上去。

崔敬平走了，崔薇家裡一下子就冷清了下來，平日沒有他幫著自己一些事情，崔薇有事就自個兒做，倒也忙得充實，再加上她搬出來之後，家裡事情並不多，最多也就是洗衣裳煮飯，還是煮自己的飯，更是輕鬆得很。

唯一還算是麻煩些的，也就是給羊割草了，不過那也花不了多少時間，崔薇家後面便是大山，隨便走幾步路便能割上一大籮筐的草回來。一天剩餘的時間她都放在了做點心上頭，對於崔敬平搬回家去，她倒是看得開，雖然有些捨不得，可也並不像楊氏想的一般難以忍受。上一輩子自己和父母朋友分開都能忍得了，如今又不是與崔敬平生離死別，崔薇又哪裡會呼天搶地的。

而楊氏帶了兒子回去，一開始是為了賭氣，不過到後來她看隔壁崔薇並沒有過來與她認錯，也沒有過來喚崔敬平的模樣，楊氏倒是有些後悔了起來。她當初一時衝動，崔敬平回來幾天了，人也懶洋洋的不說，崔世福還不理睬她了。夫妻二人成婚幾十年，崔世福如今竟然不跟她睡一張床，而是睡了當初給崔薇搭的床鋪，兩人可是頭一回分床睡，楊氏有心不願意跟丈夫關係鬧得這樣僵，但事已至此，她也不好意思去張嘴喚了崔世福回床上來睡，心裡也唯有將崔薇更怨恨上了些。

將崔敬平喚回來的麻煩並不只是這一點而已，崔敬忠如今沒中秀才，回來便成天冷著一張臉，之前崔敬平搬走了，他自個兒住著一間房習慣了，如今崔敬平又回來，他多少有些不大樂意，那張臉就更冷了些，平日連楊氏也不肯搭理。楊氏也沒有辦法了，找了個空閒將安靜沈默的小兒子又喚了過來，想了想與他道：「三郎，娘當時將你從四丫頭那邊喚回來，只是捨不得你了，如今你也是捨不得你妹妹的吧？要不，你回頭問問她，再搬過去住吧。」

這一次，楊氏沒有再提讓兒子住段時間再回來的話，崔敬平頓時抬起頭來，眼中慢慢地就浮現出一絲失望之色，看著楊氏抿了抿嘴唇。他一向聰明，哪裡聽不出楊氏這話裡的意思，明明就是要讓他給二哥挪地方的，崔敬平心裡有些難受，楊氏一向寵愛他，如今卻為了二哥要將他趕到妹妹那邊，說實話，崔敬平心裡是想去的，不過若是這樣一來，豈不是崔薇就有些難做了？

一想到這兒，崔敬平頓時咬著牙就搖了搖頭，也不再看楊氏那張有些歉疚的臉，眼神有些倔強地轉了頭看向別處，嘴裡輕聲道：「娘，您是不是不要我了，想讓我給二哥挪地方？」

他這樣直白地問出口，楊氏倒是有些不好意思了起來，事實上要讓這個兒子搬出去她也捨不得，但兩個兒子之間，總得要有個人讓著一些，楊氏一想到這兒，連忙就道：「不是的，你二哥如今在讀書，你也知道他心情不好，若是你影響了他，來年要是考不中秀才可怎麼了得？你妹妹那邊房屋寬敞，你也好去住一下，她以後總歸是要嫁人的，那房子是咱們崔家的，難不成還真讓她便宜了外人？你以後要娶媳婦兒，娘雖然要為你操持，可若是你有這樣一個房子，說親也要容易得多。」說到底，是楊氏到現在還沒有對那房子死心。

崔敬平心裡有著說不出的失望，他已經知道為了這房子的事楊氏不知鬧了多少回，現在聽楊氏這樣一說，頓時抿了抿嘴。「我不去，我也不要妹妹的房子，我不娶媳婦兒了，娘要是嫌棄我，我自個兒搬到豬圈後頭的柴房去住！」說完，崔敬平乾脆起身便跑了，楊氏喚他也不答應。

給孩子說不通，楊氏又看到二郎晚飯時越來越黑的臉，心裡便又更下了決心，只是她說話崔敬平不聽，簡直是跟著崔薇住了段時間，連兒子都不聽話了。楊氏卻沒想到崔敬平這傢伙從來就沒有聽過她的話，這會兒她心裡怨恨之下自然是全怪到了崔薇頭上。

晚間睡覺前，便又將讓崔敬平搬到崔薇那邊去住的打算與崔世福說了一遍，還沒等她說完，崔世福便已經冷笑了起來。

「將人喚了回來又要趕了出去，難怪妳這當娘的倒是讓薇兒這般寒心，如今我可沒那個臉面去給三郎說，妳要有本事，妳自個兒想辦法。說來說去，還不是惦記著薇兒的房子，老子就跟妳直說了，妳是再打那房子的主意，妳便自個兒回娘家去！」

最近已經是不止一次被崔世福要趕著回娘家了，這話是以前楊氏用來威脅王氏的，沒料到有一天自己也會遇著這樣的事情，楊氏頓時說不出話來。縱然心裡怨念深厚，可這會兒對上崔世福的冷臉，她也唯有將眼淚往自己肚子裡嚥。

崔世福不肯將兒子送到崔薇那邊去，楊氏心裡對他也生了埋怨，崔敬平也不肯往崔薇那邊走，這個可是自己懷胎十月生下來的，楊氏就算心裡火大，但也不可能將火氣散到兒子身上去。想了想自己手中還有從崔薇那兒得到的三兩銀子，再加上家裡之前攢的，約有四兩多接近五兩的樣子，乾脆便決定將崔家院子擴大一些，建了到時讓二郎搬過去，反正他年紀到了，要說親的，到時也不可能跟崔敬平住一個屋。

今年崔敬忠沒能中得了秀才，誰知道他哪一年才能中得到？崔敬忠現在已經十六了，他是十月生的，再過不了幾個月翻了年便是十七歲，按鄉下人的習俗來說，過了十七歲便是吃了十八歲的飯了。一般人家裡孩子到十三、四歲便可以開始說親，等到十五歲左右定下來，十六歲便可以娶親了。崔敬忠拖到現在，在許多人眼中已經是個大齡青年，若是再不說親，拖下去恐怕到了十八、九歲更不容易說到親事，好的姑娘早早就被人家訂下了，若是拖到後頭才真是不妙。

楊氏這會兒已經有些後悔了起來，早知道兒子這一次考不中秀才，之前人家上門來說親時便該一口答應下來，以致自己如今落到這樣的尷尬局面，讓楊氏真是心裡鬱悶得連話都說不出來。

不知是不是那日楊氏說的話令崔敬平心中有些鬱悶了，平日沈默寡言的，除了去崔薇家裡幫著做些事情之外，其餘時間眾人都能很明顯的感覺到他沈默了下來。楊氏那日說完話後心裡也後悔了，只是兒子如今漸漸與她生分，就算是後悔也沒什麼用了。

崔薇倒是日子漸漸好了起來，雖說家裡冷清了些，但她原本就不是什麼跳脫的性子，因此對這樣的情況也忍得住。平日除了趕集會外出，幾乎都在家裡頭，這樣一來她大門不出二門不邁的，倒也在小灣村裡博得了一些好名聲，雖然仍有說她性情古怪的，但大多數人卻沒有再像以前一般開起她與聶秋文的玩笑了。

楊氏這會兒顧不得與女兒計較，她已經開始與崔敬忠相看起親事來，哪裡還能顧得了與崔薇鬧，倒是王氏，惦記著那三十兩銀子，倒是探聽打量了幾回，沒了下文，才有些不甘心地作罷了。

楊氏狠了心要給兒子說媳婦兒，便提出了要請人給崔敬忠建房的事，一聽說楊氏要給自己修房子了，崔敬忠陰冷了好些天的臉上這才露出幾分笑意來，對楊氏溫和了一些，破天荒竟然親熱喚了一回娘，倒是喜得楊氏有些語無倫次，當日便出門去請人了。

崔世福也由著她折騰，兩夫妻之間自然裂痕更大，可楊氏這會兒顧得了兒子，自然便顧不了丈夫，哪裡還能管崔世福痛不痛快，一邊著人買了些材料，一邊就在崔家院子外劃出地來。

楊氏倒是想學著崔薇一般建房用石頭，不過那石頭並不便宜，若是買泥巴糊牆，再用木頭搭梁，價格便不知要便宜多少。崔敬忠如今要說親了，銀子自然要省著些用，下頭還有一個崔敬平如今年紀也不小呢，若是在這兒大手大腳花完了，過幾年輪到崔敬平時，恐怕還得要傷腦筋一回。

有了銀子，這房子倒也準備得快，不多時崔家外圍牆便被推了下去，又往外移了不少，可如此一來，便正巧將崔世財家裡過路的通道給堵住了，崔世財那邊房子光線被擋了大半，劉氏心中頓時便不痛快了。忍了好幾日，眼見著崔家房子都起了一半，連那牆胚都做好了，劉氏心裡急得跟上火似的，平日還算是溫和的一個人，最近簡直跟那炮仗子般，一點就著。

「那楊淑也太欺負人了些，她家二郎要說親了，弄房子怎麼不朝那邊路開過去，如今將家裡擋了大半，一天到晚房裡都陰森森的，連絲光都瞧不著，這日子怎麼過？」更為重要的是，楊氏這樣一來將房子弄好，若是還要再弄個圍牆，那麼勢必崔世財家裡的壩子便要被占去一些，劉氏心裡自然更加不痛快，每日聽見隔壁噼哩啪啦的響聲便忍都忍不住。晌午時崔家那邊請客吃飯，過來喚崔世財一家過去，劉氏也陰著臉沒答應。

「不過是些小事，都是親兄弟，又何必去計較這麼多。」崔世財性子跟崔世福差不多，兩兄弟都不是願意去多加計較的人。不過崔世財脾氣要急躁一些，他平日瞧著好說話，一旦惹急眼了他也會掄拳頭揍人，因此在家裡劉氏倒有些怕他。

這會兒聽到崔世財打圓場，劉氏雖然忍不住，但仍是沒敢去兇罵，只是有些不甘。「這光被人擋了，氣動也得被劫到他家去，往後孫子連個玩耍的地方都沒有，到時你就高興了。」劉氏說完，拿了手上的菜刀狠狠在菜板上剁了幾下，看林氏沈默不出聲的樣子，頓時眼眶便紅了，還沒開口說話，外頭就傳來一聲孩童的尖利哭聲……

劉氏聽出這是自己寶貝孫子的聲音，頓時一急，連菜刀也顧不上放，連忙就朝外頭奔了出去，才剛滿三歲的崔佑軍這會兒坐倒在地上，光著屁股張了嘴哭得臉色都變了。

「這是怎麼了？」劉氏急忙衝上前去。

那頭崔世財忙將孫子抱起來，卻見他胖乎乎的屁股上這會兒已經扎了個石頭塊，這會兒那血流得滿腿都是，頓時打了個哆嗦，心疼得連話都說不利索了。「怎麼了，好端端的，大丫，妳怎麼沒瞧著弟弟？」

站在崔佑軍旁邊的是他同一個娘肚皮裡爬出來的五歲姊姊，小姑娘年紀本來就不大，可是在家裡卻也要幫著帶弟弟，這會兒看到弟弟摔了，頓時嚇得懵住了，聽到祖父問話，臉色都有些變了。

「還能怎麼的？這死丫頭偷懶了！」劉氏氣得厲害，一手提著菜刀，另一隻空閒的手反手便朝那小丫頭一耳光抽了過去。

挨了這一下，小丫頭捂著臉，卻強忍著不敢哭，一邊結結巴巴道：「不是，是、是二叔婆那邊在修房子，有個石頭落下來，弟弟摔了，我沒來得及拉住他，奶奶不要打我。」她說話時細聲細氣的，一臉惶恐的模樣。

劉氏一聽到自己孫兒的傷竟然是隔壁給弄的，頓時便怒從心上起，惡向膽邊生，提了刀便陰沈著臉朝崔家衝了過去。她原本心裡就已經不滿了，這會兒一見自己孫子受了傷，哪裡還忍得住，自然是到崔家找楊氏算帳去了。

崔薇剛吃著午飯，便聽到崔家那邊鬧了起來，尖叫聲與喝罵聲不時傳來，還夾雜著劉氏高分貝怒罵的聲音，看不出來劉氏平日裡不吭聲，倒也不是個省油的燈，對面鬧了恐怕足足有兩、三個時辰的工夫，聲音才漸漸小了起來。就跟聽了一場大戲似的。第二日楊氏便又找上了門來，意思是要將房子往這邊拆，讓崔薇將院子拆過了，給她讓出一塊地方來。

對於她這個要求，崔薇想也不想就拒絕了，懶得理她！自己房子建好都不知道多久了，楊氏如今竟然想得出這個主意來，還真是只顧利己而不顧損人了。只是這些人三兩天頭的往家裡跑，這也不是個事。楊氏那天見她不肯答應時，竟然顧不得崔世福之前警告她的話要過來打崔薇，家中又只得崔薇一個人勢單力薄的，若是楊氏真發起狠了，恐怕還拿不住她。

崔薇心裡漸漸生出了一個想要養狗護院的心思來，只是一般的土狗雖然凶狠，但若是存心想打牠，恐怕還是找得到法子的，若是能養隻凶一點的，往後能嚇得楊氏不再敢過來鬧了，那才是真正好。

只是好一些、凶一點又有靈性的狗，鎮上這地方哪裡能找得到，崔薇心裡頭估摸著自己哪日打聽打聽，就是買狗花些錢，也比成天受楊氏威脅來得要好一些，如今的楊氏對她來說不只不像是一個母親，反倒是跟個隨時威脅她安全的壞人差不多了。

崔家那邊建房的事，因為當日劉氏的一鬧，便擱了下來，劉氏難得凶悍了一回，崔世財也知道劉氏這事不是平白無故地鬧事，他自己也對家裡被擋了光有些不大滿意，因此難得沒有喝斥劉氏，反倒是與崔世福打了聲招呼。楊氏建了一半的房子自然是停了下來，幸虧這損失崔世財家裡願意賠償一些，她心裡的難受與焦急這才稍微少了些，只是在與崔薇商議讓她將圍牆拆些給自己留出一個地方建房子遭到拒絕時，楊氏終於忍不住了，心裡一發狠，竟然想出了一個主意來……

——未完，待續，請看文創風167《田園閨事》3

詼諧幽默・輕鬆搞笑・字裡行間藏情／莞爾

田園閨事

全套六冊

穿越到這古代窮兮兮的崔家，她叫天不靈叫地不應，
在這兒，女兒身命賤不值錢，她偏要自己賺錢給自己鍍金身。
在這兒，家家戶戶不是打雞罵狗，就是家長裡短的……
她偏要把心思全放在自己身上，她要有房、有錢、有閒、有好日子，
再可以的話，就考慮找個靠譜的好男人嫁了！

文創風 165 1

一覺醒來她竟成了一個名叫崔薇的七歲小女娃兒，
這崔家窮得連吃雞蛋都要省，而且崔薇的娘還重男輕女得很過分！
以前她可是十指不沾陽春水，現在卻得從早到晚幹活。
如果她不想被折騰到死，最好能藉機從這個家分出去……
她打算靠自己掙些錢，經營起她自己古代田園的小日子……

文創風 166 2

有了自己的房子後，接著就是杜絕娘想侵吞她房子的念頭，
她打算出錢向娘把自己買下來，理直氣壯地擁有自己的所有權！
一切似乎都按著她所想要的發生，都在她掌握之中……除了聶秋染！
他是這個村裡的年輕秀才，聰穎、斯文、好看……可她就覺得他很腹黑，
即便他骨子裡詭計一堆，但憑她這個穿越來的，就不信他能將自己算計去！

文創風 167 3

都已經獨立一戶過生活，她還是不得安寧，她打算買隻靈性又凶猛的狗顧家。
她能求的，只有那個聶家的腹黑秀才聶秋染……
明知這樣要欠腹黑又難拿捏的他天大的人情，她也認了！
於是他偷偷帶她出城買狗，回來時卻被大家發現她私自跟男人出城……
聶秋染倒是挺身而出說要娶她。唉，這下她得賠上自己了……

文創風 168 4

原以為聶秋染這腹黑秀才說要娶她是為了幫她解圍，沒想到他是認真的，
唉！她也算是聰穎過人，還是穿越過來的人，
但一面對他，不管她再怎麼說，情況好像全照他的意思走。
而且自從他說要娶她之後，他便大搖大擺地常往她這兒跑，
賴著她、愛吃她做的菜，連她的賺錢大計都插手管起來了……

文創風 169 5

兩人成婚後，她過得挺好，只除了他的怪癖——她懷疑他是白色絨毛控！
每次從城裡給她帶禮物，從耳環、髮飾到披風全都是帶著白色絨毛的，
還硬要親自把這些絨毛玩意裝扮在她身上，當她是他專屬的芭比娃娃，
嫁了他後，他更是名正言順地玩起妝扮她的遊戲……囧！
幸好，除了這項癖好之外，他好得沒話說，不然她可不在意休夫呢！

文創風 170 6 完

兩人本來和和美美地過起有名無實的小夫妻生活，直到——
她癸水來了，不再是娃兒的模樣，眉眼開了，身段婀娜了，
偏又遇上她之前的傾慕者上門，他終於忍不住醋勁大發！
之前她覺得他將自己當妹妹一樣的照顧著，她一直過得很安心，
現在他大吃飛醋，一心想佔有她，圓房這事兒看來是逃不掉了！

步步為營，活出自己的一片天／紅景天

親親後娘

全套三冊

嫁老公附兒子，聽起來好像她吃虧？

才不呢！哪怕不是親生，這娃兒也是她心頭肉～～

小資女穿成農家女，
感情小白直升人妻人母，
她外表很淡定，內心很慌張！
都說後娘難為，
可這粉嫩嫩的繼子對了她的眼，
她比親媽還親媽！
一家三口
把柴米油鹽醬醋茶的平淡生活
過得有滋有味～～

文創風 155 1

重點是，附帶的現成兒子是個超萌小正太，
第一次見面時，怯生生望著她的模樣讓人母愛氾濫，
這嫁人的「附加贈品」真的太超值了！
為了沒安全感的小娃兒，她這後娘前前後後顧得周全，
生孩子這件事也得排在後頭，旁人愛説閒話由他們去，
關起門來，他們一家人其樂融融才要緊，對吧！

文創風 156 2

眼見他們一家發達，被休棄的「前任」抱著兒子來認親，
口口聲聲説懷裡的孩子是宋家金孫！
看著婆婆和丈夫巴巴望著她，期望她接納這孩子的模樣，
她皮笑肉不笑，內心怒火燒，
真當她是聖母，還是以為她是「專業後娘」，
任誰抱來孩子她都照單全收啊？!

文創風 157 3 完

這些年風風雨雨歷練下來，
她家丈夫已從老實巴交的莊稼漢，成為獨當一面的大當家，
眼見老公如此長進，做妻子的自然相當欣慰，
她樂得退居幕後，安心在家相夫教子，照看寶貝兒女。
想當年剛穿過來時一窮二白，怎麼也想不到如今的好光景，
抬首笑望丈夫，她由衷感謝自己曾走過這一遭……

文創風 166

田園閨事 2

國家圖書館出版品預行編目資料

田園閨事 / 莞爾著. --
初版. -- 臺北市 : 狗屋, 2014.03
冊 ; 公分. --（文創風）
ISBN 978-986-328-253-2（第2冊：平裝）. --

857.7　　103001985

著作者　莞爾
編輯　王佳薇
校對　黃薇霓　曾慧柔
發行所　狗屋出版社有限公司
地址　台北市104中山區龍江路71巷15號1樓
電話　02-2776-5889～0
發行字號　局版台業字845號
法律顧問　蕭雄淋律師
總經銷　知遠文化事業有限公司
電話　02-2664-8800
初版　103年3月
國際書碼　ISBN-13　978-986-328-253-2
原著書名　《田园闺事》，由起点女生网（http://www.qdmm.com/）授權出版

定價250元
狗屋劃撥帳號：19001626
網址：love.doghouse.com.tw　E-mail：love@doghouse.com.tw